매듭의 끝

매듭의 끝

정해연 장편소설

차 례

매듭의 끝 · 7

프롤로그

 아빠가 옅게 코를 골기 시작했다. 엄마도 쌕쌕 숨소리를 냈다. 이를 꾹 깨물고 졸음을 참길 잘했다고 생각하면서 인우는 침낭을 쓴 채로 상체를 일으켜 앉았다. 소리가 나지 않도록 침낭의 지퍼를 내리고 몸을 빼내자 한기가 들었다. 머리맡을 보니 난로가 어느새 꺼져 있었다. 인우는 살금살금 일어나 난로를 켜고는 자신이 들어가 있던 침낭을 엄마 아빠의 몸 위에 얹어 주었다. 이렇게 하면 조금 더 따뜻할 것 같았다. 그러고 있자니 고작 초등학교 3학년이지만 자신이 어른이 된 것 같기도 했다.
 혼자만의 뿌듯함에 미소 짓고 있던 인우는 금세 정신을 차렸다. 이러고 있다간 엄마나 아빠가 깰지도 몰랐다. 인우는 자신이 누워있던 발치에서 가방을 집어 들었다. 가방 안엔 이미 필요한 도구가 다 들어 있었다. 인우는 최대한 부스럭거리는 소리를 내지 않도록 주의하며 텐트를 열고 나왔다. 밖에서 기다리고 있었던 것처럼 추위가 덥석 인우를 잡았다. 강가로 내려가려던 마음이 추위에 움츠러들었다. 이런 날씨에 가능할까 싶은 생각도 들었다. 그러나 인우는 고개를 저었다. 모든 것을 계획대로 할 생각이다.

아빠는 캠핑을 좋아했다. 엄마는 늘 귀찮다고 했지만 아빠가 신이 나 텐트를 챙기면 못 이긴다는 듯 음식을 아이스박스에 챙겨 넣곤 했다. 인우는 가족과의 캠핑을 좋아했다. 산에 가면 아빠는 인우에게 여러 가지를 가르쳐 주었다. 불을 피우는 방법이나 처음 보는 나무의 이름 같은 것들. 텐트를 치는 방법은 지금까지 몇 번이나 배웠지만 아직 혼자 할 자신이 없다.

이번 캠핑 역시 아빠가 제안했고 엄마가 못 이기는 척 따랐다. 아빠는 봄이 되었으니 겨울 동안 하지 못한 캠핑을 잔뜩 하자고 했다. 3월이라 낮은 따뜻했지만 밤의 산은 춥다고 엄마가 불평하며 침낭을 챙겼다. 인우는 겨울옷과 패딩을 챙겼다. 텐트 밖으로 나와 패딩을 입으면서 챙기길 잘했다고 생각했다.

 인우는 가방에서 랜턴을 꺼냈다. 아까 낮에 아빠의 가방에서 몰래 꺼내서 넣어놓은 것이다. 오늘 밤의 계획은 아까 낮부터 인우의 마음속에 굳건히 자리하고 있었다. 조금 긴장되는 마음에 인우는 후, 하고 숨을 내뱉었다. 까만 공중에 하얀 입김이 부서졌다. 인우는 가방을 들썩, 고쳐 메고는 랜턴을 켜고 길을 따라 내려가기 시작했다.

 낮에 강에서 다슬기를 잡았다. 아직 너무 춥다고 신발을 벗고 강으로 들어선 엄마는 비명을 질렀다. 아빠는 기분 좋게 웃으며 조금만 참으면 익숙해진다고 했다. 인우도 강으로 들어갔다. 발이 무척 시렸지만 엄마처럼 비명을 지르지는 않았다.

 "다슬기는 야행성이야. 그래서 돌 밑 어두운 데 있지. 돌을 들춰봐, 몇 개씩이나 있을걸."

 아빠의 자신 있는 말투와는 달리 다슬기는 많이 잡히지 않았다. 엄마가 아빠를 노려보았고 아빠는 머쓱한 얼굴을 했다.

 "4월이면 많은데, 아직은 이른가 보네."

 발이 시린 것을 참고 한참이나 주웠지만 결국 인우네 가족이 잡은 다슬기는 아빠 손으로 한 줌도 채 되지 않았다. 엄마는 이걸로 뭘 하냐며 강에 잡은 다슬기를 도로 뿌렸다. 텐트를 쳐놓은 산 중턱으로 돌아와 불을 피우고 몸을 녹였다.

엄마가 밑반찬을 꺼내고 아빠가 고기를 굽는 동안 인우는 아빠의 말을 떠올렸다.

'다슬기는 야행성이야.'

그러면 밤에는 많이 있다는 뜻 아닐까. 인우는 밤에 혼자 강에 와보기로 했다. 다슬기를 잔뜩 잡아 아침에 눈을 뜬 엄마를 놀라게 해주고 싶은 마음이었다. 그래서 몰래 아빠의 가방에서 다슬기를 잡는 투명 상자와 머리에 쓰는 랜턴을 가방에 챙겨놓았던 것이다.

인우는 길을 따라 강으로 내려갔다. 어차피 내려가는 길은 하나였기에 길을 잃을 염려는 없었다. 좀 먼 것이 흠이긴 했지만 엄마 아빠가 깨기 전에는 충분히 다녀올 수 있는 거리였다.

양옆으로 솟아오른 나무들이 인우를 내려다보는 것 같아 조금 무서운 기분이 들었다. 인우는 일부러 흥얼거리며 빠른 걸음을 걸었다.

한참 만에 강에 다다랐다. 강은 낮과는 달랐다. 적막해서 그런지 물이 흐르는 소리가 크게 들렸다. 낮에는 맑고 깨끗했던 물이 밤에는 검은 물감을 풀어놓은 것 같았다. 이래서야 보이기는 할까 싶었지만 일단 강 가까이로 갔다. 랜턴을 쓰고 바지를 걷어 올렸다. 양말을 벗고 강으로 조심스럽게 발을 디뎠다. 물은 낮과는 비교되지도 않게 차가웠다. 인우는 허리를 숙이고 강을 들여다보았다.

랜턴의 불빛이 강 내부를 비췄다. 낮에 예상했던 것처럼 다슬기가 잔뜩 밖으로 나와 있지는 않았지만 이끼가 낀 돌들 사이에서 심심찮게 다슬기를 발견할 수 있었다. 인우는 신이 나서 다슬기를 주웠다. 아빠 말대로 돌을 들지 않아도 밖에 나와 있는 다슬기가 있었다. 다슬기를 따라 걸음을 옮기며 열심히 주웠다.

얼마쯤 걸었을 때였다. 갑자기 발밑이 푹 꺼지는가 싶더니 인우의 몸이 물속으로 쑥 들어갔다. 물에 빠지면서 순간적으로 강가를 보았다. 어느새 이렇게나 멀리 와있었는지 깨닫지 못했다. 인우는 일어서려고 허우적거렸다. 하지만 발이 땅에 닿지 않았고, 몸은 계속 밀려 아래로 내려가고 있었다. 유속이 너무 빨랐다.

"윽, 살려……."

인우는 비명을 지르고 싶었지만 그때마다 물이 입속으로 쏟아져 들어왔다. 정신이 하나도 없었다. 힘없는 인우의 몸이 빙글빙글 돌았다. 눈앞이 휘돌았다. 어떻게든 살아 나가려 몸을 허우적거리던 그때 조금 아래쪽에 큰 바위가 보였다. 부딪

히면 어떻게 될 것만 같았다. 인우는 반사적으로 다리를 쭉 뻗었다. 그게 잘못이었다. 바위 사이에 발이 끼고 말았던 것이다.

몸이 아래로 떠내려가는 것만은 막을 수 있었지만 발을 빼내 보려고 노력해도 빠지지 않았다. 온 힘을 다해 바위 위쪽을 팔로 끌어안고 몸을 당겨 올렸다. 간신히 얼굴은 물 밖으로 꺼낼 수 있었다.

"살려주세요!"

인우는 있는 힘을 다해 소리를 질렀다. 그러나 소리는 나무에 부딪혀 힘없이 다시 인우에게로 돌아왔다. 강물이 자꾸만 입안으로 들어왔다.

"엄마! 아빠!"

비명을 계속 질렀지만 그 목소리는 점차 작아졌다. 인우 역시 알고 있었다. 자신의 목소리가 전달되기에는 텐트까지의 거리가 너무 멀었다. 인우의 팔에서 자꾸 힘이 빠지려 했다. 인우는 정신을 차리려고 애를 쓰면서 다시 바위를 붙잡았다. 그렇게 몸을 당겨 올리지 않으면 물속에 빠져들어 갈 것 같았다.

너무 추웠다. 턱이 어느새 덜덜 떨리기 시작했고, 이상하게 자꾸만 눈이 감겼다. 힘을 주려고 했지만 팔에서는 자꾸 힘이 빠졌다. 인우는 자신이 발견되기 전에 죽을지도 모른다는 생각이 들었다.

'이런 식으로 엄마를 놀래주려던 건 아니었는데.'

마지막으로 한 생각은 그런 것이었다. 인우는 정신을 잃었다.

어렴풋이 눈을 떴을 때 주변은 환했다. 가물거리는 눈을 몇 번이나 깜박이고 나서야 인우는 제대로 눈을 뜰 수가 있었다. 가장 먼저 보이는 것은 하얀 천장이었다. 인우는 자신이 누워있다는 것을 알았다. 몸 위에 여러 겹의 담요가 덮여 있었다. 옅은 약 냄새가 주변을 배회하고 있었다. 안정을 주는 냄새였다. 병원이라는 것을 알 수 있었다. 죽지 않았다. 그런 생각이 드는 순간 몸이 덜덜 내떨렸다. 자신의 속 안에 거대한 얼음덩어리가 있는 것처럼 추위가 뼈를 파고들어 오는 것 같았다.

그 와중에 따뜻한 부위가 있었다. 바로 손이었다. 인우는 고개를 들어 손을 내려다보았다. 엄마가 자신의 손을 잡고서 거기에 이마를 대고 있었다. 엄마를 보자 눈물이 왈칵 쏟아지려 했다. 진짜로 살아났다는 실감이 들기도 했고, 무섭고 고통스러웠던 기억이 서러움으로 바뀌기도 했다.

"엄마……."

인우는 덜덜 떨리는 입술을 열어 엄마를 불렀다. 엄마가 벼락이라도 맞은 사람처럼 고개를 번쩍 들었다. 통통 부은 눈이 인우를 응시했다.

"인우야!"

엄마는 벌떡 일어나 상체를 굽혀 누워있는 인우를 안았다. 엄마의 온기 덕분에 인우는 잠시나마 추위를 잊을 수 있었다. 혼나겠지. 엄마는 무척 화를 낼 것이었다. 그래도 지금은 살았다는 생각에 아무것도 겁나지 않았다. 어떤 것도 어젯밤의 두려움과는 비할 수 없을 것이었다.

"엄마?"

엄마의 등이 들썩이고 있었다. 인우는 엄마가 울고 있다는 것을 알았다. 엄마도 놀랐을 거였다. 인우는 엄마의 등에 자신의 손을 올렸다. 자신이 살아있다는 걸 알려주기라도 하듯 작은 손으로 엄마의 등을 두드렸다. 그런데도 엄마는 좀처럼 눈물을 멈추지 않았다. 점점 깊은 울음이 귓가에 밀려 들어왔다. 너무나 서럽고 고통스러운 울음이었다. 인우는 엄마가 그렇게 우는 걸 본 적이 없었다.

인우는 엄마에게 안긴 채로 눈만 돌려 주변을 둘러보았다. 뭔가 이상하다는 걸 그때 깨달았다.

"아빠는?"

엄마의 흔들리는 어깨가 일순 멈추었다. 인우는 갸웃거렸다. 자신이 이런 일을 당했는데 아빠가 옆에 있지 않은 건 이상한 일이었다. 이렇게 우는 엄마를 두고 자리를 비울 사람이 아니었다. 혹시라도 자신이 잠들어 있던 시간이 길었고, 그래서 아빠가 출근이라도 한 건 아닐까 하는 생각이 잠깐 들었지만 그럴 리가 없었다. 아빠는 회사 일에 열심인 사람이었지만 그만큼 가족을 아꼈다. 인우가 이런 일을 당했는데 회사에 출근할 리가 없었다.

웬일인지 심장이 쿵쿵거리며 뛰었다.

"아빠는?"

인우는 재차 물었다. 엄마가 인우에게서 몸을 떼고 조금 물러섰다. 엄마는 인우와 눈을 마주치지 못했다. 다른 쪽을 보는 엄마를 보자 인우는 왠지 모를 화가 불쑥 치밀어 올랐다.

"아빠는!"

엄마는 그때 대답해 주지 않았다. 두 손으로 얼굴을 가리고 울음을 터트렸다. 물병을 가지고 들어오던 이모가 얼른 달려와 엄마를 안았다. 이모는 할머니와 함께 시골에 살았다. 그런데 어느새 여기에 올라온 걸까. 이모는 엄마를 데리고 밖으로 나갔다. 엄마는 돌아오지 않았다.

그날 저녁 인우는 알 수 있었다. 기운을 차린 인우에게 이모가 검은 옷을 입혔다. 아빠가 어디 있는지는 이모에게서 들을 수 있었다. 지하로 내려가면 아빠가 있다고 했다. 아빠는 돌아가셨다고 했다. 훨씬 더 나중에 알게 된 사실은 아빠의 죽음이 자살이라는 거였다. 산 중턱에 있는 나무에 줄을 매달고 거기에 목을 매달았다고 했다.

인우는 이해할 수 없었다. 그건 정말 이상한 죽음이었다.

1

 노크 소리가 들렸다. 대답을 하자 문이 열렸다. 비서인 채가연이었다. 회색 모직 정장에 머리를 단정히 빗어 묶은 모습이었다. 조금 딱딱한 얼굴인 듯도 하지만 일은 잘하는 편이다. 입이 무겁고 눈치가 있는 편이어서 함께 일하기에 편한 직원이었다. 출산 후에 일에 지장을 주는 건 아닌가 걱정했지만 그런 일은 벌이지 않았다. 모든 일은 예전과 마찬가지였다. 역시 자신은 사람 보는 눈이 정확하다고 생각했다. 희숙은 읽고 있던 서류에서 눈을 떼고 고개를 들었다. 채가연이 들고 들어온 서류철을 희숙의 앞에 펼쳐놓았다.
 "대표님, 중국에서 수출 계약을 최종 확정했다고 합니다.

이건 영업부에서 올린 계약안입니다. 검토하신 후 수정 사항을 지시해 주시면 됩니다."

"놓고 가."

채가연은 살짝 상체를 숙여 인사하고는 사무실에서 나갔다. 희숙은 보고 있던 서류를 덮고 조금 전 채가연이 놓고 간 서류를 집어 들었다. 채가연의 앞에서는 티를 내지 않았지만 희숙이 내내 기다리던 일이었다. 희숙은 계약 내용을 확인했다.

총 2억 위안. 우리 돈으로 약 370억 규모의 계약이었다. 희숙은 환희 대신 주먹을 꾹 움켜쥐었다. 드디어 자신이 세운 샤인코스메틱이 글로벌 시장으로 진출하게 되었다. 그녀가 꿈꾸던 일이었다. 화장품을 비롯해 헤어 제품까지 신제품 개발에 속도를 낸 것이 주효하게 작용했다. 계약안이라고는 하지만 이미 중국의 진화그룹으로부터 금액을 협상한 결과이므로 계약이 확정된 것으로 봐도 무방했다. 양측의 사인이 끝나고 나면 곧장 보도자료를 낼 예정이다. 그렇게 되면 샤인코스메틱은 진일보한다. 중소기업이라 낮았던 국내시장 점유율도 높아질 것이고 다른 나라와의 수출 계약에도 이 소식은 호재가 될 것이었다.

공장의 생산 라인을 늘려야 할 것이다. 직원을 더 채용하고 앞으로 훨씬 공격적인 마케팅을 해야 한다고 생각했다. 전임직원 회의를 소집해 이 계획을 진행시킬 예정이었다. 그렇게 되면 향후 5년 안에 샤인코스메틱은 대기업 반열에 오른다. 자신의 계획대로 모든 것이 착착 이루어지고 있었다.

희숙은 자리에서 일어섰다. 심장이 열망으로 가득 차서 가만히 앉아 있을 수 없었다. 창가로 다가가 건물 아래쪽을 내려다보았다. 어두워진 도로에 차들이 바삐 지나가고 있었다. 퇴근 시간이라 오가는 사람도 많았다.

영인시에 건물을 세울 때 사람들은 그녀가 무모하다고 했었다. 지난 시간들이 머리를 스쳐 지나갔다. 화장품 방문 판매직원으로 시작해 여기까지 올 줄은 아무도 몰랐을 거였다. 그런 순간에도 자신만은 스스로를 믿었다. 그 결과가 목전에 있었다.

그때 책상 위에 두었던 휴대폰이 울렸다. 희숙은 책상 쪽으로 다가가 휴대폰을 들었다. 발신인을 확인한 그녀의 미간이 살짝 굳었다. 전화를 건 것은 그녀의 아들인 진하였다. 이 시간에 전화할 일이 거의 없었다. 아들을 재선시에 내려보낸 이후에 걸려 온 전화는 모두 징징대는 것뿐이었다. 자신을 빨리 영인 본사에 불러올려 달라는 이야기만 했다. 이번에도 그런 전화가 분명했다. 아직 중국 수출 소식을 들었을 리는 없다. 들었다고 해도 축하하기 위해 전화를 할 살가운 자식은 아니었다.

"여보세요."

전화를 받자마자 목소리가 튀어나올 줄 알았는데, 전화기 너머에서는 조금 거친 숨소리만 들려왔다. 두근거리던 가슴 속의 환희가 불안의 얼굴로 바뀌었다. 희숙은 눈을 잠깐 감았다가 뜨면서 엄한 목소리를 냈다.

"말해."

[엄마.]

떨리는 목소리에 심장이 쿵, 내려앉았다. 보통 일이 아니었다. 아들의 이런 목소리는 들은 적이 없었다.

[큰일 났어.]

아들은 떨고 있었다. 울고 있는지도 몰랐다. 뭔가에 쫓기는 듯했고 겁에 질려 있었다. 아들이 말하는 큰일이 실제로 자신에게 덮쳐오는 듯 희숙의 입이 바짝 말랐다.

"무슨 일이야?"

[사고를 쳤어.]

희숙은 책상 위를 보았다. 물컵에는 물이 비어 있었다.

대답을 하지 않고 가만히 있으니 진하가 떨리는 목소리로 말했다.

[사람을 죽였어.]

자신도 모르게 자리에 주저앉았다. 열차에 치여도 이런 충격은 아닐 것 같았다. 아들의 목소리는 이게 실제 상황임을 명백히 하고 있었다. 숨이 잘 쉬어지지 않았다. 희숙은 눈을 감고 입을 벌린 채로 숨을 몰아쉬었다. 안 그러면 뒤로 넘어질 것 같아 팔을 뻗어 책상 한편을 붙들고 있었다. 구두를 신은 두 다리가 벌벌 떨려 일어설 수 없을 것 같았다.

"누굴?"

우는 소리가 들려왔다. 겁에 질려 있는 것이다. 자신이 한 일을 제 입으로 말하기도 힘든 것 같았다. 희숙은 소리를 버럭 질렀다.

"누구를!"

그때 다급히 대표실 문이 열렸다. 채가연이었다. 바닥에 주저앉은 희숙을 발견하고는 재빨리 안으로 뛰어 들어와 그녀를 부축했다. 희숙은 반사적으로 주머니에 휴대폰을 넣었다. 통화를 하고 있던 걸 들키면 안 될 것 같았다.

"대표님, 무슨 일이십니까?"

희숙은 입술을 앙다물고 자리에서 일어섰다. 그녀는 손을 뻗어 보이며 자신은 괜찮다는 제스처를 했다. 채가연이 그녀의 팔을 놓았다.

"별일 아니야. 퇴근해."

채가연은 조금 이상하다는 얼굴로 희숙을 보았지만 곧 한 발짝 뒤로 물러나 인사를 하고는 밖으로 나갔다. 희숙은 자신의 얼굴에 핏기가 하나도 없다는 것을 알 수 있었다.

"지금 어디에 있어?"

[집에.]

울음기 가득한 목소리로 진하가 대답을 해왔다. 희숙은 정신을 차리기 위해 아랫입술을 꾹 깨물었다.

"거기 있어. 아무 데도 가지 말고 아무랑도 연락하지 마. 아무것도 건드리지 말고."

[응.]

희숙은 다시 한번 숙지시키듯 말했다.

"아무것도."

전화를 끊자마자 책상 뒤쪽 옷걸이에 걸려 있던 코트를 입었다. 핸드백을 들고 거의 뛰다시피 대표실의 문을 열었다. 책상에 앉아 있던 채가연이 일어섰다.

"퇴근하십니까?"

"아직 안 갔나?"

"정리할 서류가 있어서요."

희숙은 고개를 까딱하고는 곧장 출구를 향해 걸었다. 채가연이 허리를 숙였지만 그 인사를 받지 못했다. 급하게 입은 코트의 한쪽 칼라가 안으로 말려 들어가 있다는 것도 눈치채지 못했다. 채가연이 옷매무새를 고쳐주려 했지만 희숙은 이미 엘리베이터를 타고 내려간 뒤였다.

희숙은 주차장에 가 바로 차에 올라탔다. 시동을 걸려는데 손이 벌벌 떨렸다. 희숙은 자신의 손을 다른 손으로 쾅 내리쳤다. 두 손을 핸들에 얹고 그 위에 머리를 얹었다. 숨을 크게 몰아쉬었다.

도대체 진하가 누구를 죽였다는 걸까. 왜 그런 일이 벌어진 걸까. 수십 번 생각해 보았지만 아무것도 떠오르지 않았다. 희숙은 머리를 들고 세차게 가로 저었다. 정신을 차려야 했다. 기어를 D로 바꾸고 바로 주차장을 빠져나갔다. 지금 출발해도 재선시에 도착하면 여덟 시는 넘을 것이다.

진하를 재선시로 내려보내지 말아야 했는지도 모른다. 진하는 옛날부터 사고뭉치였다. 진하가 세 살 때 남편을 사고로 잃고 홀로 키워 그렇게 됐는지도 몰랐다. 혹시 아버지 없는 설움이라도 느낄까 봐 아들이 원하는 건 뭐든지 다 들어줬다. 자신은 옷 한번 살 돈이 없어도 진하가 갖고 싶어 하는 것은 어떤 것이든지 다 사주었다. 하고 싶다는 것은 다 하게 해주었다. 첼로를 하고 싶다고 했다가 승마를 배우고 싶다고 했다가, 죽 끓는 변덕도 다 들어주었다. 어리광쟁이인 것은 큰 문제가 되지 않을 거라고 생각했다.

중학교에 들어서면서 문제를 많이 일으켰다. 담배를 피우다 걸리는 것은 물론이고 나쁜 친구들을 사귀었다. 남의 오토바이를 훔치다가 걸린 적도 있었고, 어린 학생의 돈을 빼앗아 경찰서에 간 일도 있었다. 그 모든 일을 사춘기 한때의 잘못일 뿐이라고 생각했었다.

고등학교에 들어서는 패싸움을 했다. 맞고 다니는 것보다는 낫다고 자위하며 직접 나서서 합의를 해주었다. 소년원에 갈 뻔했을 때도 뒤로 돈을 써서 막아주었다. 잘못했어요, 기계처럼 하는 그 말에도 토를 달지 않았다. 나이가 들면 괜찮아질 거라고 생각했다. 나쁜 친구들만 없으면 괜찮을 것 같았다.

진하의 고등학교 졸업과 동시에 영인으로 이사를 왔다. 이름도 없는 대학에서 진하는 경영학을 배웠다. 제대로 된 성적을 받은 적은 없었다. 진하가 졸업할 때쯤에는 화장품 개발을 마쳐서 희숙도 사업을 본격적으로 시작하던 단계였다. 진하를 전략기획실장으로 앉혔다. 하지만 진하는 일에 적응하지 못했다. 일단 신입사원보다 서류를 만들 줄도 몰랐고, 신제품 기획 회의에서는 늘 졸았다. 직원들이 그를 무시하는 시선을 희숙도 알았지만 진하는 신경도 쓰지 않았다. 근무시간에 걸핏하면 자리를 비웠고, 그를 찾는 직원은 없었다. 10년이 지나도록 진하는 변하지 않았다.

희숙에게는 진하뿐이었다. 이 회사를 물려줄 것도 진하였다. 진하도 자신이 이 회사를 물려받을 거라고 당연히 생각하고 있었다. 하지만 희숙은 이 회사를 지금의 진하에게 맡기면 몇 년도 되지 않아 모든 것이 엉망이 될 거라고 생각했다. 진하는 돈을 흥청망청 쓰는 데만 정신이 팔려 있었고, 자신의 위치를 권력으로만 여겼다.

그래서 나름 특단의 조치를 내린 것이었다. 재선시는 지방 도시로 시민의 65%가 농사 인구였다. 그래서 화장품 매출이 전국 최하위를 찍은 지점이었다. 희숙은 진하를 재선지점의 지점장으로 발령을 냈다. 당연히 진하는 크게 반발했다. 가지 않겠다고 버텼다.

"그렇다면 나도 회사를 물려주지 않겠다."

희숙은 그 어느 때보다 단호해졌다. 이제는 그래야 할 시점이라고 생각했다. 진하는 벌써 서른여덟 살이다. 더 이상 사고를 쳐도 넘어갈 수 있던 중학생이 아니다. 한 회사를 책임질 사람으로 성장시키는 일이 자신이 반드시 해야만 하는 일이라고 생각했다.

갖고 있던 모든 카드를 빼앗았다. 지점장 월급만으로 생활하라고 했다. 다만 삼 년 이내에 재선지점을 흑자로 전환시킨다면 모든 것을 원래대로 돌려주기로 했다. 본사의 부사장 자리도 주기로 했다.

진하는 그 제안을 받지 않을 수 없었다. 억지로 영인에 남는다 해도 어머니인 희숙으로부터 모든 원조가 끊겼기 때문에 살 수가 없었다. 진하의 선택지는 하나뿐이었다.

처음 내려갔을 때 진하는 적응하지 못했다. 사무실에 앉아 있는 것이 고역이었던 것 같다. 그곳에는 진하가 좋아하는 사우나도, 술집도 거의 없었기 때문에 달리 눈 돌릴 데도 없었다. 사무실에 앉아 게임을 한다고, 지점의 부장으로부터 보고를 들었을 때 희숙은 좌절했다. 하지만 시간이 지날수록 조금 괜찮아지는 것도 같았다. 죽는소리를 하는 진하의 전화가 점점 뜸해졌기 때문이었다.

그런데 이런 일이. 대체 무슨 일이 벌어진 건지 희숙은 감도 잡히지 않았다. 그녀는 액셀러레이터를 더욱 힘주어 밟았다. 지금은 이런 생각을 할 때가 아니었다.

희숙이 재선아파트에 도착한 것은 밤 여덟 시가 조금 넘은 시각이었다. 도색이 다 벗겨져 겉보기에도 낡은 아파트는 총 200세대밖에 되지 않는 작은 단지의 아파트였다. 동마다 엘리베이터가 없는 5층짜리 아파트로 빌라로 봐도 무방했다. 아파트를 둘러싼 담도 없다. 이곳의 한 동을 샤인코스메틱의 이름으로 매입해 직원들의 숙소로 사용하고 있다. 생산직 직원들은 지역에서 채용하기 때문에 집이 있지만 본사에서 발령을 내는 사무실 직원들과 공장의 일부 직원들에게 숙소가 필요했다. 이 낡은 아파트를 진하는 끔찍해 했다. 그래도 희숙은 눈 하나 깜짝하지 않았다. 진하를 바닥부터 고쳐야 한다고 생각했기 때문이다.

차에서 내려 희숙은 주변을 둘러보았다. 자신이 알기로 이 아파트는 CCTV가 없었다. 워낙 오래된 아파트인 데다 200세대 아파트이기 때문에 CCTV 설치가 의무인 주택법의 적용을 받지도 않았다.

단 하나.

희숙은 진하가 머물고 있는 103동의 입구에 선 채로 맞은편을 보았다. 길 하나 건너에 편의점이 자리하고 있다. 저곳에는 아마 CCTV가 있을 거였다.

"아니, 대표님 아니십니까?"

희숙은 소리가 난 쪽으로 돌아섰다. 남색 경비복을 입은 남자가 싸리 빗자루를 들고 서 있었다. 머리는 완전히 희어서

70대는 훨씬 넘은 걸로 보였다. 희숙은 옷차림으로 남자가 경비원임을 짐작했지만 상대는 자신이 누군지 아는 것 같았다. 그녀가 한 동 전체의 소유자이니 그럴 법도 했다.

"안녕하세요."

"웬일이십니까? 아, 아드님 보러 오셨어요?"

"네, 뭐."

희숙은 그렇게 대답하며 경비초소를 보았다. 초소는 동마다 입구에 하나씩 설치되어 있지만 전체 경비 직원은 두 명뿐이다. 작년에 관리비 감축을 한다며 경비 인원을 줄인 걸로 알고 있다. 오늘은 이쪽 동에서 근무를 하는 날인지 경비실 안이 밝았다. 슬쩍 안을 들여다보니 등유를 쓰는 스토브가 벌겋게 빛을 발하고 있었다.

경비원이 변명처럼 말했다.

"아, 곧 들어갈 겁니다."

사무실을 비우면서도 스토브를 켜놓느냐는 잔소리를 할 것처럼 보인 모양이었다. 희숙은 대답 없이 고개를 숙여 인사하고는 경비실을 지나쳤다. 그때 경비실 유리창에 붙은 안내문을 똑똑히 보았다.

경비실 휴게시간 : 24시부터 익일 03시까지

어떤 사람은 이런 걸 왜 붙여 놓았냐고 항의할지도 모른다. 이 시간엔 경비원이 없으니 도둑질을 하려면 편히 하라는 공지를 할 생각이냐고 따질 수도 있다. 하지만 관리실 입장은 또 다르다. 경비 비용을 줄이려면 급여에서 공제할 수 있는 휴게시간을 주어야만 하는데, 입주민들은 그 시간에 경비원이 없으면 자신들의 관리비나 받아 챙기고 일을 안 한다고 항의하기 때문에 공지를 안 할 수도 없다. 이런 사정을 아는 것은 희숙의 아파트에서도 같은 일이 있었기 때문이다.

희숙은 곧장 계단을 올랐다. 진하는 103동 302호에 살고 있다. 숨이 차는지도 모르고 302호 앞까지 단숨에 올라갔다. 초인종을 눌렀다.

"누구세요?"

긴장된 나직한 목소리가 들려왔다.

"열어."

문이 조심스레 열렸다. 아들의 얼굴은 파랗게 질려 있다. 희숙은 단박에 문을 잡아채 열고는 안으로 들어섰다. 청소도 잘 하지 않았는지 13평의 집 안에서는 옅은 곰팡이 냄새가 났다.

"어디 있어?"

뒤따라 들어온 진하에게 물었다. 진하는 고개를 숙이고 입술을 안쪽으로 말아 넣고 있다가 대답도 없이 떨리는 손으로 오른쪽 어딘가를 가리켰다. 그 손을 따라 시선을 돌리던 희숙은 거친 숨을 들이켜며 자기도 모르게 등을 돌렸다. 거실 한가운데에 팔을 양쪽으로 벌리고 누워있는 시신이 보였다. 혀가 반쯤 빠져나와 있었다. 너무 끔찍한 모습이었다. 희숙은 눈을 감았다. 몇 번이고 마음가짐을 다시 했다. 그녀는 천천히 돌아섰다. 시신을 정확히 보았다.

목을 졸랐는지 목에 검붉은 띠 모양의 상흔이 가장 먼저 눈에 띄었다. 얼굴은 푸른빛이 감돌았고 입술은 거멨다. 실핏줄이 터졌는지 번뜩 뜬 채로 죽은 눈은 뺄겋게 충혈되어 있었다. 많아 봐야 스물대여섯 살로 보였다.

"누구야?"

진하는 대답도 제대로 못 하고 우물쭈물했다. 손을 번쩍 들어 주저 없이 아들의 뺨을 내리쳤다. 엄청난 소리와 함께 진하의 얼굴이 옆으로 돌아갔다. 진하를 친 손바닥이 욱신거렸다. 이를 악문 채로 희숙이 말했다.

"정신 똑바로 차려. 엄마가 하는 말에 대답 똑바로 해. 알았어?"

진하가 고개를 끄덕거렸다.

"누구야?"

"사무실 경리."

정신이 아찔해지는 기분이었다. 터져 나올 것 같은 분노를 간신히 억누르며 숨을 가라앉히려 애썼다.

"건드렸어?"

"잠깐 만난 것뿐이야. 헤어지자고 하니까 계집애가 징글징글하게 들러붙어서……. 그걸로 싸우다가."

희숙은 주먹을 꽉 움켜쥐었다. 여기에 내려오는 두 시간 내내 한 생각이 있었다. 회사를 이만큼 키워오기까지 많은 일이 있었다. 이제 그 일들을 잊어도 될 만큼 회사는 안정적이었다. 중국 계약만 마친다면 회사는 더욱더 규모가 커질 것이었다. 이 회사가 먹여 살리는 직원만 해도 수백 명이었다.

하지만 그건 아무것도 아니었다. 자신이 이렇게까지 달려온 것은 모두 아들 하나 때문이었다. 아들이 잘못된다면 자신에게는 아무것도 남지 않는 것과 다름없었다. 그런 귀중한 아들이다. 사고뭉치였지만 하나밖에 없는 자식이다. 그런 자식을 교도소에 보낼 수는 없다. 살인자로 만들 수는 없다.

희숙은 아들의 두 뺨에 손을 올렸다. 그리고 자신을 똑바로 보게 했다.

"지금부터 내 말 잘 들어. 내가 시키는 대로 해야 해."

진하는 고개를 끄덕였다.

12월 18일 저녁 8시 12분이었다.

2

처음 신고가 접수된 것은 화재였다. 신고자는 재선아파트의 101호에 사는 염경수라는 50대 남자로 뭔가 타는 듯한 냄새에 눈을 떴다고 했다. 그 냄새는 너무나 짙어서 '설마 불이 난 건 아니겠지.' 하고 생각했다. 마침 남자는 시간을 봤다. 새벽 2시 54분. 너무도 이른 시간이었다. 거기다 이곳은 아파트여서 누가 불장난을 하는 게 아니라면 뭘 태우거나 할 일이 없는 곳이었다. 가끔 인근 밭에서 농사를 짓는 주민들이 짚을 태우는 일이 있긴 했지만 이런 새벽 시간에 태울 리 없었고, 그 냄새가 이렇게 짙게 집 안으로 들어올 리가 없다고 생각했다. 염경수는 이불을 젖히고 침대에서 일어나 방에서 나왔다. 그는 지난밤 퇴근해 들어오며 아무 생각 없이 식탁에 걸쳐 두었던 패딩점퍼를 잠옷 위에 걸쳤다. 그리고 현관문을 열었을 때 그는 기겁하고 말았다. 온 복도가 연기로 뒤덮여 바로 앞도 제대로 보이지 않았던 것이다.

"불이야!"

그는 소리를 지르며 벽을 의지해 계단을 내려왔다. 다행히 지상에서 반층 위에 있는 1층이었으므로 바깥으로 나오는 데는 얼마 걸리지 않았다. 그때 그는 반대편에서 달려오는 경비원을 발견했다. 그 역시 추후의 조사에서 휴식 시간을 마치고 돌아오는데 구름 같은 연기가 뿜어져 나오는 것을 발견하고 미친 듯이 아파트로 달려갔다고 했다.

연기가 솟구치는 곳은 지하로 내려가는 반 층 아래의 계단이었다. 시뻘건 불길이 훅훅 거리는 소리를 내며 벽을 타고 오르려 하고 있었다. 경비원이 동 입구에 설치된 소화기를 가져와 불길을 향해 분사하는 한편 염경수는 119에 신고를 했다. 염경수는 용기가 있는 사람이었다. 신고를 마치자 즉시 연기 속으로 뛰어 들어갔다. 그리고 1층부터 5층까지 뛰어 올라가며 문을 두드리면서 나오라고 소리를 질렀다. 불이 얼마나 크게 번질지 모르는 상황이었기 때문이었다. 어떤 사람은 금방 깨서 나왔지만 어떤 집에서는 대답이 없었다. 발로 걷어차고 소리를 지른 끝에야 무슨 일이냐며 눈을 비비면서 나오는 사람을 바깥으로 끌어냈다. 그 시간은 아주 길고 길게 느껴졌다. 나중에 알고 보니 소방차가 오기까지 7분밖에 안 되는 시간이었지만 염경수에게는 굉장히 긴 시간으로 느껴졌다.

경비원이 소화기를 뿌린 덕에 어느 정도 잡힌 불길은 소방차가 도착해 물을 분사하자 금세 꺼졌다. 경비원은 안도의 한숨과 함께 바닥에 털썩 주저앉아 버리고 말았다. 몸에서 온 힘이 빠져나간 것 같았다.

소방대원들이 지하로 진입했다. 제일 먼저 진입한 대원은 화재 발생지로 추정되는 곳에서 시커먼 덩어리를 발견하고는 뒤따라 들어오는 대원들을 향해 팔을 뻗어 다가서는 것을 저지했다. 그는 심각한 얼굴로 뒤를 돌아보았다.

"시체야."

곧장 지하로 통하는 계단에 출입 금지 테이프가 붙었다. 사람들이 보지 못하도록 화재 진압 대원들이 포장을 쳤다. 경찰서와 국과수에 동시에 연락이 갔다. 연기를 피해 도망 나온 사람들은 이제 집으로 들어가라는 안내에도 안으로 들어가지 않고 밖을 서성이며 웅성거렸다.

재선경찰서 형사과에서 출동한 것은 인우와 그의 후배 형사 서기영이었다. 두 사람이 도착했을 때는 이미 화재감식반에서 작업을 벌이고 있었다. 통제하는 인원들에게 경찰공무원증을 내보이자 길을 터주었다. 지하로 내려가는 계단에 쳐진 파란 천막을 걷고 안으로 들어갔다.

처음으로 맡은 냄새는 구역질이 날 만큼 역한 것이었다. 하나의 생명이 타들어 간 냄새는 가시처럼 코를 찌르며 들어왔다. 옆에 선 서기영이 코를 막는 것이 보였다. 하지만 인우는 그러지 않았다. 그는 냄새 사이에서 또 다른 냄새를 찾았다.

"인화성 물질이군요."

인우의 말에 감식복을 입은 남자가 구석 쪽에서 일어났다. 화재감식반의 배정도 팀장이었다. 두 사람은 가볍게 악수를 나누었다.

"휘발유인가요?"

인우가 물었다. 배정도는 살짝 어깨를 으쓱했다.

"아직 정확한 건 몰라. 분석해 봐야 해."

"시신은요?"

"이쪽."

뒤에 숨겨놓은 것을 보여주기라도 하듯 배정도는 몸을 살짝 옆으로 뺐다. 곧바로 시신이 보였다. 처음에는 시신으로 보이지도 않았다. 워낙 타서 그냥 검은 덩어리로밖에 보이지 않았다. 불에 타 살점이 거의 남아나지도 않았다. 허옇게 드러난 치아가 뿌리까지 보였다. 밑으로 늘어진 살점이 툭, 아래로 떨어졌다.

"우욱!"

참지 못한 서기영이 구역질을 하며 계단을 뛰어 올라갔다. 인우는 굳이 말리지 않았다. 자신도 신참 시절에 많이 겪은 일이었다. 지금은 충격적이겠지만 시간이 지날수록 충격은 점점 무뎌져 간다. 비위가 강해지는 건 아니었다. 다만 이것이 그저 끔찍하고 구역질 나는 시신이 아니라 한때는 살아있던 사람이라는, 자신이 밝혀내야 하는 안타까운 죽음일지도 모른다는 사실에 더 포커스가 맞춰져 간다.

거센 화마였지만 시신의 형태는 어느 정도 남아 있었다. 시신은 계단 반 층 아래의 벽 구석에 기대어져 있었다. 가까이 다가갈수록 기름 냄새가 진동했다.

"시신의 신원을 특정할 만한 물건 같은 건 발견되지 않았나요?"

"찾는 중이기는 한데, 일단 아직 나온 건 없어. 주변에 물건이 탄 흔적이 없고, 주머니에 휴대폰이 들어 있던 것 같기는 하지만 전부 녹아서 형체도 남아 있지를 않아. 사인은 부검을 해봐야겠고."

배정도가 답답하다는 얼굴을 했다. 인우는 시신을 똑바로 응시했다. 외관상으로는 여성인지 남성인지조차 구별이 가지 않았다. 그만큼 큰 화재였다. 눈대중으로는 키가 작은 듯했다. 몸피로 여성인 것 같다고 짐작할 뿐이었다. 그렇게 하면 뭔가 증거라도 나올 것처럼 시신에서 눈을 떼지 않은 채 인우가 말했다.

"살해일 겁니다."

배정도가 인우를 보았다.

"자살이라면 고통 속에서 이렇게 가만히 앉아 있을 수는 없었겠죠."

"그렇겠군. 바빠지겠어."

"너무 오랜만의 불행이네요. 반갑지 않은 불행."

이 지역은 굉장히 작았다. 형사과에서 하는 일이란 추수철의 수확물을 도둑질하는 범인을 잡거나 시골을 만만히 보고 들어와 조립식 창고를 지어 노름을 하는 노름꾼들을 잡는 일에 치중되어 있었다. 살인사건은 그렇게 자주 일어나는 일이 아니었다.

"뭐라도 나오면 연락 주십시오."

"그러지."

배정도가 다시 작업을 시작했고 인우는 포장을 걷고 바깥으로 나갔다. 바깥에는 사람들이 아직 둥글게 모여 웅성거리고 있었다. 인우가 나오자 서기영이 곧장 다가섰다. 토한 듯 입 주변이 번들거렸다. 여태까지 토하고 있던 것은 아니었지만 얼른 안으로 들어오기가 겁이 나 바깥에서 우물쭈물하고 있었던 듯했다.

"죄송해요, 선배."

"괜찮아."

인우는 사람들을 향해 돌아섰다.

"혹시 집 안에 남아 있는 분들이 더 있습니까?"

사람들은 서로의 얼굴을 볼 뿐 대답을 하지는 않았다. 한 남자가 먼저 목소리를 냈다.

"우리 집에는 나밖에 없습니다. 사람은 더 없어요."

그러자 사람들이 서로 "저도요." 라고 말하기 시작했다. 인우가 서기영에게 말했다.

"여기 있는 분들 동호수와 이름, 연락처 모두 체크하고 들어가시라고 해."

"알겠습니다."

서기영이 사람들에게로 다가갔다. 그 사이 인우는 경비원을 눈으로 찾았다. 그는 경비실 안에 서서 어두운 얼굴로 이쪽을 보고 있었다. 인우가 다가가자 경비원이 급히 말했다.

"여기 안쪽 화장실에 두었던 등유통이 없어졌어요."

인우는 안을 들여다보았다. 두 평도 채 되지 않을 것 같은 경비실에 책상 하나와 의자 하나가 놓여 있었다. 안쪽을 가벽으로 나누어 화장실을 만들어 놓았다. 그 화장실 안에 등유를 놓았는데 없어졌다는 이야기였다. 경비실 안에 스토브가 있었다. 등유로 가동하는 것 같았다.

인우는 다시 지하로 내려가 배정도에게 등유 이야기를 했다.

"경비실에서 없어진 등유가 사용된 게 맞다면, 이 아파트 사정을 잘 아는 사람의 소행일 수도 있어요. 감식을 철저히 부탁드려요."

"걱정 마."

인우는 다시 경비원에게로 돌아갔다.

"잠깐 이야기 좀 나눌 수 있을까요?"

경비원은 바로 고개를 끄덕였다.

"관리사무소에 가서 이야기 나누시죠. 비어 있으니까 괜찮습니다."

인우는 경비원을 따라 관리사무소로 향했다. 관리사무소 건물은 단지에서도 안쪽에 위치해 있었다. 1층에는 노인정이 있었고 관리소는 2층을 사용하고 있었다. 낡은 아파트 건물만큼이나 관리사무소도 허름해 보였다. 불투명유리가 달린 철제 유리문을 열고 두 사람은 안으로 들어갔다. 책상 하나가 들어가는 문에서 정면으로 보였고, 옆으로 인조가죽으로 된 소파 두 개가 마주보는 위치에 놓여 있었다. 소파도 오래 사용한 것인지 여기저기 갈라져 있었다.

"추운데 차를 좀 드릴까요?"

"괜찮습니다."

"그럼."

경비원이 소파 쪽으로 팔을 뻗었다. 앉으라는 제스처였다. 인우가 앉자 맞은편에 경비원이 앉았다. 인우가 먼저 입을 열었다.

"많이 놀라셨겠습니다."

"그러게요. 여기저기 불난다는 뉴스만 봤지, 실제로는 처음 봐서. 그래도 평소에 소화기 사용법을 익혀놔서 다행이었습니다."

경비원은 자신이 불길을 잡은 것이 꽤 뿌듯하게 느껴지는 것 같았다.

"여기 직원은 몇 분이나 되십니까?"

"작은 단지라서 많지는 않습니다. 경리 겸직으로 여자 소장님이 한 분 계시고, 설비관리과장 한 명이 사무실 직원의 전붑니다. 경비는 저를 포함해서 두 명뿐입니다. 청소는 일주일에 한 번 오는 외주업체가 있어서 미화원은 따로 없습니다."

"경비원 두 분께서 어떻게 근무를 하십니까?"

"새벽 7시부터 다음날 7시까지 24시간 맞교대예요."

"피곤하시겠네요."

"익숙해지니까 괜찮아요."

경비원은 쓴웃음을 지었다. 인우는 경비원의 얼굴을 보며 그가 어느 정도 안정됐다고 느꼈다. 본격적인 이야기를 할 때였다.

"불이 났을 때 상황을 말씀해 주시죠."

경비원이 잠깐 생각한 후 말했다.

"그때는 제 휴식 시간이었습니다. 거의 끝났다 싶어서 경비실로 돌아가고 있는데 연기가 무섭게 뻗어 나오고 있었습니다. 그때 101호가 뛰어나왔습니다. 제가 소화기를 쏘며 안으로 들어가면서 신고를 해달라고 소리쳤습니다. 101호가 신고를 했을 겁니다."

신고한 남자가 101호의 입주민인 모양이었다. 경비원들은 자주 보는 입주민들의 호수는 잘 기억하는 편이다.

"휴식 시간이 어떻게 되시죠?"

"밤 12시부터 새벽 3시까지예요. 그 시간이 되면 여기 관리동 지하로 옵니다. 지하에 휴식 시설이 있거든요."

"주무십니까?"

"잠깐 눈을 붙이죠. 원래는 월급을 적게 주려고 신고하는 명목상의 휴식 시간이었는데, 제대로 휴식 시간을 안 주면 그것도 법에 어긋난다나. 왜 저번에 뉴스에도 나오고 그랬는데요."

인우는 그런 뉴스를 본 기억이 났다. 아파트 경비원들의 처우에 대한 문제를 짚은 뉴스였는데 휴식 시간에도 경비실을 떠나지 못하게 하는 것은 진정한 휴식이 될 수 없다는 내용이었다. 아마 그때부터 휴식 시간을 자유롭게 쓰도록 했던 것 같다.

"그럼 그 휴게시간을 입주민들이 알고 있습니까?"

경비원이 바로 맞장구를 쳤다.

"그럼요. 알죠. 안 그러면 경비원 어디 갔냐고 따지는 사람들도 있고 해서요. 경비실 앞에다 써서 아예 붙여 놓습니다."

"그럼 경비실에 사람이 없다는 걸 알고 악용하는 사건도 있을 텐데요?"

예를 들어 도둑이 들 수도 있는 일이다. 그 말이 나올 줄 알았다는 듯 경비원이 바로 말을 이었다.

"그 문제도 처음에 의논하긴 했어요. 근데 바로 답이 나왔지요. 형사님, 생각해 보세요. 도둑놈이 많겠습니까, 경비원 없다고 난리 치는 입주민이 많겠습니까?"

후자일 것이다. 적어도 이 관리소에서는 그렇게 판단한 것 같았다. 중요한 것은 그게 아니다. 경비원이 그 시간에 없다는 것을 알고 있는 사람이 많다는 것은 용의자를 좁히기 힘들다는 이야기가 될 수도 있었다.

"아파트 내에 CCTV는 어디에 있죠?"

경비원이 살짝 웃으며 말했다.

"이렇게 후진 아파트에 CCTV가 어디 있겠습니까? 엘리베이터도 없는 아파튼데요. 말이 좋아 아파트지 빌라나 다름없습니다, 여긴."

"주차장에도 없나요?"

"없어요."

벌써부터 수사가 난항에 빠질 기운이 느껴졌다.

"일단 알겠습니다. 오늘은 여기까지만 하겠습니다. 또 도움 받을 일이 있으면 찾아오겠습니다."

"네."

인우가 일어나자 경비원도 따라 일어났다. 그는 경비원에게 묵례를 하고는 먼저 관리실을 빠져나왔다. 1층으로 내려가자 관리실 쪽으로 오고 있는 서기영이 보였다. 인우는 서기영을 향해 손을 들었다. 가까이 다가서자 서기영이 들고 있던 종이를 인우에게 보였다.

"일단 나와 있던 입주민들 명단입니다. 여기가 13평이라 그런지 5층까지 10세대가 거의 혼자 사는 사람들이었습니다. 알고 보니까 여기 한 동을 샤인코스메틱이라는 회사에서 임대해서 직원 숙소로 사용한다고 하던데요."

"샤인코스메틱?"

"네. 본사는 영인에 있는데 여기 지점에 발령받은 직원들을 위한 숙소라고 했어요."

인우가 고개를 끄덕거렸다. 서기영이 관리실 쪽을 올려다보며 물었다.

"뭐 나온 것 있나요?"

"별로. 알아낸 거라면 범인이 아주 친절하다는 것 정도?"

"친절이요?"

서기영이 눈을 둥그렇게 떴다.

경비원은 분명 밤 12시부터 다음 날 새벽 3시까지 휴게시간이라고 했다. 3시간 동안 경비실이 빈다는 이야기였다. 그렇다면 그 3시간 중 어느 때든 범인이 활동할 수 있었다. 그런데 화재 신고가 들어온 것은 2시 40분. 등유를 사용했다는 점과 화재 규모를 보았을 때 불을 붙인 시간은 신고가 들어온 2시 40분에서 그렇게 먼 시간이 아니었을 것이었다. 그렇다는 것은 휴게시간이 끝난 경비원이 돌아와 발견했을 때 화재가 크게 번지지 않을 것을 예측했다는 것이었다. 이런 생각을 하면 범인의 의도가 분명해진다. 범인이 원하는 것은 시신의 전소. 하지만 다른 사람들에게 피해가 가지 않는 것이다.

그런 생각을 이야기하자 서기영이 미간을 찌푸렸다.

"고양이 쥐 생각해 주는 격이네요."

두 사람은 함께 103동 앞으로 향했다. 이미 사람들은 통제하는 대원들의 안내에 따라 각자 집으로 돌아간 뒤였다. 감식은 아직도 한창이었다. 아마 아침이 되어서도 끝나지 않을 것이었다.

"저희는 일단 서로 복귀해야죠?"

여기에 있어도 더 나올 것은 없었다. 서기영이 그렇게 말했을 때 인우의 대답이 바로 돌아오지 않았다. 차 쪽으로 향하던 서기영이 인우를 돌아보았다. 인우는 103동을 등지고 선 채 어딘가를 뚫어져라 바라보고 있었다. 서기영이 인우의 옆으로 왔다. 어딜 보나 싶어서 그 시선을 따라 고개를 돌렸다. 길 건너 편의점이 불을 밝히고 있었다. 직원인 모양인지

편의점의 보라색 조끼를 입은 남자가 밖으로 나와 이쪽을 보고 있었다. 불이 났으니 구경을 나온 건지도 모른다.

"뭐 사시게요?"

인우는 대답하지 않았다. 고개를 끄덕이지도 않았다. 다만 편의점을 계속 응시하다가 몸을 돌려 다시 103동을 보았다. 그 두 공간은 대각선으로 서로 마주 보고 있는 형태였다. 인우는 뭔가를 발견했는지 만족스러운 표정을 지었다.

인우가 말했다.

"CCTV가 아예 없는 건 아니군."

3

 편의점 앞에 나와 있던 남자가 인우와 서기영이 다가가자 물고 있던 담배를 바닥에 던지고 발로 비벼 껐다. 그러고는 무슨 생각이 들었는지 눈치를 보며 담배꽁초를 집어 들어 옆에 있던 쓰레기통에 넣었다. 두 사람이 형사라는 것을 알고 있는 것 같았다. 서기영이 경찰공무원증을 들어 보였다.

 "경찰입니다. 저거 재선아파트 쪽을 비추는 CCTV죠?"

 말을 하며 손을 뻗어 건물 외벽에 달린 카메라를 가리켰다. 옆에 선 인우는 그 카메라가 가짜가 아니기만을 빌었다. 가끔 아이들의 장난이나 술 취한 사람들의 노상 방뇨를 막기 위해 가짜 카메라를 다는 경우가 있기 때문이었다. 진짜

CCTV는 아무래도 유지비가 비싸다. 한두 사람을 거치면 다 아는 사람인 이런 작은 도시에서 진짜 CCTV는 필요한 날보다 필요치 않은 날이 더 많았다.

다행히 가게 점원은 그것이 진짜 CCTV라고 말했다.

"CCTV 좀 확인할 수 있을까요?"

점원은 난처한 얼굴을 했다.

"사장님이 나오셔야 하는데."

사장님의 허락이 있어야 한다는 뜻이 아니라 사장님만이 CCTV 기계를 다룰 수 있다는 것 같았다. 인우가 말했다.

"급한 일입니다. 사장님께 통화해서 사용만 허락해 주시면 저희가 직접 확인하겠습니다."

어차피 이런 곳에 달린 사설 CCTV는 사용 방법이 다 비슷비슷하다. 점원은 알겠다고 하며 편의점 안으로 들어갔다. 두 사람이 따라 들어오는 걸 보고 카운터 안쪽으로 들어가 휴대폰을 집어 들었다. 그러고는 어딘가로 전화를 걸었다.

"사장님, 전데요. 잠시만요."

점원이 휴대폰을 내밀었다. 서기영이 그 전화를 받았다. 상황 설명을 하자 사장은 CCTV 사용을 허락하는 동시에 간단히 사용법을 설명해 주었다. 자신이 나오지 않아도 된다는 사실이 오히려 만족스러운 듯했다.

카메라의 정보를 저장하는 컴퓨터는 카운터 안쪽에 있었다. 모니터를 확인해 보니 정확히 103동 쪽을 비추고 있었다. 사건이 생각보다 쉽게 해결될 것 같다는 희망이 보였다. 인우가 컴퓨터 앞으로 다가가자 점원이 자리를 비켜주었다. 컴퓨터를 조작하면서 인우가 물었다.

"최대 며칠까지 저장이 되죠?"

"사장님이랑 전화했을 때 물어보시지."

볼멘소리를 한 점원은 투덜거리며 휴대폰으로 다시 사장과 통화를 했다. 최대 일주일이라는 답변이 나왔다. 좀 아쉽기는 했지만 일단 이 CCTV 영상은 중요한 자료다. 그 자리에서 오늘 자의 영상을 클릭했다. 화면이 흑백인데다 화질이 좋지 않았다. 시간을 새벽 2시로 놓고 플레이를 시켰다. 빠르기를 4배속으로 돌리고 화면을 응시했다. 화면 속 나무가 가끔 바람에 흔들리는 것 빼고는 큰 변화가 없었다. 변화가 보이기 시작한 것은 2시 40분경. 103동의 문 안쪽으로 번쩍임이 포착됐다. 불이 난 시간이었다. 한참을 응시했지만 바깥으로 나오는 사람은 없었다.

"103동에 사는 사람이 범인이라고 봐도 되겠네요."

"총 몇 세대지?"

"한 층에 두 집씩 총 열 집이요. 화재 때 밖으로 피신 나온 사람들의 정보를 다 확인해 두었으니 용의자는 좁혀지겠네요."

"혹시 모르니까 경비원분한테 입주민 명단도 확보해 놔."

입주민이 아닌 사람이 더 있을 수도 있다. 이를테면 가족이나 손님이 와 있을 수도 있는 것이다. 서기영은 알겠다고 대답하고는 편의점 밖으로 나갔다. 인우는 자리에서 일어나 점원에게 말했다.

"지금 저장된 영상은 저희가 복사해 가도록 하겠습니다."

점원이 대답하기도 전에 인우는 주머니에서 USB를 꺼냈다. 평소 기본적으로 가지고 다니는 물건이었다. 거기에 영상을 옮겨 담았다.

"피해자의 신원을 감추기 위해서라기보다는 증거를 인멸하기 위한 화재였던 것 같습니다."

인우가 배도훈 팀장에게 보고했다. 배도훈은 턱을 괸 채로 화면을 응시했다. 화면에는 인우가 가지고 온 1차 부검 결과서가 띄워져 있었다. 사망자는 추정 키 165센티미터의 여성이었다. 시신의 기관지 등 호흡기관에서 그을음이 발견되지 않은 것으로 보아 화재 당시 이미 숨져 있었다고 했다. 인우가 생각했던 그대로였다. 살아 있을 때 불을 질렀거나 스스로 불을 붙여 자살했다면 그렇게 얌전히 벽에 기댄 상태로 발견될 리 없기 때문이다. 설골이 골절된 것으로 보아 교살의 가능성이 있었다. 성폭행의 흔적은 발견되지 않았다. 이는 성폭행이 발생하지 않았다는 것은 아니었다. 시신이 불에 탄 정도가 심해 흔적이 지워졌다. 또한 범인과의 몸싸움 흔적이 남아있을지도 모르는 손톱까지 전부 불에 타버렸다. 피해자의 인적 사항과 용의자를 추릴 수 있는 휴대폰 또한 불과 함께 모두 녹아내렸다. 계획된 범죄였다.

"그래서? 피해자 신원은?"

"CCTV를 근거로 확인 중에 있습니다. 일단 103동 입주민 중 행방불명되거나 행적이 묘연한 사람을 확인해 봐야 할 것 같습니다. 다행인지 불행인지, 모두 샤인코스메틱 직원이 사는 곳이라고 하니 확인은 간단할 것 같습니다."

"피해자 신원이 나오면 보고해."

"알겠습니다."

팀장에게서 돌아선 인우는 곧장 서기영의 자리로 향했다. 서기영은 CCTV 영상을 확인하는 중이었다.

"뭐 나온 거 있어?"

"이거 잠깐 보세요."

서기영이 모니터를 인우 쪽으로 살짝 돌렸다. 화면 한가득 영상이 펼쳐져 있었다. 영상이 어두컴컴했다. 흑백이라 더 그런 것도 있지만 저녁 시간대인 것 같았다. 화면 안에는 한 사람이 찍혀 있었다. 점퍼에 달린 모자를 뒤집어쓰고 있었는데 카메라 쪽으로 살짝 고개를 돌리고 있지만 마스크를 쓰고 있어서 얼굴은 보이지 않았다.

서기영은 정지되어 있던 화면을 플레이시켰다.

"19일 밤 8시인데요. 이 사람이 아파트 안으로 들어갑니다. 다시 나오는 장면은 없어요."

"입주민일 수 있잖아?"

"그럴 수도 있죠. 근데 모자에 마스크까지 쓴 게 좀 이상해서요."

겨울이라 점퍼의 모자를 뒤집어쓸 수는 있다. 그러나 올해 겨울은 역대 최고 따뜻한 기온이라고 연일 뉴스에서 방송했다. 그만큼 환경이 망가졌다는 보도였다. 인우는 당일 날씨를 스마트폰으로 확인했다. 저녁 여덟 시에는 영상 3도의 날씨였다. 모자를 쓸 수도 있지만 그렇게 추운 날씨는 아니었다.

"그리고 다른 사람들은 다 퇴근을 하기 때문에 손에 가방이나 핸드백을 들고 있는데, 이 사람만 빈손이에요."

103동은 전부 샤인코스메틱의 직원 숙소인 데다 경비원의 말에 따르면 대부분 혼자 사는 사람들이라고 했다. 13평의 집은 가정을 꾸린 사람들이 사용하기에는 좁다. 가족이 있는 사람들은 별도의 집을 구해 산다고 했다. 서기영의 말대로 이 사람이 피해자일 가능성이 있었다.

"일단 회사로 가보지."

"협조 요청해 놓겠습니다."

그날 오후 두 사람은 경찰서를 나왔다. 샤인코스메틱에 방문하기로 약속이 된 터였다. 밖으로 나오자 급하게 다가서는 사람이 있었다. 두 사람 모두에게 눈에 익은 사람이었다. 경찰서 출입 기자인 최순지였다.

"살인사건 때문에 나가시는 거죠? 뭐 확인된 것 있나요?"

인우는 살짝 인상을 썼다. 서기영이 그를 상대했다.

"지금 조사 중에 있습니다. 보도에 도움 드릴만한 사항은 아직 나온 게 없어요."

"사망자 신원은요?"

"조사 중에 있습니다."

똑같은 말을 되풀이하며 두 사람은 빠른 걸음으로 차로 향했다. 걱정했던 것처럼 최 기자가 따라오거나 하지는 않았다. 하지만 두 사람이 나가면 경찰서 안으로 들어가 뭐라도 건질 게 있는지 다른 직원들을 귀찮게 할 것이 분명했다.

"벌써부터 시작되는군."

인우가 시동을 걸며 말했다. 서기영이 한숨을 내쉬었다.

"오늘 아침에 바로 뉴스 나오더라고요. 지방 뉴스기는 하지만."

"워낙 작은 동네라 이런 일이 많지 않으니까."

그렇기에 사람들의 호기심은 더욱 폭발적이었다. 누군가의 죽음이 누군가에게는 호기심이 된다. 때로는 다른 사람과의 대화거리로, 일상의 활력으로 소모되어 버리고 만다. 이런 상황이 인우에게는 익숙한 일이었지만 익숙해지지 않는 일이기도 했다. 가끔은 사람이 싫어지기도 한다.

경찰서에서 샤인코스메틱까지는 이십 분이 채 걸리지 않았다. 넓지 않은 주차장에는 차가 가득 차 있어서 건물 바깥 이면도로에 차를 세우고 안으로 들어갔다. 주차장 안쪽으로 2층짜리 건물이 있었는데 사무실은 2층이라고 이미 들었다. 계단을 올라가면서 보니 1층에는 샤인코스메틱에서 판매하는 제품을 전시하고 있는 것 같았다. 여자 한 명이 안쪽 책상에 앉아 업무를 보고 있었다.

두 사람은 2층으로 올라갔다. 유리문이 설치되어 있었고 문을 열 수 있는 버튼이 부착되어 있었다. 버튼을 누르고 안으로 들어가자 서너 명의 직원이 이쪽을 쳐다보았다. 여자 한 명과 남자 두 명이 전부였다. 그들은 약간 경직된 얼굴이었다. 이미 전화를 하고 와서 두 사람이 누군지 알기 때문인 것 같았다.

"재선경찰서에서 나왔습니다. 미리 전화를 드리고 왔는데요."

"네, 전화는 제가 받았습니다."

여직원이 주춤주춤 일어서며 손을 살짝 들었다. 여자는 이십 대 중반으로 보였다. 다른 남직원 두 명 중 한 명은 50대 정도의 중년이었고 한 명은 20~30대로 젊은 나이인 것 같았다. 50대 나이의 직원이 두 사람 쪽으로 다가왔다.

"제가 이곳의 관리부장입니다."

서기영과 인우가 그쪽으로 몸을 틀어 인사를 했다. 두 사람은 관리부장이라는 남자의 안내를 받아 소파 쪽으로 가 앉았다. 중간에 테이블이 있었고 관리부장은 상석인 일인용 의자에 앉았다. 처음 인사를 했던 여직원이 탕비실로 들어가는 게 보였다. 젊은 남직원은 자기 자리에 앉아 있었는데 이쪽을 흘끔흘끔 쳐다보는 것이 느껴졌다.

"고생이 많으십니다."

관리부장이 먼저 말을 꺼냈다. 사건에 관해서는 이미 뉴스를 통해 알고 있는 것 같았다.

"아닙니다. 저희가 해야 할 일인 걸요."

예의상의 말을 한 뒤 인우는 바로 본론으로 들어갔다.

"이 회사의 직원들이 재선아파트 103동에 거주하고 있는 걸로 알고 있습니다."

"일부죠. 본사에서 내려온 저희 사무직원과 영업직원 몇 명이 거주하고 있습니다."

"혹시 이런 사람 알아보시겠습니까?"

인우가 들고 온 태블릿PC를 내밀었다. 화면에는 예의 CCTV 영상이 떠 있었다. 거기에 점퍼의 후드를 뒤집어쓴 사람이 이쪽으로 얼굴을 돌리고 있다. 하지만 거리가 먼데다 화질이 좋지 않아 얼굴은 잘 보이지 않았다. 화면을 플레이시켜 103동 안쪽으로 걸어 들어가는 장면까지 보여주었다. 사람을 판단할 때는 얼굴만이 아니라 걸음걸이나 몸짓으로도 사람을 알아볼 수 있기 때문이다. 그러나 관리부장은 고개를 갸웃했다.

"잘 모르겠군요."

그때 여직원이 쟁반을 들고 다가왔다. 그녀는 차가 담긴 종이컵을 각각의 앞에 놓아주었다. 안에는 녹차가 담겨 있었고, 김이 폴폴 올라왔다. 서기영이 감사하다고 인사를 했다. 인우는 종이컵을 쥐어 차가워진 손을 녹였다. 관리부장이 그녀에게 말했다.

"혜원 씨, 이 사람 혹시 알아보겠어?"

관리부장의 말에 인우가 태블릿을 그녀에게 보여주었다. 그녀는 가만히 그걸 응시했다. 관리부장이 말했다.

"재경 씨 아냐?"

인우가 재빨리 관리부장을 보았다.

"재경…… 이라면?"

관리부장이 앉은 자세를 고쳐 앉으며 말했다.

"사실 저희 직원 중에 얼마 전부터 나오지 않는 여직원이 있습니다. 사람이 죽었다는 뉴스를 보고 혹시 그 친구가 아닌가 생각하던 차였습니다."

인우가 혜원이라고 불린 여직원을 보았다.

"그분이 맞습니까?"

혜원이 고개를 천천히 저었다.

"이렇게 보는 걸로는 잘 모르겠어요."

"자세히 봐주십시오. 걸음걸이나 옷 같은 것도요."

인우가 재차 말했다. 혜원은 다시 한번 화면을 들여다보았다.

"옷을 보니까 비슷한 것 같기도 하고."

"그분은 왜 회사를 나오지 않는 거죠?"

인우가 관리부장을 보았다. 관리부장이 혜원을 향해 고갯

짓을 했다. 혜원이 자신의 자리로 돌아갔다. 관리부장은 두 손을 모으고 상체를 앞으로 기울였다.

"이름이 현재경입니다. 저희 경리직원이었습니다."

"아까 얼마 전부터 나오지 않는다고 하셨는데 왜죠?"

"사실 그 친구에 대해서 내부 감사가 있습니다. 그 때문에 본사 회계 담당 직원 두 명이 내려와 있습니다."

"무슨 문제죠?"

"횡령이 의심되어서요. 본사 회계 담당 직원이 내려와 그동안의 장부를 보고 있었는데, 그걸 눈치챈 건지 갑자기 나오지 않았습니다. 부정한 사실이 밝혀지면 경찰에 신고하려고 하고 있었습니다."

"언제부터 나오지 않았습니까?"

관리부장이 혜원을 향해 고개를 돌렸다. 이쪽을 보던 혜원이 책상에 놓인 달력을 한번 확인하고는 목소리를 높여 대답했다.

"18일이었어요. 그날 출근은 했는데 11시쯤부터 모습을 보이지 않았어요. 첨엔 화장실을 간 줄 알았는데 돌아오지 않았습니다. 전화도 꺼져 있었고요."

"횡령 규모는 얼마나 됩니까?"

"파악 중입니다. 대략 삼억 원 이상은 되는 것 같습니다."

회사를 청소하는 미화원과 경비 인력은 용역 업체를 통해 고용되어 있다고 했다. 그 직원들의 추가 근무시간을 늘려 용역비를 부풀려 청구해서 차액을 챙기거나, 영업 직원들의 수당을 같은 방법으로 가로챈 정황이 있었다. 사무실 물품도 가짜 영수증을 첨부하고 회계상으로는 가지급금으로 처리해 대금을 부정하게 취한 것 같다고 했다.

인우는 의아한 생각이 들었다. 자신의 부정이 들통날 것 같아 도망을 갈 수는 있다. 하지만 그런 사람이 누구를 만나기 위해 재선아파트로 갔을까. 그리고 거기서 누구를 만나 살해를 당했을까. 그 사람은 현재경이라는 인물과 횡령을 같이 한 공범일까? 그래서 함께 범행한 사실을 들키지 않으려 죽인 걸까? 애초에 사망자가 현재경이라는 인물과 동일 인물일까? 그 사실을 확인하는 것이 우선이었다. 인우가 소파에서 일어섰다.

"현재경 씨 책상은 어디죠?"

"여기예요."

혜원이 자신의 옆자리를 가리켰다. 주된 경리 업무는 현재경이 보았고, 혜원은 서무직으로 문서관리를 주로 담당한다고 관리부장이 말했다. 인우가 그쪽으로 다가가자 서기영이 따라왔다. 인우가 물었다.

"혹시 현재경 씨가 쓰던 칫솔 같은 게 있을까요?"

그 말에 혜원이 현재경의 책상 서랍을 열었다. 안에는 비눗갑과 칫솔, 치약과 작은 수건이 가지런하게 들어 있었다. 혜원이 칫솔을 꺼내 내밀었다. 서기영이 그걸 받아 주머니에서 꺼낸 증거물 채집용 봉투 안에 넣었다. 설명해 주지 않아도 서기영은 유전자 대조를 위한 증거 물품이라는 것을 알고 있었다.

"혹시 현재경 씨 이외에 회사에 나오지 않거나 연락이 안 되는 사람이 있습니까?"

"그런 사람은 없는 거로 알아요."

관리부장이 그렇게 말한 직후 뭔가를 깨달은 듯 아, 하고 소리를 냈다.

"저희 지점장님이 안 나오고 계시긴 한데, 그 친구와는 관련이 없을 겁니다."

관련이 있는지 없는지의 판단은 형사의 몫이다. 인우가 물었다.

"왜 안 나오시죠?"

"사고가 나셨거든요. 교통사고요. 지금 입원해 계십니다."

"언제부터요?"

"어제죠. 19일부터요. 그 전날 밤에 사고가 나서 며칠 입원해 계실 거라고 했습니다."

불은 20일 새벽에 났다. 그렇다고 보면 지점장이라는 사람은 상관이 없을 것 같았다.

"알겠습니다. 혹시 앞으로 또 도움 요청할 일이 있을지도 모르겠습니다."

"네. 뭐 아는 대로는 다 말씀드리겠습니다."

감사하다는 인사를 하며 두 사람은 사무실에서 나왔다.

"일단 중요한 건 피해자가 현재경 씨가 맞는지 확인이 먼저겠네요."

"응."

인우는 서기영에게 칫솔을 넘겼다. 최대한 빨리 유전자 검사를 해서 결과를 알려달라는 지시를 잊지 않았다. 서기영을 국과수 센터 앞에 내려 주고 인우는 경찰서로 돌아왔다. 새벽부터 계속된 일정에 피곤했지만 수사가 우선이었다. 확보된 CCTV를 처음부터 분석하는 동시에 103동 입주민인 샤인코스메틱 직원들에 대한 조사 계획을 짜야 했다.

주차장에서 내려 경찰서 입구까지 간 인우는 무심결에 고개를 들다가 걸음을 멈춰 세웠다. 그의 얼굴이 굳었다. 그의 눈앞에 익숙한 모습의 여성이 서 있었다. 그녀는 뭔가가 잔뜩 들어있는 듯한 종이가방을 들고 경찰서 앞에서 서성이고 있었다. 그러다 그녀 역시 인우를 발견했다. 그녀는 다가오지 않은 채 똑바로 인우를 응시했다. 인우는 그녀와 만나고 싶지 않았다. 그녀는 인우의 모친이었다.

4

 말없이 등을 돌리자 어머니는 인우의 뒤를 따랐다. 가볍게 걷는 타입이라 발소리가 나는 것은 아니지만 자신의 뒤를 계속 응시하는 어머니의 시선을 인우는 느낄 수 있었다.
 경찰서 본관을 끼고 뒤쪽으로 돌아 들어갔다. 거기에 있는 작은 공간에 벤치가 놓여 있었다. 경찰서 직원들이 흡연 구역으로 사용하는 곳이었다. 겨울이라 그런지 다른 사람은 없었다. 인우가 등을 돌렸다. 어머니가 멈춰 섰다. 인우보다 두 걸음 정도 떨어진 거리였다. 마치 정해진 것처럼 어머니는 항상 그 정도 간격을 유지했다.
 "무슨 일이세요?"

아무 감정이 섞이지 않은 말투로 물었다. 어머니는 변명이라도 하듯 고개를 숙이고 들고 있던 종이가방을 다른 손으로 옮겨 잡았다. 잠깐 주춤거리더니 그 손을 인우에게 내밀었다. 인우는 종이가방을 받지 않고 물끄러미 본 다음 거절하듯 시선을 어머니에게로 돌렸다. 질문을 받은 것처럼 어머니가 입을 열었다.

"뉴스에 보니까 큰일이 난 것 같아서. 한동안은 집에 못 갈 거 같아서 좀 챙겼어."

"이런 거 필요 없다고 전에도 말했잖아요. 내가 알아서 해요."

"그건 그렇지만."

어머니는 내내 시선을 들지 못했다. 어깨가 움츠러들었다. 못 본 사이 몸피가 작아졌다. 그 모습에 인우는 왠지 더 화가 났다.

"돌아가세요."

인우가 몸을 돌렸다. 다급히 따라붙듯 어머니의 목소리가 인우의 발을 잡았다.

"가끔이라도 집에 오면 안 되겠니?"

잠깐 멈춰 섰던 인우는 입을 열려다 말았다. 그러곤 가던 걸음을 재촉했다. 뒤에 남은 어머니는 더 이상 따라오지 않았다. 그 시선만이 내내 인우의 뒤를 따르고 있었다.

사무실 안으로 들어가자 서기영이 다가섰다.

"어머니 만나셨어요?"

인우는 대답하지 않고 바로 점퍼를 벗어 책상 뒤에 있는 옷걸이에 걸었다. 그러고는 곧장 자리에 앉아 컴퓨터를 켰다.

"현재경 씨 DNA 확인됐어?"

"시신이 불에 너무 타서 DNA를 채취하는 데 시간이 좀 걸릴 것 같답니다."

"최대한 빨리해달라고 다시 요청해."

"네."

대답한 서기영이 인우의 눈치를 보았다.

"어머니는 돌아가셨어요?"

"네 일 해."

냉정한 말투에 서기영이 주춤주춤 자신의 자리로 돌아갔다. 컴퓨터를 켜 경찰서 프로그램에 접속하기 위해 클릭하다 말고 인우는 눈을 꾹 감았다. 가슴이 터질 것 같아 깊은숨을 내쉬었다. 어머니를 만난 건 거의 반년 만이었다. 그나마 반년 전의 만남도 아버지의 납골당에서 우연히 이루어진 것이었다.

인우는 고등학교 2학년 때 집을 나왔다. 학교는 그만두지 않았다. 그동안 모아온 돈으로 버려진 집을 싼값에 빌렸다. 그 당시 재선시는 지금보다 훨씬 낙후된 곳으로 버려진 집이 많았다. 60만 원이면 일 년을 빌릴 수 있는 집을 금방 찾을 수 있었다. 학교를 계속 다니고 있었기에 집을 나왔어도 문제 될 것은 없었다. 어머니는 학교로 인우를 찾아왔다. 큰 싸움이 몇 번이고 이어졌다. 어머니는 대체 왜 그러냐며 이유를 물었지만 인우는 대답하지 않았다. 대답하고 싶지도 않았고 대답할 수도 없었다. 어머니의 분노는 점점 애원으로 이어져갔지만 인우의 얼어붙은 마음은 어머니를 받아들일 수 없었다. 대학을 영인으로 진학해 선생님이 되고 싶다는 꿈을 버리고 경찰대학에 지원했다. 그럴만한 이유가 있었다.

"이유만이라도 알자."

집 앞에 찾아온 어머니는 이제 인우가 자신을 버렸다는 걸 받아들인 듯한 모습이었다. 하지만 지금까지도 인우는 말하지 않았다.

자신이 당신을 의심하고 있다는걸.

고등학교 2학년 때의 일이었다. 그때까지만 해도 인우는 어머니와 단둘이 살며 성실히 학교에 다니고 있었다. 아버지가 돌아가셨다는 충격과 아픔은 꽤 오래갔지만 어머니가 있어서 인우는 버틸 수 있었다. 아버지가 왜 그런 선택을 한 것일까? 궁금하지 않은 것은 아니었지만 어머니에게 그걸 물을 수 없었다. 처음 그걸 물었을 때 빨래를 개고 있던 어머니는 전기라도 맞은 것처럼 몸을 떨었다. 부릅뜬 눈으로 살짝 입술을 벌린 채 고개를 홱 돌리던 어머니의 표정을 잊을 수 없다.

"그런 생각을 왜 해?"

그걸 왜 묻느냐는 것이 아니라 애초에 생각하면 안 될 것을 생각했다는 어조였다. 조금 당황했지만 인우는 아버지가 무슨 생각으로 그런 선택을 했는지 이해가 잘 가지 않는다고 말했다. 어머니는 단호하게 선을 그었다.

"우릴 버린 사람이야. 그런 생각은 두 번 다시 하지 마."

왠지 더 이상 아버지에 대해 말하면 안 될 것 같았다. 어머니의 행동이 이해가 가는 것은 아니었지만 두 번 다시 그런 말은 하지 않았다.

그럴 즈음 학교 앞으로 어떤 남자가 찾아왔다. 겨울이었다. 한참을 기다린 듯 코가 빨간 남자가 인우가 나오자 가까이 다가왔다.

"이인우?"

이미 인우에 대해 알아보고 온 것 같았다. 인우는 어리둥절한 표정으로 고개를 끄덕이며 말을 건 남자를 보았다. 남자는 인우가 보기에 60세는 넘은 것 같았다. 눈 옆과 입가에 주름이 꽤 있었으며 머리는 희끗희끗했다. 정장 바지에 두툼한 패딩점퍼를 입고 있어서 그렇게 보이는지도 몰랐지만 몸은 꽤 탄탄해 보였다. 보이는 나이에 비해 자세도 꼿꼿했다.

"누구세요?"

"잠깐 이야기 좀 할까?"

인우는 미간을 찌푸린 채로 남자를 보았다. 용건도 이야기하지 않은 채 따라오라는 식은 경계하기에 충분했다. 그런 생각을 읽어서인지 남자는 자신의 안주머니에 손을 넣었다. 잠시 뒤 남자가 꺼낸 것은 명함이었다.

재선경찰서 박덕훈 경장.

그걸 본 순간 왠지 그 남자의 말을 들어야 한다는 생각이 강하게 들었다. 박덕훈은 당연히 인우가 따라올 거라고 확신했는지 몸을 돌려 걸어갔다. 인우가 그 뒤를 따라 걸었다. 박덕훈이 간 곳은 학교 근처에 있는 작은 카페였다. 안으로 들어간 박덕훈은 인우에게 묻지도 않고 커피와 유자차를 한 잔씩 시켰다.

"어머니는 잘 계시니?"

그렇게 묻는 얼굴에 어렴풋한 미소가 걸려 있었다. 깔끔한 기분이 드는 미소는 아니었다.

"어머니를 아세요?"

박덕훈은 고개를 끄덕였다.

"알지. 알고 싶고."

"하고 싶은 말씀이 뭐예요? 경찰이 왜 절 찾아오신 거죠?"

여차하면 엄마에게 전화를 걸 생각이었다. 박덕훈이 입을 열 때까지만 해도.

"솔직히 말할게. 나는 네 어머닐 의심하고 있어."

심장이 쿵 내려앉았다. 불길한 기분이 들었다. 일어서고 싶은 욕구가 일렁였다. 그럼에도 의자에 붙은 엉덩이는 떨어지지 않았다.

그 사이 카페 주인이 쟁반을 가지고 다가왔다. 커피는 박덕훈의 앞에 놓고 유자차는 인우의 앞에 놨다. 그동안 박덕훈은 입을 열지 않았다. 카페 주인이 카운터 뒤로 들어간 걸 확인한 뒤에야 입을 열었다.

"사실 나는 경찰이 아니야. 현재로선."

"무슨 뜻이죠?"

"은퇴했어."

"그런데 왜 절 찾아오신 거예요? 어머니를 의심하고 있다는 말은 뭐고요?"

박덕훈은 은밀한 미소를 지었다. 그는 느긋하게 커피잔을 들어 한 모금 마셨다. 이쪽을 초조하게 만들기 위해 일부러 그러는 것 같았다.

"나는 네 아버지 사건의 담당 형사였다."

인우는 놀란 눈으로 박덕훈을 보았다.

"네 아버지는 자살할 이유가 하나도 없는 사람이었어. 경제적으로 안정적이었고 집도 있었지. 대출은 없고, 주변 평판도 좋았어. 가정에 충실하고 사회생활에도 유능한 남자였어."

그건 인우 역시 알고 있었다. 어릴 때였지만 아빠는 좋은 사람이었다는 것을 명백히 알고 있었다. 아빠는 야근이 잦았지만 주말이면 항상 가족과 함께했다. 가족끼리 캠핑을 다니기 시작한 것도 아빠의 제안이었다. 그때는 캠핑이라는 게 그렇게 유행하지 않았을 때였다. 아빠는 귀찮아하지도 않고 음식 준비며 모든 걸 책임지곤 했다. 그날도 다른 날과 다르지 않았다.

"자살할 남자가, 굳이, 가족들과 캠핑을 가서 그런 짓을 할까?"

그 말을 듣는 순간 인우는 자신도 내면 깊은 곳에서 같은 의문을 가지고 있었다는 걸 깨달았다. 인우는 어느 순간부터 되물음은 전혀 하지 않은 채 그저 목사님의 말씀을 듣는 성도처럼 박덕훈의 입만 바라보고 있었다.

"난 처음부터 네 어머니를 의심했어. 왜냐하면 네 어머니 팔에 찢어진 상처가 있었거든."

아버지를 죽이기 위해 몸싸움을 벌이면서 난 상처일 거라고 박덕훈은 생각했다. 목을 매다는 방식으로 위장하기 위해 어머니는 교살을 시도했을 거라는 이야기였다. 하지만 남자와 여자의 힘에는 분명한 차이가 있다. 잠이 든 아버지의 목에 어머니는 줄을 걸었을 거였고 깨어난 아버지는 벗어나기 위해 몸부림치다 어머니의 팔을 긁었다……. 그것이 박덕훈의 의견이었다.

"네 어머니는 부검을 완강히 거부했어. 하지만 형사의 권한으로 부검을 진행할 수도 있었다. 그랬다면 네 아버지 손톱에서 어머니의 DNA가 나왔을지도 모르지."

"그런데요?"

고개를 숙이고서 물었다. 허벅지에 내려놓은 두 손은 어느새 주먹을 쥐고 있었.

박덕훈은 한숨을 내쉬었다.

"그때 하필이면 재선 봉제공장 기숙사 방화사건이 있었어. 그 화재로 팔십여 명이 목숨을 잃었지. 대단히 안타까운 참사였어."

그 일에 대해서는 인우도 알고 있었다. 어린 시절의 일이라 명확한 기억이 있는 건 아니지만 재선시 사람들에게 그건 큰 트라우마로 작용했다. 희생자들의 추모비가 아직도 재선 공원에 세워져 있다.

"불에 탄 사람들의 인적 사항을 파악하느라 수십 구의 시체가 부검실로 몰려들었어. 화재 원인은 방화라고 결론이 나왔지. 전 국민의 시선이 몰려 있었기 때문에 재선시의 모든 인력이 거기에 투입됐어. 타살이 명확하지 않은 네 아버지의 사건에 투입할 인력이 없었어."

박덕훈은 아버지의 사건을 수사해야 한다고 목소리를 높였다. 하지만 증거가 없었다. 아무도 없는 산속이었고, 어머니에게는 아버지를 죽일 동기가 없었다. 보험을 들었던 것도 아니고, 아버지에게 내연녀가 있었던 것도 아니다. 상부에서는 그 정도의 사건은 빨리 종결하라고 지시했다. 지시를 거스를 수가 없었다.

"아까 말했듯이 나는 이제 퇴직했어. 하지만 네 아버지 사건이 내내 내 마음에 남아 있어. 내가 해결하지 못한 유일한 사건이거든."

"그래서요."

인우는 목소리를 짜내듯 물었다. 자신에게 이 사람이 뭘 원하는지 알 수 없었다.

"지금이라도 재수사는 할 수 있어. 내 후배들이 아직도 일선에 있으니까."

박덕훈이 몸을 앞으로 내밀었다.

"말해 줘. 네가 알고 있는 것에 대해."

박덕훈의 그 말이 마치 주문이라도 되는 것처럼 인우의 머릿속에 깊숙이 묻힌 어떤 기억 하나를 불러냈다. 그 기억에 인우는 아랫입술을 깨물었다. 인우는 벌떡 일어섰다.

"그런 건 없어요."

인우는 도망치듯 카페를 나왔다. 뒤에서 박덕훈이 그를 불렀지만 인우는 뒤돌아보지 않았다. 달렸다. 그렇게 하지 않으면 붙잡힐 것 같았다. 달려드는 의혹들이 자신을 붙들 것만 같았다.

집 앞에서 거친 숨을 몰아쉬었다. 목 안에서 피 맛이 나는 것도 같았다. 거친 숨이 턱을 차고 올랐다. 숨을 몰아쉬면서 엄마에 대해 생각했다.

아버지의 발인식이 있던 날, 친할머니와 엄마 사이에 작은 다툼이 있었다.

"문중 산이 있는데 왜 화장을 해? 내 새끼 태워서 두 번 죽일 수는 없다."

"요즘엔 다 화장을 해요. 점점 장례문화가 달라져요. 인우가 크면 선산 관리를 하겠어요? 그 세대 애들은 그런 거 안 할 거예요. 거기다 재선에서는 산까지 차로 다섯 시간이나 걸리잖아요. 잘 돌보지 않는 산소가 되느니 자주 가볼 수 있는 봉안당에 있는 게 낫다고요."

"그래도 가족들 곁이……."

"그이의 가족은 저와 인우예요."

지금은 돌아가신 친할머니의 성격은 그렇게 강성이 아니었다. 어머니의 설득에 할머니는 어느 정도 납득하신 것 같았다. 초등학생이던 인우는 잠들었다가 어렴풋이 두 사람의 대화를 들었다. 그때는 생각하지 못했는데 지금은 마음에 걸린다. 왜 어머니는 그렇게 화장을 하려고 했을까. 계속 사건을 파헤치려는 박덕훈의 존재가 위협이 됐던 건 아닐까?

그 생각의 뒤로 곧장 다른 생각이 꼬리를 물었다.

아버지의 발인식 때였다. 어머니의 손을 붙잡다가 손목 밑으로 깊은 상처가 난 것이 보였다.

"엄마 괜찮아?"

인우가 묻자 엄마는 황급히 팔을 뒤로했다.

"조용히 해."

그 말은 발인식 중이니 시끄럽게 굴지 말라던 말이었을까? 아니면 다른 사람이 들어선 안 된다고 생각했던 걸까?

집 안에 들어갔을 때 어머니는 빨래를 개고 있었다. 인우가 들어서자 고개를 들고 미소를 지었다. 온몸에 소름이 돋았다. 어머니는 아버지가 돌아가신 뒤 아버지에 대해 이야기하지 못하게 했다. 그리움 때문에 가슴이 아파 그런 줄 알았는데 다른 이유가 있었던 건 아닐까?

"엄마."

"응?"

"그날 산에서."

엄마의 얼굴이 굳었다. 새파랗게 질린 얼굴로 인우를 보았다. 눈빛이 날카로웠다.

"그날?"

"아빠 돌아가시던 날, 왜 나를 구한 게 엄마가 아니야?"

그 이야기는 병원에서 정신을 차린 다음에 알았다. 동네 이장 아주머니가 아침 산책을 하다 강의 바위에 걸린 인우를 발견했다. 저체온증이 우려됐고 정신을 차리지 못했다. 급히 119에 신고를 했고 인우는 구조된 지 이틀 만에 정신을 차렸다. 문병을 온 이장 아주머니에게 엄마가 감사 인사를 하라고 해서 알았다. 아버지가 돌아가셨다는 건 말로만 들었다.

"엄마는 아빠를 찾으러 갔었지."

한 가족이 텐트 안에서 잠들었다. 아내가 깼을 때는 아들과 남편 모두가 없다. 그렇다면 무슨 생각을 할까? 보통은 남편이 아들을 데리고 산책하러 나가거나, 어딘가에 갔다고 생각하지 않을까? 그렇다면 길이 없는 산 쪽이 아니라 길을 따라 아래쪽으로 내려왔어야 하는 것 아닐까? 아빠를 찾으러 갔었다는 답이 아니라 '너와 아빠가 없어서' 찾으러 갔다고 말해야 하는 것 아닐까?

"아빠는 왜 죽었어?"

"그 얘긴 하지 말라니까!"

엄마가 날카로운 고함을 쳤다.

"왜 얘기해서는 안 돼? 내 아빠인데!"

"죽은 사람 얘기 더 해서 뭐해!"

"나는 아빠의 죽음이 이해가 안 돼. 대체 왜 아빠가 죽었는지 이해가 안 된다고."

"넌 이해할 필요 없어."

심장이 굳도록 차가운 말투였다. 그 길로 가방을 싸서 집을 나왔다. 엄마가 잡았지만 그를 막을 수는 없었다. 엄마와는 더 살고 싶지 않다고 말했다.

형사가 된 이후에 재선경찰서로 자원해 내려왔다. 지방에 가는 걸 기피하는 사람이 많았기 때문에 발령은 어렵지 않았다. 재선경찰서에 온 직후 창고에 들어가 아버지의 수사 자료를 찾아냈다. 박덕훈은 나름 집요하게 엄마를 조사하려고 했다. 위에서도 반대하는 수사였지만 소환을 다섯 번이나 해 엄마를 조사했다. 엄마는 다섯 번 모두 일관되게 대답했다. 깼을 때는 혼자 있었고 산으로 남편을 찾으러 갔다가 헤맸다. 남편이 자살한 걸 알지 못했다. 상처는 산을 헤매다가 굴러서 생긴 것이다. 실로 집요히 결백을 주장했다.

서류를 훑어보다가 알게 된 사실도 있었다. 자신이 구조됐을 때 경찰들은 인우의 부모를 찾기 위해 텐트까지 왔었다. 동네 이장이 인우네 가족이 거기서 자주 캠핑했던 걸 알았던 덕분이었다. 거기에 엄마가 있었다. 남편을 찾아 산에서 헤맸다는 말과는 달랐다. 엄마의 그때 행동은 출동한 구급대원의 일지에 명확히 적혀 있었다.

아들이 물에 빠졌다고 하자 남편이 산에서 길을 잃은 것 같다고 말함.

엄마는 실수한 것이다. 남편은요? 하고 묻지 않았다. 남편이 아들과는 다른 곳에 있다는 걸 알고 있는 사람의 대답이었다.

아버지는 이후 산악구조대에 의해 시신으로 발견되었다. 목을 매달았던 로프는 아버지가 평소 예비로 가지고 다니는 텐트 용품으로 밝혀졌다.

인우는 진실을 알고 싶었다. 모든 수사 자료를 처음부터 살폈다. 낮에는 형사로서 일하고 쉬는 날에는 서류를 파고들었다. 하지만 나오는 게 없었다. 박덕훈을 찾아보기로 했다. 그가 수소문해 박덕훈을 찾았을 때 그는 이 세상 사람이 아니었다. 암으로 투병한 지 2년 만에 사망했다고 했다.

결국 정황 말고는 제대로 된 증거가 없었다. 그 이후로 지금까지 인우는 어머니에게는 묻지 못한 게 있다.

'아빠는 누가 죽였어?'

5

 아침이 되자 팀원들이 회의실로 소집됐다. 용의자와 피해자가 특정되기 전까지는 각자 조사해 온 내용들을 공유하고 토론해 향후 수사 방향을 결정하거나 각자가 할 일을 배정하는 과정이었다. 인우는 현재경의 DNA를 국과수에 동일인 확인 요청하였다고 보고했다. 다음으로는 입주민 인적 사항 등의 조사를 맡은 경준범 형사가 말했다.
 "이미 알고 계시는 대로 입주민 대부분이 혼자 살고 있고, 전부 샤인코스메틱의 직원입니다. 화재가 발생한 시간에 거의 모두 집에서 잠들어 있었다고 하고요."
 그렇다면 103동의 입주민 전체가 용의자가 되는 것이다.

103동을 비추는 CCTV에는 사람의 이동이 보이지 않았기 때문이다. 동 안에 있던 입주자 중 한 사람이 밤사이 아무도 없는 틈을 타서 지하 계단실로 시신을 이동시켜 불을 지른 뒤 집 안으로 들어간 것으로 봐도 무방했다. 그자 역시 연기를 피해 도망 나온 사람들에 섞여 있었을 것을 생각하니 인우는 분노가 일었다.

"그런데 단 한 사람은 제외해도 될 것 같습니다."

"누구지?"

팀장의 질문과 함께 인우도 그쪽을 보았다. 경준범 형사가 서류 두 장을 팀장의 앞에 놓았다.

"한 장은 경비실에서 가지고 있던 입주민 명부이고, 다른 한 장은 불이 났을 때 피신 나온 사람들의 명단입니다. 비교해 보면 딱 두 집, 201호와 302호에 차이가 있는 걸 알 수 있으실 겁니다."

그의 말이 맞았다. 201호에는 1명이 거주한다고 되어 있었지만 불이 났을 때는 2명이 있었다. 302호는 완전히 다른 이름이 적혀 있고 원래의 입주민은 현장에 없었던 모양인지 이름이 없었다. 경준범 형사가 설명했다.

"201호는 샤인코스메틱 영업 직원 지우현 씨로 유일하게 아내분과 함께 거주하는 세대입니다. 302호 입주민 최진하 씨는 입원 중이고 모친이 집에 계셨습니다."

인우가 몸을 앞으로 내밀었다.

"입원이 사고 때문이라고 했나? 무슨 사고였는지 자세히 말해봐."

경준범이 서류를 확인하며 대답했다.

"12월 18일 밤 12시경, 교통사고로 입원하셨다고 합니다. 팔을 다쳤는데 응급수술을 할 정도였나 봅니다. 아직도 입원 중이에요. 면허정지 상태의 음주 운전이었다고 하네요. 덕분에 용의자에서는 제외되겠지만요."

화재는 12월 19일 밤에 났다. 병원에서 빠져나와 범죄를 저지를 수도 있지만 CCTV에 찍힌 수상한 사람은 없었다. 그러니 경준범의 말대로 용의자에서 제외해도 좋을 듯했다.

"그런데 말씀드릴 특이 사항이 있어요."

팀장을 비롯한 팀원들이 경준범에게로 고개를 돌렸다.

"그 사고 난 302호 입주민요. 이름이 최진하라고, 샤인코스메틱 재선지점장이더라고요."

"지점장?"

"네. 어머니는 영인에 있는 본사의 대표고요."

"그렇군."

팀장은 별다른 기색 없이 회의자료를 넘겼지만 인우의 마음에는 약간의 의문이 생겼다. 하지만 일단 그것은 말하지 않기로 했다. 정확하지 않은 혼자만의 생각을 이야기했다가는 다른 수사원들에게도 선입견이 생길 수 있다. 궁금한 것은 일단 자신이 확인해 보면 될 일이었다.

그때 전화벨이 울렸다. 서기영이 자리에서 일어나 회의실 구석에 있는 책상 쪽으로 다가가 전화를 받았다. 그가 자신의 이름을 대자 상대 쪽에서도 신원을 밝힌 듯하다. 서기영이 반색하며 인사를 건넸다. 무슨 이야기를 들었는지 얼굴이 굳더니 고개를 끄덕였다. 고맙다고 인사를 하며 서기영이 전화를 끊었다. 그는 사람들이 있는 쪽으로 돌아서서 누구에게라고 할 것 없이 말했다.

"피해자의 DNA와 현재경 씨의 DNA가 일치한다고 합니다."

피해자가 확정됐다. 수사는 앞으로 더욱 속도를 낼 것이었다. 팀장이 업무를 분담하기 시작했다. 경 형사에게는 피해자의 휴대폰 통신 기록과 금융 이력을 확인하라고 지시했다. 편의점에서 수거해 온 CCTV를 검토하는 일과 현재경의 당일 이동 경로를 확인하는 업무도 배정됐다. 인우에게는 현재경의 주변 인물들을 확인하는 일이 주어졌다.

회의실에서 나온 인우는 서기영에게 말했다.

"현재경 씨 부모님 연락처 확인해서 연락드려. 집에 가볼 수 있게 허가도 받고."

"네."

서기영의 일 처리는 빨랐다. 10분도 채 되기 전에 현재경의 부모와 연락이 닿았다고 보고해 왔다. 아버지 쪽은 현재경이 어렸을 때 돌아가셨고 모친만 재선시에서 두 시간 정도 떨어진 성원면에 살고 있다고 했다. 사실을 알리자 곧장 올라오겠다고 한 모양이다.

"집에 들어가는 것 허가받았지?"

"네."

"바로 이동하자."

현재경은 사무실에서 도보로 십 분도 채 안 되는 원룸에 월세로 거주하고 있었다. 본사에서 발령한 직원이 아니라 현지에서 채용한 직원이므로 샤인코스메틱에서 제공하는 아파트에 거주할 자격은 안 되었던 모양이다. 현재경의 집에 도착한 인우는 비밀번호를 누르고 안으로 들어갔다. 비밀번호는 현재경의 모친에게서 전달받았다. 인위적인 편백 향이 났다. 방향제가 없는 걸로 봐서는 룸 스프레이 같은 걸 뿌렸는지도 모른다.

방은 굉장히 작았다. 입구에 선 채로 방 안의 모든 것들을 확인할 수 있는 정도였다. 같은 느낌을 받았는지 서기영이 말했다.

"뭐 둘러보고 할 것도 없을 것 같은데요."

인우는 신발을 벗고 안으로 들어갔다. 내부는 잘 정리되어 있었다. 침대도 누운 적이 없었던 것처럼 잘 펴져 있었다. 호텔처럼 판판히 편 이불의 윗부분을 살짝 접어놓기까지 했다. 싱크대를 보았다. 커피잔이 식기 건조대에 엎어져 있는 것 외에는 다른 잡동사니는 전혀 나와 있지 않았다. 깔끔한 성격인 것 같았다.

서기영에게 서랍을 수색하도록 지시했다. 일기장이나 수첩이 있을지도 몰랐다. 그사이 자신은 방안을 둘러보았다. TV장 위에 액자가 하나 놓여 있었다. 두 명의 여자가 잔디공원 같은 곳에 앉아 카메라를 보고 웃고 있었다. 한쪽의 여자가 낯이 익었다. 샤인코스메틱에서 본 서무직원 서혜원이라는 것을 바로 알았다. 두 사람이 친밀했던 것 같다. 그 점을 기억해 두면서 인우는 다른 한 사람을 보았다. 현재경일 그 여자의 얼굴은 무척이나 평범했다. 어디선가 한번 본 적도 있을 법한 얼굴이었다. 단발머리를 하고 있었고, 남색의 맨투맨 티셔츠를 입고 있었다. 입가가 아래로 처져서 조금은 음울해 보였다. 사진을 액자에서 빼내 수첩에 잘 끼워 넣었다. 현재경의 사진은 그녀가 살아생전 다른 사람에게 보여준 것보다 앞으로 훨씬 더 많이 사용될 것이다.

인우는 일어나 붙박이장을 열었다. 안에는 모자 두 개와 누런 기가 도는 에코백 두 개, 그리고 옷가지가 잘 정리되어 있었다. 옷은 전부 무채색 계열이었다.

신발장을 열었다. 구두는 없었고 운동화 두 개와 슬리퍼 한 쌍이 있었다. 메이커를 확인했지만 보세 신발이었다.

"아무것도 없는데요."

"큰 횡령 금액에 비해 작은 집이라."

"네?"

인우의 혼잣말을 잘 알아듣지 못했는지 서기영이 되물었다.

"횡령을 할 때 말이야, 꼭 필요한 만큼만 횡령하는 사람은 거의 없어. 자신이 할 수 있는 만큼 하는 거지. 그 돈을 그 사람들은 어디에 쓸까? 자신이 평소에 못 해본 것들에 펑펑 쓰는 경우가 많아. 이를테면 남자들은 유흥업소에 가고 여자들은 명품관을 가지. 근데 이 집엔, 너무 아무것도 없어."

"그러네요."

서기영이 고개를 갸웃하며 말했다. 인우가 물었다.

"일기장 같은 건?"

"없어요. 회사에 있을지도 모르니까 한번 물어볼게요."

인우는 고개를 끄덕였지만 아마 회사에도 일기장 같은 건 없을 것 같다고 생각했다. 일기장은 자기 내면의 이야기를 쓰는 용도다. 혼자 사는 집에도 두지 않는 일기장을 회사에 둘 리는 없다는 생각이 들었다. 어쩌면 일기 같은 건 쓰지 못할 정도로 이 사람의 삶은 팍팍했는지 모른다.

인우의 전화벨이 울려 전화를 받았더니 팀장이었다. 경찰서에 현재경의 모친이 와있다고 했다.

조사실에서 마주 앉은 현재경 모친의 얼굴은 어둠에 잠식된 바다처럼 검었다. 이미 한차례 오열을 했는지 퉁퉁 부은 눈은 잔뜩 충혈되어 있었다. 그녀는 천으로 된 누빔점퍼를 입고 있었는데 너무 추워 보였다. 따뜻한 차를 내밀었지만 잔을 들지도 못할 만큼 손을 떨고 있었다.

"우리 재경이 지금 어디 있나요?"

떨리는 목소리였다. 인우는 착잡한 심정이었다. 피해자의 유족을 대할 때가 가장 마음이 무거웠다.

"안치실에 있습니다. 원하시면 보실 수 있지만 안 보시는 게……."

화재가 났다는 상황은 이미 전해 들었을 것이었다. 인우의 말이 무엇을 뜻하는지 깨달은 현재경의 모친은 곧장 두 손에 얼굴을 파묻었다. 한차례 파도가 또 그녀를 덮쳤다. 그 파도가 가라앉기를 인우는 기다렸다.

한참 후에 그녀는 고개를 들었다.

"누가, 누가 그런 짓을 한 겁니까?"

"조사 중에 있습니다."

"잡아주세요. 꼭 잡아주세요."

"최대한 노력하겠습니다."

현재경의 모친은 가슴을 몇 번 쿵쿵 두드렸다. 그러고는 숨을 몰아쉬었다. 지금은 정신을 차릴 때라고 생각하는지도 모른다.

"사실 회사 측에서 현재경 씨의 횡령 사실에 대해 조사하고 있었습니다."

"횡령이요?"

현재경 모친의 눈이 경악으로 커다래졌다. 새된 목소리였다. 전혀 알지 못한 일인 것 같았다.

"혹시 현재경 씨가 어머니께 돈을 보내거나 값비싼 물건을 사드린다거나 하는 일은 없었습니까?"

현재경의 모친은 그럴 리가 없다는 듯 고개를 내젓다가 문득 움직임을 멈췄다. 눈썹 끝이 파르르 떨렸다. 뭔가 짚이는 데가 있는 것이다. 그녀는 자신이 죄라도 지은 것처럼 천천히 말했다.

"작년 초에…… 집주인이 전세금을 올려달라고 했어요."

작년 초라면 현재경이 회사의 자금을 횡령하기 시작한 때와 맞아떨어진다.

"그걸 현재경 씨가 대줬나요?"

"말하지 않으려고 했는데……. 어디로 또 이사를 가야 하나 싶어서 너무 답답해서."

딸에게 의논할 수도 있는 일이다. 그럼에도 큰 잘못을 저지른 것처럼 현재경의 모친은 고개를 들지 못했다.

"근데 자기가 모은 거라고 했어요. 그래서 그냥 그런 줄로만……."

"얼마였습니까?"

"삼천만 원이었습니다."

"그 이후로 돈을 준 적은 없나요?"

현재경의 모친은 고개를 강하게 저었다. 그런 적은 없다고 확실히 선을 그었다.

그때를 시작으로 현재경은 알았던 것이다. 이렇게 하면 회사의 돈을 가져갈 수 있다는 것을. 그러면 그 이후에 횡령한 돈으로 무엇을 했을까? 명품 가방 하나 없는 그 방을 떠올리면서 인우는 그녀의 모친을 보았다.

"마지막으로 통화하신 게 언제였습니까?"

"얼마 전이었어요."

"정확히 며칠인지 기억하십니까?"

현재경의 모친은 무릎에 두었던 가방을 열어 휴대폰을 꺼냈다. 서툰 손동작으로 휴대폰을 조작했다. 통화 기록을 확인하는 모양이었다. 그녀가 말했다.

"12월 17일이었네요."

죽기 하루 전날이다.

"뭐라고 하던가요?"

"그냥 제 건강을 물었습니다. 건강하다고 했고 네 덕분에 편하게 잘 살고 있다고 말했어요. 근데, 목소리가 어딘지 모르게 우울했어요."

그녀는 잠시 생각하고는 다시 말을 이었다.

"무슨 일 있냐고 물었는데 별일 없다고 했어요. 집은 안 춥냐고 물어보더라고요. 그러더니 미안하다고 했어요."

"미안하다고요?"

"네. 왜 그런 소릴 하느냐고 하니까, 자기가 조금만 잘났어도 엄마 그런 고생 안 시켰을 거라고. 그런 말을 하더라고요. 쓸데없는 소리 하지 말라고 핀잔을 줬는데⋯⋯. 혹시 자기가 죽을 걸 예감하고 있어서 그랬을까요? 무슨 일 있는 거 아니냐고 조금 더 따뜻하게 물어봐 줘야 했는데……."

현재경 모친의 눈에서 눈물이 흘러내렸다. 인우는 얼른 티슈를 빼 그녀에게 내밀었다. 현재경의 모친은 휴지에 눈을 한참이나 대고 있었다.

"어머니 탓 아닙니다."

인우는 위로했다. 자신을 탓하는 현재경의 어머니를 보니 인우는 범죄자에 대한 분노가 고개를 드는 것을 느꼈다. 반드시 해결하고 말리라는 다짐을 했다.

"힘드시겠지만 한 가지만 더 여쭙겠습니다."

현재경의 어머니가 눈가를 찍어 누르며 고개를 들었다.

"혹시 현재경 씨에게 남자 친구는 없었습니까?"

그녀는 곧장 고개를 저었다.

"그렇지는 않았을 거예요. 그런 기색은 없었어요."

"어머니에게 굳이 말하지 않았을 수도 있겠죠?"

"그건 그렇겠지만……."

조금 생각하던 그녀는 역시나 아닌 것 같다고 말했다.

"어렸을 때부터 사교성이 좋은 아이가 아니었어요. 친구도 거의 없었어요. 고등학교 졸업식 때도 같이 사진 찍을 친구가 하나도 없더라고요. 왕따를 당하거나 그런 건 아닌데 외톨이로 지낸 것 같았어요."

 이런 애가 사회생활이나 제대로 할 수 있을까, 현재경의 모친은 걱정했다고 했다. 특성화 고등학교를 나온 현재경은 학교에서 소개해 주는 회사에 취직했지만 걱정대로 적응하지 못했다고 했다. 홈쇼핑의 CS 업무였기에 더욱 힘들어했다. 잘 적응하지 못하는 상태로 몇몇 작은 회사를 전전했다. 택배 회사의 경리를 한 적도 있었고, 식료품 도소매 업체에도 다녔었다. 마지막으로 들어간 곳이 샤인코스메틱이었는데 본가에서 먼 재선시인 점이 마음에 걸렸지만 그나마 그동안 다녔던 곳보다는 훨씬 큰 데라 잘됐다고 생각했다고 했다. 의외로 현재경은 샤인코스메틱에서 적응을 잘한 것 같았다.

 "같이 회사 다니는 언니랑 친해졌다고 했어요. 무척 잘해 준다고. 그건 진짜 신이 나서 말하는 목소리였어요. 그래서 걱정을 안 했는데, 이런 일이……. 아무튼 남자 친구는 없었을 겁니다. 남자 친구가 있었다면 제가 느꼈을 거예요. 애 숨소리만 들어도 알아요. 애가 행복해하는지, 아닌지."

 어머니니까. 현재경 모친의 말끝에 숨겨진 뜻을 알 것 같았다. 하지만 어머니가 모든 것을 다 알지는 못할 수도 있다. 이 점은 좀 더 분명히 확인해 봐야 했다.

 일단 횡령은 어머니에게 돈을 보내주기 위해 시작했다고

보는 것이 맞다. 의문은 그다음에 횡령한 돈을 어디에다 썼느냐인 것이다. 횡령과 죽음이 관계가 없을 수도 있지만 돈은 언제나 살인의 강력한 동기가 되곤 한다. 얽혀 있는 사람을 찾아야 했다.

현재경의 모친을 배웅하고 인우는 사무실로 돌아왔다. 가면서도 내내 울음을 참고 있는 그녀의 모습 때문에 마음이 무거웠다. 그녀는 병원으로 간다고 했다. 현재경의 시신을 확인하려는 건지도 모른다. 하지만 막을 수 없었다. 딸의 마지막 순간을 확인하겠다는 어머니의 의지 앞에서 그가 할 수 있는 일은 단지 택시를 잡아주는 것밖에는 없었다.

"현재경 씨 금융 조회 기록과 통신 내역 넘어왔습니다."

서기영이 책상에 앉는 인우에게 서류를 가져다주었다. 금융 조회 기록부터 확인했다. 통장의 잔액은 7,538원. 남아 있는 현금이 없었다. 큰 금액이 들고 난 기록은 있었다. 아마 큰 금액이 들어온 날과 회사의 장부를 비교해 보면 같을 것이리라는 예감이 들었다. 그렇게 생각한다면 현재경은 회사에서 금전을 횡령한 후 전액 현금으로 찾았다는 이야기였다. 그 돈을 다 어떻게 했을까? 집 안에 아무것도 없었으니 어딘가에 모아뒀을 가능성은 희박해 보였다.

일단 그것은 미뤄두고 인우는 통신 내역을 확인했다. 사교성이 없었다는 현재경 모친의 말을 증명이라도 하듯이 내용은 많지 않았다. 작년부터의 기록을 쭉 살폈다. 한참을 보다 보니 중복된 번호가 자주 보였다. 그 번호는 서류의 마지막에도 남아 있었다. 현재경이 죽기 전 마지막으로 문자를 보낸 번호였다.

"이 사람 누구지?"

서기영이 대답했다.

"명의자가 최진하라고 나옵니다."

인우가 고개를 돌려 서기영을 보았다.

"샤인코스메틱 지점장입니다."

6

 샤인코스메틱 지점장 최진하는 재선병원에 입원해 있었다. 교통사고로 인해 12월 18일 밤부터 입원해 있었다고 했다. 최진하는 당시 음주 운전 상태였다. 혈중알코올농도 0.03%. 운전면허 정지 수치 상태였다. 팔을 다쳤다고, 재선병원에 전화했을 당시의 담당 간호사로부터 전해 들었다.
 재선병원 주차장에 차를 세웠을 때 서기영이 말했다.
 "불은 20일에 났고 최진하는 그때 이미 입원했을 때니까 직접적인 상관은 없겠죠?"
 "아마도 그럴 테지만."
 사망자가 마지막으로 통화한 사람이 최진하이므로 어떤

통화를 했는지는 확인이 필요할 것 같았다. 통화의 내용 속에 현재경이 왜 재선아파트에 갔는지를 파악할 수 있는 힌트가 있을지도 몰랐다. 누군가를 만나러 간다든가 하는 이야기를 했다면 베스트겠지만 그런 기대는 하지 않았다. 이미 뉴스에도 보도된 사건이다. 그런 내용이 있었다면 아무리 입원 중이었더라도 최진하가 경찰에 제보하지 않았을 리가 없다.

재선병원은 총 7층의 규모였고 200여 명을 수용할 수 있는 입원실을 갖추고 있다. 치과와 산부인과를 제외한 모든 과가 운영 중이고, 응급실도 운영 중이었다. 대도시와는 비교할 수 없지만 재선시에서는 가장 큰 규모의 병원이다. 이 병원 7층에 최진하가 입원해 있었다. 702호라는 것은 이미 파악하고 온 상태였다. 1인 병실이었다. 곧장 입원실로 향했다. 노크를 하자 여자 목소리가 들려왔다. 어머니인가 했더니 간병인이었다. 소속 회사의 마크가 찍혀 있는 보라색 조끼를 입고 있었다.

최진하는 침대에 기대어 앉아 있었다. 한쪽 팔에는 깁스를 했다.

"전화드렸던 재선경찰서에서 나왔습니다."

인우가 경찰공무원증을 내보였고 서기영이 옆에서 명함 한 장을 꺼내 최진하에게 건넸다. 최진하는 명함을 받아 들고 물끄러미 내려다보다가 침대 옆에 있는 서랍장에 집어넣었다. 그다지 중요하게 생각하지 않는 태도다.

"그럼 전 물을 좀 떠 올게요."

간병인이 투명 플라스틱으로 만들어진 물병을 집어 들고 일어섰다. 물병은 반쯤 채워져 있었다. 당장 필요한 것은 아니지만 자리를 피해줘야 한다고 생각했을 거였다. 인우와 서기영은 그녀가 나가기를 기다리며 잠시 침묵을 지킨 채 서 있었다. 그녀가 문을 닫고 나가자 최진하가 두 사람에게 말했다.

"앉으시죠."

이인우와 서기영은 조금 전까지 간병인이 앉아 있었던 자리로 가 앉았다. 최진하가 팔을 들어 보이며 말했다.

"음료라도 대접하고 싶은데 제가 지금 이렇습니다. 냉장고를 열면 음료수가 있을 겁니다."

"괜찮습니다."

인우가 미소를 지으며 정중히 사양했다. 최진하는 고개를 끄덕이고는 의아하다는 듯이 먼저 말을 꺼냈다.

"현재경 씨 사망사건 때문에 오셨다고요?"

"그렇습니다."

"근데 전 그 사건과는 관련이 없습니다. 아시겠지만 전

18일 밤에 입원했거든요."

"사건이 20일에 일어났다는 걸 알고 계시네요?"

인우의 눈은 웃고 있었지만 말투는 날카로웠다. 순간적으로 최진하의 눈가가 움찔했다. 그러나 곧장 그 표정은 얼굴에서 사라졌다. 당연하지 않느냐는 듯한 얼굴로 말했다.

"뉴스에 보도됐으니까요. 회사에서 보고도 받았고."

"그렇군요."

"네, 그렇죠."

최진하는 기분이 상했는지 퉁명스러운 소리를 냈다. 인우가 최진하의 깁스를 바라보며 말했다.

"팔은 괜찮으십니까?"

최진하가 팔을 살짝 들어 보이며 작은 한숨을 내쉬었다. 잠깐 상했던 기분은 금세 괜찮아진 듯했다.

"자업자득이죠, 뭐."

"원래 술을 마신 다음에도 운전하신 적이 있습니까?"

질문은 대부분 인우가 했고 서기영은 옆에서 중요한 내용을 수첩에 적어 넣었다.

최진하가 농담처럼 말했다.

"제가 아무리 그랬던들 형사님들 앞에서 그랬다고 하겠습니까?"

"그렇죠."

인우가 웃었다. 살짝 고개를 끄덕이다 얼굴을 들었을 때 그 얼굴에는 웃음기가 없었다. 이제는 본격적인 질문으로 들어가야 할 것 같았다.

"그날 친구분들과의 만남은 예정되어 있었던 건가요? 어머님이 오셨는데 술을 마시러 나가셨군요."

"예정되어 있던 건 아닙니다. 어머니가 와서 하도 귀찮게 굴어서……. 아, 이렇게 말하면 저희 어머니를 욕하는 것 같지만."

"아닙니다. 그럼 그때 만난 친구분들의 연락처와 성함을 알려주실 수 있습니까?"

최진하가 불편한 기색을 숨기지 않았다.

"친구들에게도 찾아가는 겁니까? 그럼 이상하게 생각할 텐데."

"부탁드립니다."

최진하는 두 명의 이름과 전화번호를 댔다. 서기영이 그대로 받아적었다. 인우가 질문을 이어갔다.

"현재경 씨의 횡령 문제에 대해 알고 계셨습니까?"

최진하는 고개를 저었다.

"이렇게 말하면 지점장으로서 자격이 없겠지만 저는 잘 몰랐습니다. 회계에 대해 잘 알지도 못했고 워낙 오래 일한 직원이라 믿는 부분도 있었고요. 본사에서 내사한다고 들었을 때 깜짝 놀랐습니다."

"그 부분에 대해서 현재경 씨와 대화를 나누신 적이 있습니까?"

"어떻게 된 거냐고 불러서 묻긴 했습니다. 오해라고 하더군요. 아주 강경하게 말해서 저도 무슨 오해나 회계처리의 실수가 있을 거라고 생각했습니다. 근데 지금에 와서 보니 아주 뻔뻔한 거짓말이었더군요."

"12월 18일에 대해서 여쭙겠습니다."

인우가 그렇게 말한 순간 최진하의 눈썹 끝이 움찔했다. 인우는 분명 그것을 보았다. 습관인지도 모르지만 그 모습이 묘하게 마음에 남았다. 가만히 그를 응시하고 있자 최진하가 먼저 대답했다.

"아까도 말했지만 저는 그날 친구들과 술을……."

"아뇨. 그날 낮에 있었던 일에 대해서 말입니다."

최진하는 잠시 어리둥절한 표정을 했다. 인우가 무엇을 말하는지 모르겠다는 표정이었다.

"그날 근무는 하셨잖습니까."

최진하의 표정이 금방 풀어졌다. 뭔가 안도하는 것 같다고 느껴지는 건 과한 착각일까. 인우는 최진하의 표정을 주시했다. 질문을 이어갔다.

"그날 11시경, 현재경 씨가 무단으로 외출하고 돌아오지 않았는데, 문제가 있다고 여기진 않으셨습니까?"

"문제요?"

"횡령을 의심받던 직원이 사라졌으니 도망간 거라고 생각할 수도 있었잖습니까?"

"아."

최진하는 잠시 고개를 틀고 뭔가 생각했다.

"저는 외근 중이어서 현재경 씨가 없어진 것도 잘 몰랐습니다. 같이 일하는 서혜원 씨가 보고하기는 했는데 전화도 되지 않아서 어떻게 해야 하나 고민은 했습니다. 근데 아직 정확한 횡령의 증거를 잡기도 전이고 해서 좀 더 확실한 증거가 나올 동안 두고 보고, 회사에 나오지 않으면 신고해야겠다 생각만 했습니다."

최진하는 벙긋 웃었다. 허술해 보이는 웃음이었다. 인우는 최진하의 얼굴을 물끄러미 들여다보았다. 나와야 할 진술이 나오지 않고 있다. 이 남자에게 뭔가가 있는지도 모른다.

"그날 현재경 씨는 뭐라고 하던가요?"

"네?"

최진하는 눈을 둥그렇게 떴다.

"11시 20분. 지점장님께 문자를 보낸 내역이 있던데요? 그게 현재경 씨의 마지막 통신 내역이기도 하고요."

최진하는 허를 찔린 표정을 지었다. 서기영이 인우를 보았다. 그도 뭔가 이상한 것을 감지했는지도 모른다. 인우가 물었다.

"현재경 씨가 뭐라고 하던가요?"

"그게……."

헛바닥을 내밀어 아랫입술을 핥는다. 눈동자가 갈피를 잡지 못하고 이리저리 흔들린다. 손으로 이불을 만지작거린다. 인우의 눈에 최진하는 초조해 보였다. 하지만 그는 완벽한 알리바이가 있다.

생각이 났다는 듯 최진하가 말했다.

"회계사 사무실에 다녀온다는 전화였습니다. 부가세 신고 철이지 않습니까? 그에 관련된 서류가 빠져서 갖다주겠다는 전화였습니다."

"그럼 서혜원 씨가 현재경 씨가 없어졌다고 말했을 때 지점장님은 그 말씀을 왜 안 하셨습니까?"

"그거야 그때는 이미 회계사 사무실에 갔다 오고도 백번은 더 갔다 왔을 시간이었으니까요?"

"그렇습니까?"

"네."

확신하듯 고개를 크게 끄덕이며 대답한 최진하는 뭔가를 깨달은 듯 인상을 찌푸렸다. 그는 인우를 노려보았다.

"지금 저를 의심하시는 겁니까? 취조당하는 기분인데요?"

인우는 여유로운 태도로 고개를 저었다.

"그렇지 않습니다. 그날이 현재경 씨가 사망한 날이기도 하기 때문에 작은 동선 하나까지 저희는 다 확인해야 하는 입장이라. 그렇습니다. 양해 부탁드립니다."

"그렇다면 뭐……."

말은 그렇게 하지만 찜찜한 얼굴이었다.

"그런데 직원들과 휴대폰으로 소통하시는 일이 많으십니까?"

"그건 또 무슨 소리죠?"

"현재경 씨 휴대폰 통화 기록을 확인하니까 지점장님과 휴대폰으로 통화하거나 문자한 이력이 꽤 잦은 것 같더군요. 퇴근 시간 이후로도 몇 번 있었고요. 보통은 밖에 나가서 전화할 때도 사무실 전화로 통화를 하지 않나요?"

최진하는 숨을 들이켰다. 그러고는 눈에 띄게 깊이 숨을 내쉬었다. 계속되는 질문에 짜증이 나는 것처럼 하고는 있지만 가슴이 답답해 보인다는 게 인우의 생각이었다.

"사무실 전화로도 많이 하지만 휴대폰으로 할 때도 있어요. 다른 사람이 받아서 바꿔 달라고 하는 것보다 다이렉트로 통화하는 게 더 편해서요. 그게 뭐 이상합니까?"

"그런 건 아닙니다."

인우는 여전히 여유로운 태도를 유지했다. 그의 상체는 살짝 뒤로 물러나 있었고 반대로 최진하의 상체는 이쪽으로 잔뜩 기울어져 있었다.

그때 진동 소리가 들렸다. 서기영이 주머니에 손을 넣었다. 휴대폰을 꺼내 발신자를 확인하고는 인우를 보았다. 인우가 고개를 끄덕이자 서기영이 병실에서 나갔다.

"더 물을 게 있습니까? 너무 피곤하네요."

"마지막으로 한가지 부탁드릴 게 있습니다."

최진하가 인우를 보았다.

"휴대폰을 임의제출 해주실 수 있으십니까?"

"휴대폰을요? 왜요?"

"자세한 설명은 드릴 수 없지만 수사상 필요해서입니다."

최진하는 어깨를 으쓱했다.

"그건 들어드릴 수가 없겠네요."

"왜죠?"

"들어드리고 싶어도 그럴 수가 없어요. 사고 났을 때 휴대폰이 없어졌거든요."

최진하의 한쪽 입꼬리가 살짝 말려 올라갔다. 꽤 의미심장한 웃음이었다.

"휴대폰이 없어져요?"

"그것까지는 파악이 안 되셨나 보네요. 차가 가드레일을 넘어 한 바퀴 굴렀습니다. 그때 어딘가로 튕겨 나갔는지 어쨌는지. 정신을 차리고 보니까 휴대폰이 없어졌더라고요. 죽지 않은 게 천만다행이죠."

"그렇군요."

"더 물으실 게 있습니까?"

최진하는 상체를 침대 머리맡에 기대고 있었다. 뭐가 그를 여유롭게 하는지 모를 일이었다.

"어머니가 집에 와 계신다고 하시더라고요."

"네. 저 사고 나던 날 저녁에 오셨는데 제가 이렇게 되는 바람에 집에 계세요."

"어머님께도 들려야 할지 모르겠습니다."

"우리 엄마를요? 왜요?"

최진하는 자신의 모친을 엄마라고 부르고 있었다. 철들지 않은 어린애 같은 느낌이 들기도 했다.

"현재경 씨가 죽던 날 밤 재선아파트 103동에 계시던 분들과 다 이야기를 나눠보는 중입니다. 현재경 씨가 왜 재선아파트로 갔는지 거기서 누구를 만났는지 알아야 하니까요."

최진하는 어깨를 으쓱했다.

"뭐 그러시든가요. 근데 우리 엄마를 만나봐야 뭐 나올 얘긴 없을 겁니다. 우리 엄마가 본사 대표님이지만 우리 엄마는 여기 사는 사람도 아니고 현재경 씨를 알지도 못하니까요."

"그렇겠죠."

문이 살짝 열렸다. 서기영이 들어오지 않은 채 문가에 서서 이쪽을 보았다. 인우가 이야기를 끝내듯 자리에서 일어섰다.

"그럼 빨리 쾌차하시길 바랍니다."

"고맙습니다."

인우는 묵례를 하고 병실을 나왔다. 문을 닫고 걸음을 떼기 시작하자 서기영이 옆에서 함께 걸었다.

"편의점에서 확보한 일주일 치 CCTV를 다 분석했대요. 팀장님이 회의 소집하셨어요. 그리고 형사팀에서 나눠서 재선아파트 103동 입주민들과 만나 보라는 지시가 있었어요. 두 사람이 한 조로 해서 두세 집씩 보면 될 것 같아요."

"우리가 302호를 만나보겠다고 해."

서기영이 뒤를 돌아보았다. 조금 전 나온 최진하의 병실 쪽을 보는 것이었다.

"302호라면 조금 전의 그 지점장 집이잖아요? 지점장은 알리바이가 있는데요?"

 인우는 대답하지 않았다. 어느새 자신만의 생각에 빠져 있었다. 최진하는 휴대폰을 잃어버렸다고 했다. 너무 딱 맞아떨어지는 일 아닐까? 또한 평소에도 자주 휴대폰으로 연락했다고 했지만 그 말도 믿기 어려웠다. 죽은 현재경의 통화 기록에서는 다른 직원들과의 통화는 거의 없었기 때문이다. 제일 대하기 어려운 지점장에게만 휴대폰으로 자주 연락하는 게 자연스럽지 않아 보였다. 또한 내용은 알 수 없지만 문자로 대화한 이력도 있었다. 그 내용을 확인하고 싶어 휴대폰 임의 제출을 요청했지만 사고로 잃어버렸다고 한다……. 혹시 두 사람이 연인 관계였을 가능성은 없을까? 그러다 뭔가 문제가 생기지 않았을까? 이미 확인했다시피 최진하는 샤인코스메틱 대표의 아들이다. 반대로 현재경은 회삿돈을 횡령이나 하는 가난한 집 안의 딸이다. 그게 문제를 만들었을 가능성은 없을까? 생각을 이어 나가던 인우는 답답함에 고개를 저었다. 그렇다고 하기에는 너무나 명확한 알리바이가 앞을 가로막고 있었다.

인우는 복도 중간쯤에서 걸음을 멈췄다. 따라서 걸음을 멈춘 서기영이 왜 그러냐는 듯 인우의 시선을 따라 고개를 돌렸다. 인우는 휴게실 안쪽을 보던 참이었다. 거기에는 최진하의 간병인이 TV를 보고 있었다. 테이블 위에는 물이 가득 담긴 물병이 놓여 있었다. 손님이 가기를 기다리고 있었던 것 같다.

"실례합니다."

안으로 들어서며 인우가 조심스럽게 말을 건넸다. 간병인은 인우를 보고는 자리에서 일어섰다.

"가시는 거예요?"

"네, 그런데 좀 여쭤볼게요."

간병인은 이미 이쪽이 형사라는 것을 알고 있다. 또다시 신분을 밝히지 않아도 질문에 응해줄 것이다.

"언제부터 최진하 씨의 간병을 맡으셨나요?"

간병인은 주저 없이 대답했다.

"사고 나고 수술하시던 날 바로 제가 맡았어요. 새벽에 갑자기 사람을 구하는 바람에 저도 자다 말고 나왔죠. 근데 그럴 만도 한 게 수술한 사람이 보호자가 없으면 힘들거든요. 수술 직후엔 통증도 있고 열나는 사람도 있고요."

"18일 밤이었나요?"

간병인은 몸을 돌렸다. 거기에 달력이 있었다.

"18일에서 19일 넘어가던 새벽에요. 18일 밤 12신가 즈음에 사고가 났나 봐요. 응급수술하고 입원실에 온 건 19일 새벽이에요."

"혹시 그 뒤로 외출을 하신 적이 없습니까? 굳이 옷을 갈아입지 않더라도 1시간 이상 자리를 비운 적이 있다던가."

간병인은 곧장 고개를 저었다.

"그런 적은 없어요. 계속 병실에 계세요. 그렇잖아도 제가 답답하시지 않으냐고 해도 괜찮다고 하시면서 안 나가시더라고요. 팔만 다친 거라 병원 주변을 산책해도 좋을 텐데."

알겠다고 대답하며 인우는 간병인의 전화번호를 받았다. 혹시 궁금한 사항이 있으면 전화하겠다고 말하자 그녀는 꺼림칙한 표정을 지으면서도 전화번호를 알려주었다. 자신의 휴대폰에 번호를 저장하고 인사를 한 뒤, 휴게실을 나왔다.

7

 배도훈 팀장의 주재로 회의가 열렸다. 형사1팀과 2팀의 형사들이 모두 모였다. 테이블을 가운데 두고 마주 앉은 형사들은 조금 긴장된 얼굴로 화이트보드 앞에 선 발표자를 바라보았다. 그는 민석용 형사로 형사1팀과 2팀을 통틀어 가장 나이가 많은 형사였다. 그는 이번 사건에서 CCTV 분석을 맡았다.
 "편의점에서 수거한 일주일 치 CCTV 분석을 하였습니다."
 그는 포인터를 눌러 화이트보드에 영상을 띄웠다.
 "처음 현재경으로 추정되는 인물이 잡힌 것은 12월 11일입니다. 이날 현재경은 저녁 10시 30분경 재선아파트로 들어갔고, 약 1시간 뒤에 나왔습니다. 그리고 12월 15일 새벽 트레이닝복 차림으로 재선아파트에 들어갔습니다. 나온 것은 24분 뒤로 그리 오래 걸리지 않았습니다."

다시 한번 포인터를 누르자 화면이 바뀌었다. 민석용 형사의 말대로 트레이닝복을 입은 현재경의 모습이 있었다. 민석용이 추정이라고 말하는 것은 트레이닝복의 모자를 눌러쓰고 마스크로 얼굴을 가렸기 때문이다. 그러나 차림으로 볼 때 현재경이 확실했다. 그녀는 화면 안으로 가볍게 달려 들어오듯 모습을 드러냈고 조깅하듯 재선아파트로 들어갔다.

"그다음으로 현재경의 모습이 잡힌 것은 12월 18일 낮 11시 20분입니다."

이야기를 듣는 인우의 표정이 날카로워졌다. 그날은 현재경이 회사에서 무단으로 사라진 날이었다. 현재경이 11시경 없어졌다고 했으니 회사에서 나온 즉시 재선아파트로 들어간 것이 된다.

누굴 만나러 간 걸까? 아니, 애초에 누굴 만나긴 한 걸까? 대부분 회사 직원인 재선아파트의 특성상 그때 아파트에 남아 있었던 것은 201호, 지우현이라는 회사 직원의 아내뿐이었다. 그녀와 현재경의 접점은 아직까지 파악된 바가 없다.

민석용 형사의 보고가 계속되었다.

"그날 현재경은 저녁 8시 30분에 아파트를 나옵니다."

"그 시간 동안 뭘 한 걸까?"

팀장이 중얼거리듯 물었다. 같은 의문을 인우 또한 갖고 있었다. 그 시간은 직원들이 다 일하는 시간이다. 201호가 아니라면 현재경은 빈집에 혼자 있었다는 이야기가 된다. 돌아오는 집주인을 기다리고 있었던 것일까?

"다시 모습을 드러낸 것은 19일 새벽 6시, 같은 차림으로 조깅을 하듯 뛰어 들어오는 모습이 보입니다."

화면 속에 민석용의 말과 똑같은 장면이 플레이되고 있었다. 뛰어나온 현재경이 재선아파트로 들어가려 할 때였다. 그녀가 놀라 뒤를 돌아보았다. 화면 끄트머리에 남자로 추정되는 인물이 서 있다. 그녀는 몸을 돌려 남자와 함께 화면 밖으로 사라졌다.

"누구지?"

"아는 사람일 수도 있지 않겠습니까?"

"일단 확인할 수 있다면 한번 해봐. 현재경의 이후 행적에 대해 알 수도 있으니까."

네, 하고 대답한 뒤 민석용이 보고를 이었다.

"현재경이 다시 아파트 안으로 들어간 것은 저녁 8시경입니다. 그리고 다음 날 새벽 2시 40분, 화재 속에서 시체로 발견뎄습니다."

여기저기서 신음을 흘렸다. 고개를 가로젓는 사람도 있었다. 도무지 뭐가 뭔지 모르겠다는 것이다. 그것은 인우도 마찬가지였다. 하지만 인우는 한가지 마음에 걸리는 점이 있었다. 그는 지금까지 민석용이 말한 현재경의 CCTV 속 행적을 모두 수첩에 적었다. 그걸 물끄러미 바라보았다.

현재경은 대부분 재선아파트에 들어갈 때 모자와 마스크를 착용한다. 그리고 재선아파트에 들어가는 것은 늦은 저녁 시간이나 새벽 시간대라는 공통점이 있다. 그중 단 한 차례, 다른 점이 있다. 바로 12월 18일 11시에 재선아파트에 들어갈 때다. 그때는 밝은 시간이다. 무언가 다른 상황이 현재경에게 있었다고 볼 수밖에 없다. 그게 무엇일까.

다음으로 입주민의 면담을 맡은 형사들의 보고가 이어졌다. 대부분 회사 직원으로서의 현재경을 알고는 있지만 사적으로 만난 적은 없으며 이 사건에 짚이는 부분 같은 건 없다고 진술했다는 내용이었다.

"나머지는?"

팀장이 인우를 보며 물었다.

"302호와 201호는 제가 오늘 만나보기로 했습니다. 이후 보고드리도록 하겠습니다."

다음으로는 서기영이 앞으로 나갔다. 그는 현재경의 통화 기록에 대한 이야기와 최진하를 만난 이야기를 했다. 최진하가 휴대폰을 잃어버렸다는 내용이 나오자 형사들의 눈빛이 달라졌다. 몇은 뒤로 기댔던 상체를 일으키기도 했다. 팀장의 질문이 이어졌다.

"최진하가 범행했을 가능성은? 현재경이랑 가장 가깝기도 했고 개인 휴대폰으로 연락도 했다면, 그럴 가능성이 있지 않나?"

"하지만 현재경의 시신이 발견되던 시각, 최진하는 친구들과 술자리를 가졌고 이어서 귀가하던 중 음주 운전으로 사고가 나 현재까지 병원에 입원해 있습니다."

"최진하의 모친이 집에 와 있다며? 혹시 그 두 사람이 공범이 아닐까?"

그런 생각도 안 해본 것은 아니다. 일단 최진하가 휴대폰을 잃어버렸다고 하는 점이 가장 의심스러웠다. 하지만 그걸 뒷받침할 근거가 없다.

"지금까지 파악한 바로는 최진하가 현재경을 죽일 동기가 없습니다. 현재경이 회사의 공금을 횡령했다고는 하나 그건 회사의 방침대로 처벌하면 되니까요. 아까도 말했던 것처럼 최진하는 현재경의 사망 시각 알리바이가 있습니다."

"최진하가 휴대폰을 잃어버린 건 확실한가? 혹시 어디에 숨긴 건 아니야?"

"사고 당시 담당 형사님께 확인했는데요, 목격자가 사고를 발견했을 때 최진하 씨는 의식이 없었다고 합니다. 블랙박스 기록에서도 휴대폰을 숨기는 정황 같은 건 나오지 않았습니다."

"집에 갔을 때 상황이 되면 한번 찾아봐. 혹시 집에 숨기고 나왔을 수도 있잖아."

"집에 숨길리는 없지 않을까요? 너무 찾기 쉬운 곳이잖아요. 그것보다는 다른 내부자가 있는 게 아닐까요? 현재경과 공금횡령을 같이 했다든가 말입니다. 그 돈을 나누는 데 있어서 싸움이 났고 그래서 현재경과 다투다 죽였다, 그럴 수 있지 않습니까?"

형사들이 고개를 끄덕였다. 지금까지 나온 의견 중 가장 합리적인 이야기다. 다른 입주민이 모두 직원이므로 현재경은 새벽이나 저녁 때에 얼굴을 가리고 안으로 들어갔을 것이다. 하지만 그렇다면 두 사람이 다투는 소리가 났어야 한다. 현재경의 혈액에서는 수면제 성분이 검출되지 않았으므로 그런 식으로 제압한 뒤 사망시켰을 가능성은 없다. 인우는 뭔가를 놓치고 있다는 생각을 지울 수가 없었다.

"그리고 현장 감식에서 발견된 것인데요."

다른 형사가 일어나 앞으로 나섰다. 서기영이 자리를 비켜주자 그는 컴퓨터를 두드려 무언가의 파일을 열었다. 화면 안에 벽을 찍은 사진이 보였다. 재선아파트의 복도라고 보고한 그는 한 지점을 손가락으로 가리켰다.

"여기서 피해자의 혈흔이 아주 미세하게 발견되었다고 합니다. 근처에서 섬유조직도 발견되었고요."

그것이 말하는 바는 명확했다. 배도훈 팀장이 말했다.

"공범이 없다는 거군. 혼자서 시신을 옮기다가 벽에 부딪히게 됐고 거기서 피가 묻었을 거야. 혼자서 끌고 내려가다가 섬유조직도 묻은 거고. 몇 층인가?"

"2층 계단입니다."

"그럼 1층 입주민을 제외하고는 모두가 용의자로군. 아직 용의자가 너무 많이 남았어."

그는 쓴웃음을 지었다.

회의가 결론 없이 끝난 뒤 인우는 자신의 자리로 돌아갔다. 책상 한편에 잔뜩 쌓여 있는 서류들 사이에서 현재경의 통화 기록을 꺼내 다시 살폈다.

현재경은 인간관계가 매우 좁은 듯했다. 같이 일하는 서혜원과 가끔 전화를 했고, 어머니와 한 달에 한두 번쯤 통화했다. 영인의 지역번호가 찍힌 전화번호가 여럿 있기는 했지만 확인 결과 광고성 전화였다. 이외에 가장 눈길을 끄는 것은 역시나 최진하와의 통화 내역이다.

'하지만.'

답답한 기분을 느끼며 인우는 고개를 저었다. 통화 내역상 대부분이 최진하가 전화를 건 것이었다. 몇 번쯤 현재경이 전화를 건 적도 있지만 최진하가 전화를 건 것에 비하면 극히 적은 수였다. 연인 사이였다고 하기엔 너무 일방적인 내역으로 보였다. 최진하가 업무 지시를 위해서라고 나오면 믿지 않을 도리가 없다.

하지만 지금 가장 마음에 걸리는 것은 최진하다.

왜 그날 최진하만이 알리바이가 있을까. 왜 하필 휴대폰을 잃어버렸을까.

'혹시……'

인우는 머리를 가로저었다. 지금 머릿속으로 생각해 내는 것은 다 근거를 찾지 못한 가설일 뿐이다. 이런 가설은 선입견을 준다. 절대 하지 말아야 할 일이다. 우선 하나하나 매듭을 풀어나가는 수밖에는 없다.

"선배, 가시죠."

서기영이 점퍼를 챙겨 입고 옆으로 왔다. 인우도 일어나 점퍼를 입었다. 서기영이 운전을 해 두 사람은 재선아파트로 갔다. 아침 보고회의에서 말한 대로 오늘은 두 사람이 201호와 최진하의 집인 302호를 찾아가 보는 날이었다.

차를 주차하고 201호 앞으로 가 초인종을 눌렀다. 미리 전화를 하고 오지는 않았다. 18일 11시 20분경 재선아파트로 들어간 현재경이 누군가를 만났다면 201호 밖에는 없다. 201호는 샤인코스메틱 재선점 직원의 아내로 전업주부 생활을 하고 있다. 11시 20분경에 재선아파트 내에는 그녀밖에 없었다. 그렇기에 미리 전화를 하고 온다면 일종의 마음의 준비를 하고 있을지도 몰랐다. 거짓말을 이리저리 맞춰놓을 수도 있는 것이다.

초인종을 누르자 젊은 여성의 목소리가 들려왔다.

"누구세요."

"경찰입니다."

안에서 덜그럭거리는 소리가 났다. 문을 열고 나온 사람은 40대 정도로 보이는 여자였다. 화장기는 없었고 푸석한 머리는 지금 막 억지로 묶은 것 같았다. 경찰이라는 말에 놀란 기색은 없었다. 이미 사건에 대해서는 알고 있을 테니 당연한 방문이라고 생각하는지도 몰랐다.

"얼마 전 있었던 화재 사망사건에 대해서 몇 가지 여쭤보려고 왔습니다."

"들어오세요."

여자는 몇 발짝 뒤로 물러났다. 서기영이 안으로 들어가고 인우가 그 뒤를 따라 들어갔다. 두 사람이 함께 신발을 벗지도 못할 만큼 현관 앞은 좁았다. 그래도 집 안은 잘 정리가 되어 있었다. 작은 거실에는 소파와 벽걸이 TV만이 걸려 있었다. 화분 몇 개가 베란다 쪽 창 앞에 놓여 있었다. 겨울이라 안으로 들여놓은 것 같았다.

"차라도 드릴까요?"

"괜찮습니다."

"그럼……."

여자는 어색한 태도로 소파에 가 앉았다. 마주보는 자리에 소파가 있는 것은 아니었기 때문에 인우와 서기영은 바닥에 앉았다. 여자가 자신의 실수를 깨달은 듯 흠칫하며 바닥으로 내려앉았다. 인우는 다정한 미소를 지었다.

"편하신 대로 하면 됩니다."

"네. 괜찮아요."

"성함이?"

"정여옥입니다."

"여기엔 오래 사셨습니까?"

음, 하듯 입을 앞으로 조금 빼고 여자는 고개를 위로 살짝 꺾었다. 계산을 해보는 것 같았다.

"한 2년 된 것 같네요. 이쪽으로 남편이 발령을 받고 나서부터 살았으니까요."

"오시기 전엔 어디에 사셨습니까?"

"영인에서요."

"그럼 좀 답답하시겠네요."

"처음엔 좀 그럴까 봐 걱정되기도 했는데, 여기도 완전 시골은 아니잖아요. 완전 도시도 아니지만. 그래서 크게 불편한 점은 없어요."

서기영이 옆에서 수첩을 꺼냈다. 이 정도면 아이스브레이킹 타임은 끝났다고 여기는 것일 테다.

"혹시 사망하신 현재경 씨에 대해서 아십니까?"

그녀는 자신의 뺨에 한쪽 손을 갖다 댔다.

"개인적으로 아는 사이는 아니지만 회사 여직원이라는 건 알고 있어요. 회식 자리에서 본 적도 있고요."

올 연초, 회사의 회식에 정여옥도 초대를 받았다고 했다. 가족들을 전부 부르는 공식적인 자리는 아니었고 회식을 하다 보니 "제수씨도 혼자 있는데 나오라고 해."라는 이야기가 나와서 나가게 된 자리라고 했다. 거기서 여직원인 현재경과 인사를 했다.

"어때 보였습니까?"

"뭐, 길게 얘기를 한 건 아니지만 뭐랄까. 좀 조용한 타입이었어요. 사실은 어둡다는 느낌이 들기도 하고. 다른 직원들이랑도 별로 얘기를 안 하더라고요. 서무직원인가? 다른 여직원이랑만 몇 마디 하고 말더라고요. 다른 직원들도 그게 익숙한지 별로 말 안 걸고요. 왜 그런 사람 있잖아요. 좀 외톨이 같은."

정여옥은 솔직한 타입인 것 같았다. 보통은 좋게 돌려 말할 이야기도 느낀 대로 이야기한다. 이런 타입은 오히려 조사할 때는 이득이다. 남들이 보는 현재경의 모습을 솔직히 알 수 있어서다.

"혹시 이 아파트 안에서 그분을 본 적이 있습니까?"

그녀는 생각할 것도 없이 곧장 고개를 저었다.

"전혀 없어요. 그래서 우리 아파트에 와서 죽었다고 해서 정말 놀랐어요. 불 나던 날 피신하라고 해서 밖으로 뛰쳐나오긴 했는데 그분 시체를 안 봐서 정말 다행이었어요. 그걸 봤으면 잠도 못 잤을 것 같아요."

보지는 않았지만 상상은 되는지 그녀는 몸을 가볍게 떨었다. 인우는 잠깐 틈을 뒀다가 입을 열었다.

"좀 다른 얘기입니다만, 여기 방음은 어떻습니까?"

"방음이요?"

여자가 둥그런 눈을 했다. 답을 기다리듯 인우가 그녀를 응시했다.

"방음이랄 것도 없어요. 여긴 완전 엉망이에요. 옛날에 지어서 그런지 방음엔 전혀 신경을 안 쓴 거 같아요. 웃긴 얘기 해 드릴까요? 윗집에서 바닥에 진동으로 해둔 휴대폰이 울리면 그 진동 소리까지 들려요. 화장실에 있으면 옆집 사람 오줌싸는 소리까지 졸졸 들린다니까요. 가끔 나도 같이 싸는 것 같을 때가 있어요."

정여옥은 자신이 꽤나 웃긴 이야기를 했다고 생각했는지 웃음을 터트렸다. 그녀가 민망하지 않도록 서기영과 인우도 따라서 미소를 살짝 지었다. 인우가 질문을 이었다.

"그럼 혹시 평소에 싸우는 소리 같은 거 들으신 적 없습니까? 꼭 사건 당일이 아니어도 괜찮습니다."

정여옥은 생각할 것도 없다는 듯 손사래를 쳤다.

"그런 적은 없어요. 우리 집 빼고는 다 혼자 사는 집인데 싸울 일이 뭐 있어요? 그리고 어느 집에서 싸움이 났다 하면 이 아파트 안에 금방 소문이 날걸요?"

그렇게 말한 그녀는 잠깐 고개를 갸웃했다. 뭔가 생각이 났다는 듯 입을 살짝 벌리고 인우를 보았다.

"이건 상관없는 일일지도 모르는데……."

"그래도 말씀해 주세요."

"며칠 전에 제가 되게 아팠거든요. 그래서 자는데 뭔가 쾅 하는 소리가 났어요. 놀라서 화들짝 깰 정도였죠. 그 시간이면 다들 회사에 가 있을 시간이라 아무도 없을 텐데 무슨 소린가 싶었던 적이 있어요."

"그게 며칠이었죠?"

정여옥은 몸을 돌려 벽에 걸린 달력을 응시했다.

"그러니까 그게, 18일이었을 거예요."

18일이라면 현재경이 이 아파트에 왔던 날이다.

"시간이 기억나십니까?"

"네. 11시 50분 정도요. 놀라서 깨서 바로 몇 시야, 하고 시간을 봤으니까 정확해요."

"그렇군요. 혹시 사건과 관련해서 해주실 말씀은 없습니까?"

그런 건 없다고, 정여옥은 생각하지도 않고 말했다. 이 사건에 대해서 아는 건 없다는 태도가 명확했다. 두 사람은 일어나 나오며 혹시라도 생각나는 일이 있으면 연락 달라는 말과 함께 명함을 남겼다. 복도로 나온 서기영이 말했다.

"쾅 하는 소리라니. 현재경이었겠죠?"

그랬을 가능성이 있다. 인우는 가볍게 고개를 끄덕였다.

"그래도 사건과는 관련 없을 거예요. 19일까지는 살아 있었던 걸로 확인되니까."

기분을 환기하듯 인우가 가슴을 부풀렸다. 추측은 좋은 일이 아니다. 지금은 우선 최대한 많은 정황과 증거들을 모으는 게 중요했다.

"일단 다음 사람을 만나보자."

두 사람은 302호로 올라갔다. 문 앞에서 인우는 자신의 가슴속이 무언가에 의해 일렁이는 것을 느꼈다. 최진하의 어머니, 박희숙을 만날 순서였다.

8

초인종이 울렸을 때 박희숙은 경찰에서 온 거라고 확신했다. 이쯤 되면 아파트 입주민 중 용의자를 추려내기 위해 한 세대씩 만나볼 거라고 생각하던 참이었다. 역시나 누구냐고 물었더니 재선경찰서에서 나왔다는 대답을 했다. 희숙은 잠시 기다리라고 말한 뒤 가슴께에 손을 얹었다. 괜찮다. 모든 것은 계획대로 진행됐고, 어긋난 것은 하나도 없다. 경찰은 아무것도 알지 못할 것이다. 그녀는 현관으로 나가며 신발장 옆에 붙은 거울에 자신의 모습을 비췄다. 입고 있는 남색 트레이닝복도, 머리도 흐트러지지 않았다. 그러니 그녀의 계획 역시 흐트러지는 일은 없을 것이다.

문을 열었다. 앞에는 두 명의 남자가 서 있었다. 앞쪽에 선 남자는 형사가 아니라 의사라고 하면 어울릴 만큼 깔끔한 외모였고, 뒤쪽의 남자는 그보다 좀 어린 듯한 느낌이 들었다. 앞에 선 형사가 말했다.

"재선경찰서에서 나온 이인우 형사입니다."

"서기영입니다."

서기영이 자신의 이름을 밝히며 명함을 내밀었다. 희숙은 명함을 내려다보았다. 서기영이라는 이름과 함께 휴대폰 번호와 경찰서의 전화번호가 적혀 있었다. 명함을 바지 주머니에 넣고 두 사람에게 들어오라고 말했다.

신발을 벗고 거실로 들어선 두 사람은 잠시 서서 주변을 둘러보았다. 인우의 눈빛이 날카로워 희숙은 자기도 모르게 조급해졌다.

"아들 혼자 사는 집이라 소파도 방석도 없네요. 죄송합니다."

"괜찮습니다."

두 사람은 희숙이 앉기 전에는 앉을 것 같지 않았다. 거실의 중간쯤에 희숙이 앉자 두 사람 역시 그 맞은편에 앉았다. 희숙이 깜박했다는 듯 일어섰다.

"커피 괜찮으세요?"

"아뇨. 마시고 왔습니다."

그럴 것이다. 역시 두 사람은 다른 집 사람들도 만나보고 온 것이다. 그 사람들에겐 무엇을 물었을까? 이 집에 온 것이 몇 번째일까? 설마 첫 번째는 아닐 것이다. 그렇다는 건 그들에게 가장 관심 있는 용의자라는 의미니까. 하지만 그럴만한 단서는 조금도 흘리지 않았다.

"얼마 전 이 아파트에서 있었던 사망사고에 대해서 알아보는 중입니다."

박희숙은 알고 있다고 대답했다. 화재가 났던 날 그녀 역시 아파트에 있었고, 시신이 발견됐다는 이야기도 들어서 경찰이 왔다고 했을 때 그 사건 때문이구나, 하고 생각했다고 말했다. 이인우 형사가 입을 열었다.

"어머님은······. 아, 죄송합니다. 호칭이 애매하네요."

희숙은 웃었다.

"뭐든 상관없습니다. 보니까 제 아들뻘인 것 같은데 어머님도 틀린 표현은 아니죠."

"네, 그럼."

그는 잠시 수첩을 내려보고는 다시 고개를 들었다.

"이곳은 아드님께서 혼자 사시는 곳이라고 알고 있습니다. 어머님께서는 언제 내려오셨습니까?"

"18일에 내려왔습니다."

"평일인데, 무슨 일이 있어서 내려오셨나요?"

"그런 건 아니고, 아들 녀석과 말다툼을 좀 했습니다. 그래서 화가 나서 쫓아 내려온 거예요. 이렇게 말하니 부끄럽네요."

형사들은 언제고 죽은 현재경과 아들 진하의 관계에 대해서 알아낼 것이다. 그건 시간문제라고 생각한다. 이 아파트에 사는 직원들은 대부분 본사에서 발령을 낸 영업직 사원들이다. 경리 일을 맡고 있는 현재경과는 직접적으로 엮이지 않는다. 게다가 형사들은 이미 현재경의 휴대폰 통화 기록을 확인했을 것이다. 그렇다면 다른 사람들보다 진하가 현재경과 통화한 기록이 많다는 걸 알아냈을 것이다. 물론 지점장으로서 업무 지시를 위해 통화한 것이고 개인 휴대폰으로 통화하는 게 더 빨라 그쪽으로 전화한 것이라고 말하라고 해놓았지만 그것만으로는 안심할 수 없다. 의심의 끈은 사람이 생각하는 것보다 훨씬 더 길고 굵다.

진하와 말다툼을 했다고 말한 것은 그래서이다. 이 사람들은 어쩌면 자신의 비서에게도 찾아갈지 모른다. 그날 희숙은 대표실에서 큰 소리를 냈다. 비서 역시 그걸 들었을 것이었다. 거기에 이야기를 맞춰야만 했다.

"실례가 안 된다면 무슨 일 때문에 다투셨는지 여쭤봐도 될까요?"

"사실 아들 녀석을 이쪽으로 보낸 데에는 경영을 맡기려는 이유가 있었습니다. 처음엔 본사에 두었더니 일은 하지 않고 제멋대로 굴길래 지방의 지점을 맡아 성적을 올리면 경영권을 물려주겠다고 단호히 말하고 내려보냈습니다. 그런데도 지점의 성적이 오르지를 않더군요. 이쪽 지점에 있는 부장에게 몰래 전화를 걸어 물었더니 근무 태만이 말이 아니더라고요."

그래서 전화로 다투다가 큰 소리까지 내기에 이르렀다. 너무 화가 나 그때 바로 재선시로 달려 내려왔다. 그렇게 말하면서 희숙은 자신의 말에 어긋나는 점은 없는지를 계속 생각했다.

"제가 좀 성격이 불같은 데가 있어서요."

희숙은 일부러 쑥스러운 듯 미소를 지었다. 두 사람 역시 희미한 미소를 보였다. 아직까지는 괜찮아. 희숙은 다시 한번 자신을 달랬다.

"그런데 어머님이 내려오신 날 최진하 지점장님은 친구분들을 만나러 나갔던데요. 그날 음주 운전 사고까지 내고요."

희숙은 곧장 화가 난다는 표정을 지었다.

"제가 오니까 바로 도망간 거죠. 게다가 음주 운전이라니. 한심해서 말이 안 나와요."

서기영 형사가 고개를 끄덕였다. 그런데 이인우 형사 쪽은 왠지 무표정했다. 뭔가 다른 걸 생각하고 있는 듯했다. 그 날카로운 눈이 흘깃 옆쪽을 향한 것 같기도 했다. 자신의 말에 무슨 문제가 있었던 건가, 희숙은 다시 한번 생각했지만 짚이는 건 없었다. 할 수만 있다면 이인우 형사의 머릿속을 열어 보고 싶었다.

이인우 형사의 무표정은 금세 사라졌다. 그는 어느새 친절한 표정을 짓고 희숙에게 물었다.

"사건에 대해 알고는 계시죠?"

"네. 알고 있어요."

"사망한 현재경 씨를 평소에 알고 계셨습니까?"

희숙은 고개를 저었다.

"아뇨. 전국에 28개의 지점이 있습니다. 거기 직원들까지 일일이 알지는 못해요. 끽해야 지점장을 아는 정도죠. 재선지점의 부장을 아는 건 제 아들이 여기 내려와 있어서 보고를……. 아, 아까 말씀드렸다시피 부장에게 아들이 일을 어떻게 하고 있는지 가끔 보고를 받거든요."

"회사 돈을 횡령한 건으로 본사에서 내사하던 중이라고 들었는데, 그에 관해서는 들은 적이 없으신가요?"

질문은 계속 이인우 형사가 했다. 서기영이라는 형사는 옆에서 수첩에 짧은 메모만을 했다. 두 사람이 맡은 역할은 명확한 듯했다.

"그런 얘기는 이번 사건이 나고서야 들었어요. 재무팀에서 내사를 한 뒤에 횡령이라는 게 명확해지면 저에게 보고를 할 예정이었을 겁니다. 아직 조사하는 단계라 보고하지 않았을 거예요."

"그렇군요."

그렇게 말한 이인우 형사는 거실을 한번 쭉 훑어보았다. 그렇게 봐도 별로 볼 건 없을 것이다. 아들 녀석은 집을 꾸미는 취미 같은 건 없다. 지금 집이 이렇게 깨끗한 것도 지난 며칠간 자신이 치웠기 때문이다. 원래는 입던 옷도 바닥에 마구 늘어트려 놓고 배달 그릇도 잔뜩 쌓아놓는 생활을 해왔다.

"혹시 아드님은 이곳에 근무하면서 어떠신가요? 아까 영인에서의 행동과 비슷하다고 했는데, 이를테면 돈을 막 쓰신다던가."

그런 질문을 왜 하는지 알 수 없었다. 그래도 틈을 두지 않고 대답해야 한다. 고심한 뒤에 대답하는 인상을 줘서는 안 된다.

"근태도 제멋대로기는 하지만 돈을 막 쓰고 그러지는 않을 겁니다. 여기에 내려보낼 때 모든 카드를 다 빼앗았거든요. 지점장으로서 받는 월급만으로 생활하고 있어요."

그때 이인우 형사의 눈이 날카로운 빛을 냈다. 그 빛을 본 즉시 희숙은 어깨가 서늘해짐을 느꼈다. 왜 그런 느낌이 드는지 알 수 없었다.

"그럼 불이 난 날에 대해서 묻겠습니다. 불이 난 시각, 어머님께서는 뭘 하고 계셨습니까?"

"그날 자고 있었는데 누가 막 현관문을 두드리더라고요. 불이 났다면서요. 그래서 급히 밖으로 빠져나왔습니다. 그냥 불이 난 건 줄 알았는데 살인사건이라니. 너무 끔찍해요."

희숙은 손을 들어 다른 쪽 팔을 문질렀다.

"자고 계셨군요."

"네."

"그럼 혹시 무슨 소리를 들으신 건 없습니까? 뭔가를 질질 끄는 것 같은 소리라던가, 쿵쿵거리는 소리라던가."

희숙은 고개를 저었다.

"저는 한번 잠들면 잘 깨지 않아서."

"그런데 문을 두드리는 소리에는 깨셨군요."

희숙은 자기도 모르게 온몸에 힘이 들어갔다. 그녀는 애써 입술을 끌어올렸다. 부자연스러운 웃음이 되지 않도록 애썼다.

"그건 워낙 큰 소리였으니까요."

변명을 한 뒤 이인우 형사의 안색을 살폈다. 별로 변한 것은 없는 것 같았다. 내심 안도했다.

"다치셨나요?"

"네?"

심장이 덜컥 내려앉았다. 이인우 형사의 눈이 자신의 손바닥쪽으로 향해 있었다. 거기에는 커다란 폼 드레싱이 붙어 있었다. 자기도 모르게 손을 가렸다.

"요리하다가 조금요."

그렇군요, 라고 말하고는 다음 이야기로 넘어갔다. 크게 마음에 담아 두지는 않는 것 같았다.

"18일에 내려오신 후부터 불이 났을 때까지의 일을 시간별로 설명해 주실 수 있으세요?"

희숙은 잠깐 생각하는 척하고 말했다.

"18일날 여기 도착했을 때가 8시쯤이었을 겁니다. 여섯 시에 아들과 통화하고 바로 내려왔으니까요. 영인에서 여기까지는 두 시간 걸리거든요. 제가 도착한 직후 아들은 쌩하니 나가버렸습니다. 그러고서는 내내 혼자 있었습니다."

"누군가를 만나시지도 않고요?"

희숙은 단호하게 대답했다.

"만나지 않았습니다."

"왜 회사로 돌아가지 않으셨습니까?"

"아들이 퇴원하면 제대로 붙잡아 놓고 얘기라도 해볼까 해서였습니다. 비서에게는 며칠 비울 거라고 얘기해 놓았고요."

"잠깐 집 안을 둘러봐도 괜찮겠습니까?"

"집을요?"

서기영 형사가 옆에서 말했다.

"그냥 형식적인 겁니다."

희숙은 다시 이인우 형사에게로 시선을 돌렸다. 그가 부탁한다는 듯 고개를 숙였다. 못 보여줄 것은 없다. 이미 모든 흔적은 자신이 치웠다.

"보시죠. 뭐 볼 것도 없긴 합니다만."

희숙이 일어나 안방의 문을 열었다. 이 아파트에는 방이 하나밖에 없었다. 이인우 형사가 그곳으로 들어가고 서기영이 화장실로 들어갔다. 희숙은 다른 집도 이와 똑같이 내부를 점검했을까 하는 생각을 했다.

안방의 옷장 앞에서 이인우 형사가 희숙을 보았다.

"열어보셔도 돼요."

거리낄 건 없다. 희숙에 말에 이인우 형사가 옷장을 열었다. 안에는 진하의 옷이 마구잡이로 들어 있을 거였다. 영인에서도 진하의 옷장은 늘 그 모양이었다. 한 번씩 정리를 해줘도 며칠이 채 가지 않아 엉망이 되었다. 밑에 옷을 꺼내면서 위의 옷이 흐트러지면 한번 가다듬을 만도 한데 전혀 그러지 않았다. 진하는 하는 행동이며 뭐며 전부 고등학교 이후로 성장하지 않은 것 같다는 생각을 자주 했다.

이인우 형사가 옷장의 칸을 전부 확인했다. 서랍이 없는 책상을 훑어보기도 했다. 희숙은 이인우 형사의 행동을 거실에 서서 응시했다. 입술이 타는 것 같다. 하지만 현재경을 이 집에서 처리한 이후 몇 번이나 청소를 했다. 현재경의 물건이나 흔적이 나올 일은 없을 것이다. 역시나 이인우 형사는 뭔가를 찾은 내색 없이 방에서 나왔다. 그러고는 거실을 가로질러 베란다로 나갔다. 거기에는 빨래 건조대가 있지만 아무것도 걸려 있지 않다. 이인우 형사는 거실로 되돌아왔고 거의 동시에 화장실에서 서기영 형사가 나왔다. 두 사람은 눈을 맞추는 것 같았다. 서기영이 고개를 흔들자 이인우가 머리를 까딱했다. 두 사람은 현관문 쪽으로 나왔다. 이인우가 고개를 숙이며 말했다.

"말씀 잘 들었습니다."

"꼭 범인이 잡혔으면 좋겠네요."

서기영 형사가 감사하다고 말했고, 이인우 형사는 현관문을 열었다. 그는 나가려다 말고 걸음을 멈췄다. 뒤를 돌아보더니 빤히 희숙의 눈을 보았다.

"정말 18일에 이 집에 오신 후 단 한 번도 나간 적이 없습니까?"

희숙은 자기도 모르게 미간을 찌푸렸다.

"절 의심하시는 건가요?"

"다시 한번 확인차 드리는 질문입니다."

희숙은 목소리에 힘을 주어 말했다.

"불이 났다고 해서 밑으로 내려간 것 말고는 단 한 번도 나간 적 없습니다. 증명해 줄 사람은 없지만."

"그럼 아드님 병원에는 왜 안 가보셨습니까?"

잘못하면 헉, 소리를 낼뻔했다. 심장이 내려앉았다. 순간적으로 눈을 몇 번이나 빠르게 깜박였다. 이인우 형사의 말이 맞다. 자신은 그 병원에 가지 않았다. 갈 수가 없었다. 계획을 이행해야 했기 때문이다. 이인우 형사는 대답할 때까지 언제고 거기에 서 있을 것처럼 자신을 빤히 응시하고 있었다. 피부가 창백해진 것을 느낄 수 있었다. 이 모습을 이인우가 보고 있을 거였다. 빨리 대답하지 않으면 안 된다.

"아들에게 화가 나서. 술 먹고 운전이나 하는 놈 뭐 예쁘다고 가서 봅니까. 보면 혈압만 오를 것 같아서 안 갔습니다."

"그렇군요."

약간의 미소를 띤 인우는 다시 고개를 숙였다.

"말씀 감사했습니다."

문이 닫히는 동안 희숙은 꼿꼿하게 서 있었다. 문이 닫히고 잠금장치가 알림음을 낸 후에야 그 자리에 주저앉았다. 온몸에 힘이 빠졌다.

불길함이 가슴속에서 달음박질을 쳐댔다. 손이 놀랄 만큼 차가워져 있었다. 자신이 한 실수에 대해 희숙은 다시 곱씹어 보았다. 대답은 어색했을지 모르지만 거기서 단서를 잡을 수는 없을 것이다. 모든 것은 적절한 기준을 넘지 않는다. 계획은 흐트러지지 않을 것이다.

"좀 놀랐어요."

차로 돌아오면서 서기영이 말했다.

"뭐랄까, 좀 더 여장부 같은 느낌일 거라고 생각했거든요."

그 말에는 인우도 공감했다. 샤인코스메틱의 대표. 탄탄한 기업인 데다 부모로부터 물려받은 기업도 아니었다. 제품 개발에서부터 박희숙은 혼자 기업을 이만큼 키웠다. 그런 이미

지 때문인지 인우도 서기영의 말처럼 좀 더 강인한 여성의 모습을 예상했었다. 그러나 키는 160cm도 안 될 듯 작았고 몸은 굉장히 마른 편이었다. 다만 눈빛에만큼은 강단이 있어서 마냥 야리야리한 느낌을 주지는 않았다. 목소리는 이미 파악하고 온 그녀의 나이보다 훨씬 명료하고 힘이 있었다.

"그런데 선배, 선배는 최진하를 의심하세요?"

인우가 그를 보았다.

"다른 집은 내부 검색을 안 하셨는데 이 집은 서랍장까지 일일이 확인하셨잖아요. 휴대폰을 찾으신 거죠? 저도 혹시나 싶어 화장실을 뒤졌는데 안 나오더라고요. 역시 집에 숨길 리는 없어요."

"시동."

"아, 네."

서기영이 시동을 걸었다. 그러고는 차를 출발시켜 아파트를 빠져나갔다. 아파트 앞 편의점을 지나 대로로 접어들었을 때쯤 인우가 말했다.

"최진하의 어머니 박희숙은 아들과 전화로 크게 다투고 너무 화가 나 재선시로 쫓아 내려왔다고 했어."

"네, 그게 왜요?"

"그리고 한 번도 밖에 나간 적이 없다고 했지."

"그랬죠."

"아까 방을 확인했을 때 서랍장에는 최진하의 옷밖에 없었어."

"같이 살지 않으니까요."

인우는 모르겠냐는 듯 고개를 돌려 서기영을 보았다.

"그럼 지금 입고 있는 옷은 어디서 났을까?"

서기영이 눈을 크게 떴다. 고개가 홱 인우쪽을 향했다.

"운전."

"아, 네."

서기영은 얼른 정면으로 고개를 돌렸다. 인우는 조금 더 등받이에 몸을 기대며 말을 이었다.

"그리고 원래 입었던 옷은 어디로 갔을까?"

박희숙은 회사에서 근무하다가 내려왔다고 했다. 회사에서 트레이닝복을 입고 근무하지는 않았을 거였다. 하지만 아까 옷장에서도 베란다에서도 박희숙의 옷으로 보이는 것은 없었다. 그 사실을 말해 주자 서기영의 목울대가 꿀렁 하고 움직였다.

9

[최진하 카드 사용 내역을 확인했는데요, 딱히 눈에 띄는 건 없습니다. 그냥 주기적으로 미용실 간 거나 마트에서 쓴 기록밖에는 없어요.]

"알았어. 책상에 올려놔. 그리고 최진하 통화 기록 좀 뽑아봐."

[알겠어요. 아, 그리고요.]

서기영이 갑자기 생각났다는 듯이 목소리를 높였다. 인우는 주차를 마친 뒤 사이드 브레이크를 잠그다가 멈칫했다.

"뭐?"

[아, 아니에요.]

무슨 일이냐고 물었지만 서기영은 나중에 사무실에 돌아오면 말해주겠다고 했다. 나중에 들을 일 지금 듣겠다고 해도 말을 듣지 않았다. 사건과 관련된 일은 아니라고 해서 중요한 일은 아닌가 보다 했다. 서기영은 평소에도 쓸데없는 말장난을 자주 하곤 했다. 뭔가 혼자 재미난 생각이 났는가 보지, 라고 생각하며 전화를 끊었다.

인우는 차에서 내려 건물을 올려다보았다. 그는 샤인코스메틱 재선지점에 또다시 와 있었다. 최진하는 아직 퇴원 전이기에 지금이 적절한 타이밍 같았다. 한번 찾아온 곳이라 발은 관성처럼 움직여 그를 사무실 앞에 데려다 놓았다. 문을 열자 전에 보았던 여직원이 놀란 눈으로 엉거주춤 일어났다. 분명 서혜원이라는 이름이었다. 오늘은 딱히 연락을 하지 않고 왔기에 무슨 일로 왔나 싶을 것이다.

"지난번에 한 번 뵀었죠? 재선경찰서에서 나왔습니다."

"네. 그때 오셨던 형사님이죠?"

서혜원은 그를 알아보는 것 같았다. 그녀는 눈치를 보듯 인우의 어깨 뒤쪽을 흘끔거렸다. 인우가 뒤를 돌았다. 거기에 관리부장 조동휘가 앉아 있었다.

"잠깐 말씀 좀 나눌 수 있을까요?"

조동휘는 얼떨떨한 표정으로 엉거주춤 일어섰다.

"예, 괜찮습니다만……. 또 무슨 일이신지."

"몇 가지 여쭤볼 것이 있어서 왔습니다."

그렇게 말하며 인우는 사무실을 한 바퀴 훑어보았다. 여기서 대화를 나누기에는 부적절하다는 제스처였다.

"어디가 괜찮겠습니까?"

조동휘는 눈치가 아예 없는 사람은 아닌 것 같았다. 자신에게만 조용히 물어볼 게 있다는 것을 알아차렸는지 책상에서 빠져나와 문 쪽으로 향했다.

"회의실이 있습니다. 이쪽으로 오세요."

인우가 조동휘의 뒤를 따라 나갔다. 아직 서 있던 서혜원이 말했다.

"차는……."

조동휘가 대답하기 전에 인우가 괜찮다며 머리를 숙였다. 문이 닫힐 때까지 서혜원은 자리에 앉지 않았다.

회의실로 안내된 인우는 조동휘가 문을 닫고 올 때까지 기다렸다가 함께 자리에 앉았다. 테이블을 사이에 두고 어색한 기류가 흘렀다.

"저에게 물어보실 거라는 게?"

조동휘가 먼저 말을 꺼냈다. 인우는 작은 수첩을 하나 꺼내 펼치며 말문을 열었다.

"지점장님에 대해 여쭤보려고 하는데요."

"지점장님요?"

조동휘는 예상 밖이라는 듯 눈을 떴다. 경찰이 찾아온 이유는 지난번 일어난 살인사건 때문일 텐데 지점장에 대해 물어보자 그에게 무슨 범죄의심점이라도 나온 건지 궁금해하는 것이었다. 조사 때 가장 조심해야 할 문제이기도 하지만 묻지 않고 넘어갈 수도 없다. 인우는 재선아파트에 사는 전 직원에 대한 조사가 이루어져야 하는 사안임을 잊지 않고 주지시킨 후에 준비해 온 질문을 던졌다.

"지점장님께서는 평소에 어떻습니까?"

"어떤…… 이라니요?"

"근무하는 태도라든가, 지점 관리능력 같은 것 말입니다."

왜 그런 것을 물어보는 건지 이해가 안 간다는 표정이 조동휘의 얼굴에 여실히 드러났다. 그러나 일일이 설명하고 질문할 수는 없다.

"느끼신 대로 말씀해 주시면 됩니다. 혹시 걱정하실까 봐 말씀드리지만 여기서 하시는 말씀은 절대 다른 사람에게 전달되거나 하지 않습니다."

"그렇습니까."

그는 잠시 고민하는 듯했다. 이야기를 좀 더 솔직히 끌어내기 위해 인우가 말을 보탰다.

"이곳에 발령받기 전까지는 본사에 계셨다고 들었습니다. 그런데 업무태도가 좋지 않아서 대표님께서 이쪽으로 발령을 냈다고요. 여기에 와서는 괜찮았습니까?"

조동휘는 눈에 띄게 한숨을 내쉬며 어깨를 늘어트렸다.

"무슨요. 여기 와서도 다르지 않아요. 아침에 출근하면 결재 서류에 도장 찍는 일이 답니다. 그 도장 찍는 것도 5분도 안 걸려요."

무슨 뜻인지 아냐고 되물으면서 조동휘는 의자를 앞으로 당겨 앉았다.

"서류를 읽지도 않는다는 거죠. 그런 상황이니 회사에 금전 문제가 생겨도 모르는 게 당연하지 않겠어요?"

"사무실은 잘 지키는 편인가요?"

"있기는 합니다. 게임이나 하고 있어서 문제지요. 영업사원들 실적이 좋은지 어떤지 관심도 없고 재촉도 안 합니다. 그러니까 지점이 엉망이죠. 이건 대표님도 알 겁니다. 사실은 대표님이 가끔 제게 전화해서 확인을 하시거든요. 이건 비밀입니다."

그는 누가 듣고 있기라도 한 것처럼 목소리를 낮추며 말했다.

"그럼 대표님하고 관계가 안 좋았겠군요?"

"당연하죠. 걸핏하면 싸우는 것 같았습니다. 특히 제 보고가 있고 난 다음에는 꼭 대표님이 전화를 거셨죠. 대표님은 실적을 늘리지 못하는 것에 대해 늘 한심해했습니다. 재선지점으로 내려보낸 것 자체가 이곳의 실적을 올리지 못하면 경영권을 물려주지 않겠다, 하는 시험대였던 것 아세요?"

"그 부분은 들었습니다."

"아무리 그래도 지점장님은 눈 하나 깜짝하지 않았습니다. 저는 대표님이 그런 전화를 건 다음이라도 좀 열심히 할까 생각했지만 무슨요. 금세 낄낄거리면서 머리나 하러 나갔습니다. 여기 와서 지점장님이 제일 열심히 관리한 게 자기 머리일 겁니다."

조동휘는 피식 웃었다. 최진하는 그에게도 무시당하는 존재인 것 같았다.

"경영권에 관심이 없는 걸까요?"

인우가 묻자 조동휘는 고개를 저었다.

"설마요. 자기는 이런 데서 썩을 사람이 아니라고, 회사만 물려받으면 이런 시골구석 지점 따위는 없애버릴 거라고 자주 그랬습니다. 자기가 그렇게 말하면 직원들이 굽신거릴 거라고 생각하는 거겠죠."

"그런 행동에 대해서 대표님은 어떻게 생각하셨습니까?"

조동휘는 어깨를 으쓱했다.

"글쎄요. 제가 대표님 마음까지야 알겠습니까만, 그래도 자기 외동아들 아닙니까? 대표님도 결국 부몹니다. 자기 자식 어쩌지 못하는 거죠. 결국 회사를 물려주게 될 거라고 생각합니다. 지점장도 그렇게 생각하니까 행실이 그런 거죠."

호칭이 지점장님에서 어느새 지점장으로 바뀌었다.

어쨌든 둘의 사이가 좋지 않았다는 점을 확인했다. 인우는 조금 전 조동휘가 말한 단어를 머릿속으로 곱씹었다. 결국 부모…….

인우는 고개를 들었다.

"지점장님 여자 문제는 어떻습니까?"

"여자 문제요?"

의외의 말을 들었다는 듯 조동휘가 턱을 치켜들었다. 답을 기다리듯 응시하자 그는 고개를 갸웃거리면서 대답했다.

"그 부분은 잘 모르겠습니다. 그러고 보니……."

그는 미간을 살짝 좁혔다.

"자주 누군가랑 전화하는 것 같기는 했어요. 여자가 있는 건지는 모르겠지만요. 누굴 만나는 걸 본 적은 없습니다. 그래도 여자가 있는 건 아닐 것 같은데요."

"왜죠?"

"여자 친구가 있다면 주말에 만나고 다니지 않았겠어요? 근데 지점장님은 자주 주말에 골프 치러 가자고 저를 부릅니다. 저도 가족이 있는데요. 남 사정은 신경을 안 쓰는 거죠."

한숨을 내쉬며 그는 자조적으로 대답했다. 지점장에 대한 이야기를 물었는데 신세 한탄으로 넘어가 버리고 말았다. 그래도 여자 친구는 없을 거라는 이야기가 중요하게 받아들여졌다. 인우는 수첩을 덮으며 조동휘를 바라보았다.

"마지막으로 여쭤보겠습니다. 혹시 사망하신 현재경 씨와 지점장님의 관계는 어땠습니까?"

의외로 조동휘는 풋, 웃었다.

"관계랄게 뭐 있겠습니까. 그냥 직원하고 지점장 사이죠."

그렇게 말하던 조동휘는 뭔가 깨달은 바가 있다는 듯 눈을 크게 떴다.

"혹시 그 두 사람이 무슨 관계였습니까?"

"그런 건 아닙니다. 이것도 기본적으로 질문드리는 겁니다."

개인의 휴대폰으로 전화를 걸었다는 내용에 대해서는 언급하지 않기로 했다. 그 부분은 조심히 다뤄야 할 문제였다. 눈앞의 이 남자는 그다지 입이 무거울 것 같지 않았다. 자신이 돌아가고 나면 사무실 직원들에게 구구절절 이야기를 늘어놓을 것이었다. 괜한 이야기를 꺼내지 않는 편이 좋았다. 이미 조동휘의 태도로 답은 들은 것이나 마찬가지다. 두 사람 간에 직원들이 느낄만한 어떤 미묘한 문제는 있지 않았던 것 같다. 이제 그만 자리를 정리해야겠다 싶은 생각이 들었을 때 잠시 생각에 잠겨 있던 조동휘가 중얼거리듯 입을 열었다.

"그러고 보니……."

인우가 그를 보았다.

"결재를 올리면 지점장님이 도장을 찍어서 저희에게 돌려주실 때 사무실끼리 연결된 인터폰을 합니다. 서류 가져가라고요. 그럴 때 재경 씨를 꼭 지명해서 부르신 적이 있어요."

그는 번뜩 정신을 차린 듯 고개를 들었다.

"물론 매번은 아닙니다. 그게 꼭 재경 씨랑 지점장님 사이에 무슨 일이 있다 그런 건 아니고……."

말끝을 흐리는 그는 자신이 한 말을 후회하는 것 같았다. 아무리 말이 새지 않는다고 형사가 말했다지만 완전히 믿을 수는 없다고 생각하는지도 모른다.

"무슨 뜻인지 알겠습니다."

참고만 하겠다고 말하며 인우는 자리에서 일어섰다.

조동휘와 인사를 나누고 2층에서 내려오던 인우는 계단 아래에 서 있는 인물을 보고 걸음을 멈추었다. 그는 사무실에 있던 직원 서혜원이었다. 그녀는 뭔가 초조한 듯 한 손으로 다른 쪽 손가락을 만지고 있었다. 가만히 있기 힘든지 발을 이쪽으로 틀었다가 저쪽으로 틀었다가를 반복하고 있었다. 그러다 인우를 발견했는지 발을 우뚝 멈춰 세웠다. 인우가 고개를 숙이자 그녀도 고개를 숙였다. 인우가 계단을 완전히 내려가 마주 선 다음 물었다.

"저를 기다리고 계셨습니까?"

"그게……."

그녀는 인상을 찡그리고는 입술을 앙다물었다. 잠깐 고민하는가 싶더니 양쪽 손에 힘을 주어 주먹을 쥐었다.

"이게 사건과 관련이 있는지는 모르겠어요."

"뭐든지 말씀해 주세요. 사건과 관련 여부는 저희가 확인할 일이니까요. 뭔가 마음에 걸리는 게 있으신 거죠?"

서혜원은 고개를 작게 끄덕였다.

"사실은, 그 애를 따라다니던 남자가 있었어요."

그 애라는 건 현재경을 말하는 것일 터다.

"따라다녀요?"

"네. 가끔 꽃도 보내고 그랬어요. 회사로요."

"스토킹, 그런 겁니까?"

"네. 그런 거나 다름없겠죠. 재경이가 너무 싫어했으니까요."

현재경은 워낙에 조용한 성격이었다. 누가 말을 걸지 않으면 하루 종일 입을 열지 않을 때도 있었다. 친구도 별로 없는 것 같았다고 서혜원이 말했다. 그러다 남자가 모습을 드러낸 것은 작년 겨울의 일이었다고 했다.

"사무실에 퀵 하나가 왔었는데, 그 사람이 배달하러 왔다가 재경이를 보고 맘에 둔 것 같더라고요. 그때부터 사무실에 배달오는 건 무조건 그 사람이 왔어요."

그때마다 현재경에게 말을 걸었다. 현재경은 부담스러워하면서도 직원이라는 자신의 입장 때문에 친절히 대해주려 애썼다고 했다. 그러다 그가 사무실 밖에서 현재경을 기다리기에 이르렀다. 현재경은 정중히 거절하려고 했지만 남자는 막무가내였다. 어떻게 알았는지 현재경의 휴대폰 번호를 알아내 전화를 걸어오기도 했다. 아무래도 사무실 벽에 걸려 있는 비상 연락망에서 휴대폰 번호를 본 것 아니겠냐고 서혜원은 말했다.

"한번 만나보지 그래?"

한번은 그런 이야기를 꺼낸 적이 있었지만 현재경은 기겁을 하며 싫다고 손사래를 쳤다고 한다.

"혹시 현재경 씨에게 남자 친구가 있었던 건 아닙니까?"

"그런 건 아닌 것 같아요. 그랬다면 그렇게 휴대폰이 조용할 리가 있겠어요? 저랑 거의 하루 종일을 붙어 있는데, 제가 못 느꼈다면 없었다고 봐도 될 것 같아요."

"그 뒤로는 어떻게 됐습니까?"

"재경이가 휴대폰에 수신 거절을 걸어놨거든요. 그랬더니 이번엔 사무실로 전화를 거는 거예요. 가끔은 꽃도 보내고요. 어떻게든 재경이를 만나고 싶어 했어요. 그러고 보니까 재경이가 겁에 질려하면서 받는 전화를 본 적도 있는 것 같아요."

"겁에 질려요?"

인우의 눈이 반짝였다. 서혜원이 뺨에 한쪽 손을 갖다 댔다.

"비품실에 들어가서 몰래 전화를 받는 걸 본 적이 있어요. 저번에 형사님 찾아오셨을 때는 생각이 안 났는데, 아까 생각나지 뭐예요."

근무 중에 현재경의 휴대폰이 울려서 '웬일이지?'하고 생각했기 때문에 걸려 온 전화가 확실하다고 서혜원이 설명했다.

"뭐라고 하던가요?"

"나도 더 이상은 힘들다. 제발 그만해달라. 그렇게 말했어요, 분명. 사정하는 말투였어요. 그 남자 아니겠어요?"

'더 이상은 힘들다?'

그 말이 인우의 마음에 꽂혔다. 자꾸 찾아오는 게 부담스럽다는 뜻일 수도 있었다. 하지만 현재경은 남자의 휴대폰 번호를 스팸으로 등록해 놓았다고 했다. 전화는 공중전화를 이용했을 수도 있다. 퀵 서비스 업체의 사무실 전화를 썼을 가능성도 있다. 하지만 그렇게 힘들었다면 남자를 스토킹으로 신고했어야 하지 않을까? 조사 과정에 그런 정보가 있었다면 그에게 보고되지 않았을 리 없었다.

말을 듣던 인우는 문득 떠오르는 게 있었다.

"그럼 그 남자를 보신 적이 있으신 거죠?"

"저요? 본 적 있죠. 자주 찾아왔다니까요?"

인우는 주머니에서 휴대폰을 꺼냈다. 그러고는 휴대폰을 조작해 영상 하나를 불러냈다. 12월 19일, 재선아파트 앞 편의점 CCTV에 촬영된 영상이다. 새벽 6시경, 후드를 뒤집어쓴 현재경이 아파트에서 나오다가 멈칫한다. 화면 끝에 한 남자의 모습이 찍혀 있다. 현재경이 그 남자를 향해 팔을 뻗고 있다. 두 사람은 함께 화면 밖으로 사라진다.

남자의 모습이 찍힌 부분에서 영상을 멈추고 인우는 서혜원에게 그 장면을 보였다.

"혹시 이 남자 아닌가요?"

서혜원은 눈살을 찌푸리고 한참이나 영상을 보았다. 워낙에 새벽 시간인 데다 흑백에 화질도 좋지 않아서 잘 보이지 않았다. 하지만 자주 본 사람이라면 몸체만으로도 알아볼 수 있을지 모른다.

서혜원은 고개를 갸웃했다.

"맞는 거 같기도 한데요……."

말끝을 흐렸다. 그래도 한 번쯤은 확인해 볼 문제라고 인우는 생각했다. 물론 그가 살인범일 리는 없었다. 이후 저녁 8시경 현재경은 아파트로 돌아왔다. 아파트 밖에서 만난 정체 모를 그 남자는 범인일 가능성이 없었다. 하지만 현재경을 만나 무슨 이야기를 나눴는지 정도는 확인해 봐도 좋을 것 같았다.

"혹시 그 퀵 업체 전화번호 아시나요?"

물을 줄 알았다는 듯이 서혜원은 바로 주머니에서 메모지를 꺼내 건네주었다. '바로 퀵'이라는 퀵 서비스 업체명과 전화번호가 적혀 있었다. 이름은 잘 모르겠다고, 그녀는 말했다.

"그런데 더 소름 끼치는 건요."

그녀는 큰 비밀이라도 말하는 것처럼 인우에게 얼굴을 가까이 댔다.
"그 사람, 재경이가 죽고 난 후로 사무실에 안 와요."

10

인우가 사무실로 돌아갔을 때, 그는 책상 위에서 낯설지 않은 물건이 놓인 것을 보았다. 그가 굳은 표정으로 그것을 물끄러미 보고 있는 동안 서기영이 옆으로 왔다.
"다녀오셨어요?"
"어."
인우는 건조한 목소리로 대답했다. 그것과 반비례한 울렁임이 가슴속에 있었다. 그것은 화인 것 같기도 했고, 그것보다 예리한 어떤 것 같기도 했다. 그 마음을 풀 수 없어 그는 그저 차가운 눈으로 그것을 보았다.
도시락이었다. 보자기로 정성스레 싸여 있는 그것을 놓고 간 사람을 인우는 단번에 알 수 있었다.

"어머님 다녀가셨어요."

인우는 도시락을 응시한 채로 물었다.

"아까 전화했던 게 이것 때문이었어?"

"아, 네…… 뭐……."

자신도 모르게 날카로운 목소리가 나왔던지 서기영이 말끝을 흐리며 대답했다. 그는 뭔가 심상치 않음을 느꼈는지 오히려 목소리를 높였다.

"어머님께서 도시락도 다 챙겨다 주시고, 너무 부럽네요. 난 우리 엄마 밥을 먹어본 지가 언제인지."

인우는 서기영을 보았다. 그의 말에 마음이 조금 가라앉았다. 미안한 마음이 술렁이는 분노를 억눌렀다. 서기영의 어머니는 현재 요양원에 계시다. 아직 60대 초반의 나이지만 중증의 알츠하이머를 앓고 있었다. 그 때문에 서기영은 월급의 절반 이상이 요양원 비용으로 나가고 있다고 들었다. 결혼을 하지 않은 서기영은 혼자 살고 있기에 먹는 것도 부실할 터였다. 아니, 아무리 잘 먹어도 엄마의 그것과는 다르리라.

자신은 어머니와 거의 의절 상태로 지내고 있지만 서기영의 마음을 이해할 수 없는 것은 아니었다. 인우는 도시락을 들어 서기영에게 내밀었다.

"아직 저녁 전이지? 이거 먹어."

서기영이 손을 내저었다.

"그런 뜻 아니에요! 선배 어머님이 선배 먹으라고 싸다 주신 걸 제가 왜요."

"괜찮아. 난 밖에서 간단히 먹고 들어왔고, 지금 할 일도 있어."

뭔가를 먹고 들어오지는 않았지만 지금 할 일이 있는 건 맞았다. 또한 어머니의 음식을 먹고 싶지 않았다. 이전에도 몇 번인가 이런 식으로 음식을 놓고 간 적은 있지만 모두 동료를 주거나 가끔은 버리기도 했다. 어머니의 음식을 포함한 모든 것을 받아들이고 싶지 않았다. 아니, 받아들여지지 않는다. 아직 자신은 박덕훈 형사를 만난 고등학교 시절에 머물러 있는 것이다. 아직 자신은 혼란 속에 있었다.

"그럼 잘 먹겠습니다."

서기영이 못 이기겠다는 듯 도시락을 받았다. 자신이 먹기 싫은 음식을 떠맡기는 것 같아 마음이 불편했는데 그의 입가에 걸린 미소로 안도할 수 있었다.

"오늘 샤인코스메틱 다녀오신 거죠? 뭐 건지신 거라도 있어요?"

인우는 샤인코스메틱의 부장을 만나고 온 이야기를 간단

히 전했다. 이야기를 듣던 서기영은 여직원에게 들은 퀵 서비스를 하는 남자에 대한 이야기가 나오자 크게 관심을 보였다. 하지만 이리저리 생각해 보고 나서는 잘 모르겠다는 듯 고개를 갸웃거렸다.

"근데 19일 새벽 현재경과 함께 CCTV에 찍힌 남자가 스토커라 하더라도, 현재경은 그날 밤 재선아파트로 돌아왔어요. 그 사람과 관련이 있는 게 맞을까요?"

"그래도 현재경이 사라진 시점부터 스토커가 회사에 찾아오지 않았다는 게 마음에 걸려."

"현재경의 사망 사실을 뉴스로 보고 안 거 아닐까요?"

"그럴 수도 있지만 한번 확인해 볼 필요는 있어."

그렇게 말하던 인우는 잊었다는 듯 고개를 들었다.

"일단 식사하고 와. 나는 몇 가지 확인해 볼 일이 있으니까."

"알았어요. 그 스토커라는 남자 만나보실 거죠? 그때 꼭 같이 가요?"

다짐을 받는 것처럼 서기영이 눈을 크게 뜨고 말했다. 웃으며 알았다고 대답해 주자 서기영은 도시락을 들고 휴게실로 들어갔다. 그 모습을 잠깐 지켜보다가 인우는 곧장 컴퓨터 앞으로 돌아앉았다. 어머니에 대한 생각 위에 일에 대한 생각을 차곡차곡 올려 내리눌렀다. 지금까지 그렇게 살아왔던 것처럼.

인터넷에 검색한 결과 재선시에는 퀵 서비스 업체가 두 곳이 있었다. 그러나 한쪽이 경영 악화로 업체를 정리한 것 같았다. 홈페이지에 들어가니 고객들에 대한 팝업 공지가 떠 있고 다른 서비스는 사용할 수 없게 막아놓았다. 여직원이 전달해 준 바로 퀵의 웹사이트는 그 아래에 떠 있었다. 홈페이지로 들어가니 조잡한 디자인이 나왔다. 배경 사진은 업체 건물을 찍어놓은 것 같았고, 검은색 옷을 입은 라이더들이 한 손에는 헬멧을 들고 다른 손으로는 파이팅을 외치듯 주먹을 쥐어서 들고 있었다. 사진을 유심히 보았지만 CCTV 속 남자의 얼굴을 찾기란 어려웠다. 홈페이지 하단에 바로 퀵 서비스 사무실의 주소가 적혀 있었다. 인우는 메모지에 주소를 옮겨 적고 자리에서 일어났다. 처음엔 전화를 할까 했지만 당사자의 이름도 모르는 상태에서 함부로 물어볼 수 없는 사안이었다. 아무리 이쪽에서 경찰이라고 말한다 한들 상대가 무조건 믿고 정보를 알려줄 리도 없었다. 가장 걱정되는 것은 만약 어떤 식으로든 현재경을 따라다녔던 그 인물이 이 사건과 관련되어 있다면 증거를 인멸하거나 도주할 빌미를 제공해 주는 것이기도 했다.

"이 형사."

자신을 부르는 소리에 화면에서 눈을 떼고 돌아보았다. 배도훈 팀장이 그를 가까이 오라고 손짓했다. 가까이 다가가자 예상한 대로의 질문이 나왔다.

"뭐 좀 건진 거 있어?"

인우는 참을성 있게 아까 서기영에게 말한 내용을 똑같이 팀장에게 설명했다. 팀장은 역시나 그 사람은 관련이 없는 것 아니냐고 물었다.

"일단 만나보려고 합니다. 그날 무슨 얘기를 나눴고 현재경이 왜 재선아파트에서 나왔는지 알 수도 있으니까요."

음, 하면서 팀장은 고개를 끄덕였다.

"다른 남자 문제는 없고? 재선아파트에 사는 직원 중에 누구를 만났다는 거잖아. 그런데 이렇게 안 나올 수가 있어?"

그 부분은 인우도 생각하지 않았던 건 아니다.

"CCTV에서 보듯 현재경이 모자에 마스크를 하고 다녔고, 또한 아주 이른 새벽이나 늦은 저녁에 아파트를 들락거렸다면 마주치는 사람이 없었을 수 있습니다."

이곳은 시골이고 저녁에는 그다지 할 일이 없는 동네였다. 시내라고 해봐야 규모가 작은 호프집 정도가 다인 동네였다. 룸살롱 같은 유흥업소도 있었지만 그런 곳에 들락거렸다가는 금방 소문이 나기 때문에 손님이 없어 얼마 지나지 않아 문을 닫은 동네다. 그런 데다 재선아파트 103동 입주민들은 영인에서 내려온 사람들이다. 만날 친구도 없으니 퇴근하면 집에 들어가 쉬거나 잠을 자는 것이 전부였을 터다. 현재경 역시 그런 점을 잘 알았을 것이다. 그 점을 노려 아파트에 들어갔다면 당연히 직원 중 누군가와 연관이 있다는 이야기였다.

인우는 최진하를 떠올렸다. 아주 높은 확률로 그가 유력하다고 생각했다. 일단 다른 사람들과는 달리 최진하는 현재경과 개인 통화를 한 기록이 있다. 물론 시신 발견 당일 화재가 났을 때 그의 알리바이는 명확하지만 그것도 의심스러운 면이 있다. 하필 어머니가 내려온 날 밖으로 나갔고, 음주 운전을 해 단독 사고를 냈다. 그에게는 음주 운전 이력이 없었다.

샤인코스메틱의 대표이자 최진하의 모친인 박희숙 역시 뭔가 마음에 걸렸다. 가장 중요한 것은 현재경이 마지막으로 문자를 보낸 사람이 최진하라는 것이다. 그 중요한 내역이 사라져 버렸다. '하필' 그날의 사고에서 휴대폰을 잃어버렸다는 것이 의심을 증폭시켰다.

그런 사정까지는 말하지 않았다. 자신의 말이 틀릴 것을 우려하는 것보다는 일단 그 생각을 뒷받침할 근거가 없었다.

그걸 찾기까지는 정확한 보고를 할 수 없었다.

"일단 퀵 서비스 직원이라는 남자도 한번 만나 보겠습니다. 그날 뭔가 얘기를 했을 수도 있으니까요."

"뭐 나오면 바로 보고하고."

"알겠습니다."

묵례를 하고 곧장 형사실 밖으로 향했다. 문 앞에서 그는 멈칫했다. 그럴 줄 알았다는 듯이 웃으며 서기영이 들어왔기 때문이었다. 어느새 다 먹고 씻어 오기까지 했는지 그의 손에는 물기가 묻은 빈 그릇이 들려 있었다.

"이럴 줄 알았다니까요. 같이 가자니까 또 혼자 가시려고 했죠?"

"밥을 들이마셨냐."

"하루이틀인가요, 뭐?"

그렇게 대답한 서기영은 잰걸음으로 인우의 책상 위에 빈 그릇을 올려놓고는 인우를 제쳐놓고 먼저 걸어 나가기 시작했다. 인우는 어이없어하면서 그의 뒤를 따르려다가 문득 책상 위에 덩그러니 남은 도시락 그릇을 보았다. 생각을 떨치듯 머리를 젓고, 서기영의 뒤를 따랐다.

퀵 서비스 회사는 생각보다 작았다. 10평도 채 안 되어 보이는 작은 사무실이 시내 상가건물에 붙어 있었다. 앞에는 오토바이 세 대가 인도에 세워져 있었다. 사무실은 선팅을 짙게 해 안이 보이지 않았다. 문을 밀어 열고 들어갔다.

"어떻게 오셨어요?"

문을 열자 정면 책상에 앉아 있던 여직원이 고개를 들고 물었다. 퀵 서비스 업체는 대부분 전화주문을 하므로 찾아오는 손님은 거의 없는지도 몰랐다. 서기영이 경찰공무원증을 보이며 형사임을 밝히자 여직원이 눈을 동그랗게 떴다.

"무슨 일이세요?"

"잠깐 여쭤볼 게 있습니다. 사장님 혹시 계신가요?"

"사장님은 볼일 있으셔서 나가셨어요."

그렇게 말한 여직원은 옆에 놓인 수화기를 들었다. 사장에게 전화를 하려는 것 같았다. 인우가 한 손을 내밀며 말했다.

"일단 직원분께 질문 좀 할게요."

어리둥절한 얼굴로 그녀가 수화기를 내려놓았다.

"여기 퀵 서비스 직원분들, 명단 갖고 계시죠?"

"갖고 있죠."

"누구누구인지 대부분 아시나요?"

"네."

그녀는 왜 그런 걸 묻는지 모르겠다는 듯 경계하는 표정을 감추지 않으며 대답했다. 자신의 대답이 혹시 말실수가 되어 뭔가 불이익이라도 받지 않을까 걱정하는 것 같았다.

"그럼 이 화면 잠깐 봐주시겠어요?"

인우는 예의 CCTV 영상을 플레이시켜 남자가 나오는 부분에서 정지한 뒤 여직원에게 화면을 내밀었다. 여직원은 한참이나 그걸 보더니 고개를 갸웃거렸다.

"이 사람이 무슨 문제를 일으켰어요?"

"누군지 알아보시겠어요?"

"화면이 어두워서 잘은 모르겠는데……. 김영택 씨 같은데."

"김영택이요?"

"네. 얼마 전부터 갑자기 안 나오는 사람 있어요. 그 사람 같은데요. 왜요? 그분이 뭐 사고라도 쳤나요?"

대부분의 사람에게서 보이는 호기심이 이 여직원의 얼굴 위에서도 가감 없이 드러났다.

"지금 여러모로 알아보는 중입니다. 이분 연락처와 주소 알 수 있을까요?"

그녀는 머뭇거렸다.

"사장님께 물어봐야 해요."

인우는 고개를 끄덕이며 그렇게 하라는 듯 손짓을 했다.

여직원이 전화기를 들고 통화하는 동안 인우는 사무실을 다시 한번 훑었다. 들어올 때는 보지 못했는데 벽 쪽에 '라이더 현황'이라고 적힌 패널이 붙어 있었다. 이름과 전화번호 그리고 사진이 붙어 있었다. 가까이 가 확인을 했다. 김영택이라는 이름은 어렵지 않게 찾을 수 있었다.

사진 속의 남자는 20대 중후반으로 보였고 인상이 좋아 보이지는 않았다. 각진 턱이 툭 불거져 나와 있었고 가느다란 눈은 예민해 보였다. 긴장한 듯 어깨를 올리고 있었는데 몸체는 그렇게 클 것 같지 않았다.

"알려드리래요."

어느새 전화를 끊은 여직원이 말했다. 그러고는 옆에 있는 메모지에 김영택의 이름과 주소를 적었다. 옆에 서 있던 서기영이 지도 앱을 켜 주소를 검색하자 그들이 있는 곳에서 도보로 5분 걸리는 곳이라고 나왔다.

"한동안 못 나온다고 사정 설명도 없었나요?"

"네. 그래서 저희도 급하게 라이더 구하느라 고생 좀 했어요."

그녀는 짜증이 난다는 듯 이맛살을 구겼다.

"며칠부터 안 나왔는지 알 수 있을까요?"

여직원이 자리에 앉아 컴퓨터를 두드렸다. 그녀는 뭔가 파일을 불러내 확인하더니 고개를 들었다.

"19일부터 안 나왔네요."

CCTV에 찍힌 그 새벽이다. 그날 현재경을 만나 두 사람은 어디로 간 걸까? 아니면 단순한 우연일까? 그럴 거라는 생각은 들지 않았다.

"혹시 집에 찾아가 보지는 않으셨고요?"

"아마 사장님이 가보셨을걸요? 아무 말 없으신 거 보니까 못 만나신 거겠죠."

"가족이랑 같이 거주하나요?"

"제가 알기론 혼자 산다는 것 같았어요."

인우는 자리에 선 채로 김영택의 전화번호로 전화를 걸었다. 자신의 휴대폰을 이용한 것은 사무실 전화번호를 일부러 피하는 걸 수도 있다는 생각이 들었기 때문이다. 그러나 수십 번의 신호가 울렸음에도 전화는 받지 않았다. 자동 음성이 나오자 전화를 끊었다.

"김영택 씨는 어떤 사람입니까?"

"제가 그걸 아나요? 일 들어오면 콜 넣어주는 게 다인데. 정산할 때나 잠깐 볼까 말까. 근데 그렇게 열심히 하는 사람은 아니었어요. 사장님이 전화로 잔소리를 자주 하셨거든요. 그것 때문에 한 번 크게 싸움도 나고."

"싸움이요?"

"네. 자길 무시한다면서 길길이 날뛰었대요. 나중에는 그쪽에서 고개를 숙이고 들어와서 일단락된 것 같지만 성질이 예민한 것 같다고 사장님이 말한 적이 있어요."

"알겠습니다. 감사합니다."

두 사람은 인사를 하고 사무실에서 나왔다. 그리고는 서기영의 휴대폰 앱으로 길을 찾아 김영택의 집으로 향했다. 퀵서비스 사무실 보다 훨씬 안쪽에 위치해 있는지 걸을수록 큰 길과 멀어졌다. 골목이 워낙 많고 집들이 다 비슷하게 지어져 있어서 자칫하면 헷갈릴 수 있을 것 같았다. 다행히 앱을 통해 헤매지 않고 찾아갔다. 그의 집은 상가건물 2층에 위치해 있었다. 1층은 작은 슈퍼마켓이었다. 바깥에 자잘한 물건을 내놓고 팔고 있었다.

슈퍼마켓을 끼고 돌자 2층으로 올라갈 수 있는 계단이 나왔다. 위로 올라갔다. 두 채의 집이 마주 보고 있었다. 김영택의 집은 201호였다.

초인종을 눌렀다. 안쪽에서 한참이나 음악 소리가 들렸지만 응답이나 인기척이 들려오지는 않았다. 재차 눌러도 마찬가지였다.

"집에 없는 걸까요?"

"글쎄."

고민을 하다가 자리에 선 채로 김영택의 전화번호를 눌렀다. 당연히 받지 않을 거라 예상은 했다. 하지만 예상외로 벌어진 일은 따로 있었다. 바로 집 안에서 휴대폰 벨 소리가 울린 것이다.

"뭔가 이상해."

그 자리에서 인우는 경찰서로 전화를 걸었다. 전화는 경준범 형사가 받았다. 그는 김영택의 전화번호와 주소를 이야기하며 가족의 연락처를 찾아 도어록의 비밀번호를 알려줄 수 있도록 조치해 달라고 했다. 사정 이야기를 간단히 전하자 그는 조금만 기다리라며 전화를 끊었다. 범죄혐의점이 있거나 영장이 있으면 강제 개방을 할 수도 있지만 지금은 그럴 수 없는 상황이었다.

경준범으로부터 전화는 10분 후쯤 걸려 왔다. 다행히 가족과 연락이 닿았다고 했다.

[가족들도 연락이 안 닿아서 무슨 일인가 하고 있었답니다. 근데 비밀번호는 모른대요. 강제 개방해서 안을 확인하겠다고 했더니 동의했습니다.]

알았다고 답하고 전화를 끊었다. 바로 그 자리에서 열쇠 업자를 불렀다. 열쇠 업자는 20분 정도 걸리는 곳에 있었다.

그가 올 때까지 현관문 앞에서 꼼짝하지 않고 기다렸다. 몇 번쯤 전화를 더 걸어보았지만 계속 안에서 음악 소리만 흘러나올 뿐 받지 않았다. 그건 불길한 징조였다.

열쇠 업자가 도착해 도어락을 해제했다. 작업은 간단했다. 문이 열리자마자 인우는 김영택의 이름을 부르며 안으로 들어갔다. 그러고는 자기도 모르게 한쪽 팔로 코를 막았다.

불길한 징조가 현실 속에서 모습을 드러냈다. 한 생명이 부패하는 냄새로.

11

 시취는 온 집 안을 물들이고 있었다. 문을 열어준 열쇠 업자는 새어 나오는 악취에 금세 계단을 도망치듯 내려갔다. 경찰의 요청으로 문을 따줄 때면 무슨 일인지 궁금해 어슬렁거리던 것과는 완연히 다른 모양새였다.
 시신은 거실 정중앙에 팔을 벌린 자세로 천장을 올려다보고 누워있었다. 목에는 전선이 감겨있었고, 얼굴은 검붉었다. 처음엔 부패가 진행된 줄 알았는데 가까이 가 보고는 몸에 불을 질러 피부가 탔다는 걸 알 수 있었다. 피부가 말려 올라가 이가 뿌리까지 허옇게 드러나 있었다. 온몸에 흰 가루를 덮어쓰고 있었는데 시신의 옆에 소화기가 아무렇게나 굴러

다니고 있는 걸 봐서 피해자를 사망케 한 후 불을 지르고, 어느 정도 시간이 지난 후에 소화기로 불을 끈 것 같았다. 분명 증거를 인멸하기 위한 일이었을 터였다. 서기영은 입을 막고 간신히 구역질을 참고 있었다.

"현장 보존하고, 김 박사님께 전화해."

인우는 침착하게 지시했다. 김 박사는 재선대학병원의 교수로 변사사건이 났을 때 시신의 검시를 맡고 있었다. 국과수에서도 부검은 진행하지만 포화 상태라 이 지역에서는 주로 김 박사의 손을 빌리고 있었다. 서기영은 고개를 끄덕이고는 바로 현관문을 닫고 전화를 걸었다. 냄새가 밖으로 나가는 것을 막기 위함도 있지만 주민들의 시선을 차단하는 것도 중요했다. 형사인 자신들도 익숙해지지 않는 이런 순간을 시민들에게 보일 수는 없는 노릇이었다.

서기영이 현관문 앞에서 전화를 하는 동안 인우는 무릎을 굽히고 자세를 낮춘 뒤 장판 바닥을 응시했다. 베란다에서 들어오는 햇빛에 비친 거실 바닥에는 신발 자국 같은 것이 없었다. 범인과 피해자가 함께 신발을 벗고 거실로 올라서는 광경이 머릿속에서 떠올랐다. 그렇다면 안면이 있는 사람일까? 이 잔혹한 방문은 예정이 되어 있었던 것일까, 갑자기 이뤄진 것일까.

"김 박사님께 전화했고요, 팀장님께도 보고드렸습니다. 곧 감식대원들도 올 겁니다."

감식대원들이 도착한 것은 그로부터 30분가량 후였다. 인우와 서기영은 그들이 올 때까지 현관문 밖에 나가 있었다. 두 사람의 어떤 흔적도 함부로 남겨서는 안 되었기 때문이다. 감식복을 챙겨 입은 대원들이 두 사람과 인사를 나눈 후 안으로 들어갔다. 김 박사 역시 늦지 않게 도착했다.

"조용하던 재선시에 이게 무슨 일이야?"

김 박사는 풍성한 머리를 넘기며 깊은 한숨을 내쉬었다. 입고 있는 긴 코트가 잘 어울렸다. 재선에 있는 대학병원에 근무하면서 경찰의 문의를 받는 일은 있었지만, 그로서도 현장에 출동한 것은 손에 꼽을 수 있을 정도였다. 두 번이나 연거푸 발생한 사건에 그도 놀라지 않을 수 없었을 것이다.

"그러게나 말입니다."

서기영이 김 박사에게 발싸개와 니트릴 장갑을 건네주었다. 김 박사는 입고 있던 코트를 벗고 발싸개와 장갑을 착용했다. 안에서는 연신 플래시가 터지고 있었다. 사건 현장이 조금이라도 훼손되기 전에 사진을 찍어놓는 것이었다.

"검시관님 도착하셨습니다. 들어가도 됩니까?"

"네, 괜찮습니다."

안의 응답을 듣고 김 박사가 빠른 걸음으로 들어갔다. 서기영과 인우도 발싸개를 신고 들어갈 준비를 마쳤다. 내부 수색 역시 중요한 일이다.

김 박사가 시신 옆에 무릎을 굽히고 앉아 들여다보는 동안 인우는 감식반 쪽으로 고개를 돌렸다. 삼십 대 초반 정도로 보이는 남자가 두 사람을 향해 돌아섰다.

"감식반 최태식입니다."

"수고가 많으십니다."

인우가 그와 악수를 했다. 최태식은 쓰고 있던 방진마스크를 턱밑까지 내렸다. 얼굴 전체에 땀이 흐르고 있었다. 겨울이지만 이 집은 지금 한여름이나 다름없다. 뜨끈뜨끈한 바닥의 열기가 그대로 발바닥에 전해져 왔다. 굳이 확인하지 않아도 보일러 온도를 최상까지 올려놨음을 알 수 있었다. 물론 그건 범인에 의해서였을 것이다. 시신이 발견되기 전에 부패의 속도를 빠르게 해 사망일시를 확인하지 못하게 하기 위함이다.

"몸에 불을 지른 뒤 소화기를 한 번 더 뿌린 것 같습니다. 그리고 이것 보세요."

최태식이 들고 있던 라이트로 목 아래쪽을 비췄다. 하얀 소화기 분말이 푸른 빛으로 변했다.

"목을 찌른 것 같습니다. 피가 무척 많이 흘렀어요. 거의 등 밑까지 흐른 것 같습니다."

"꽤 상처가 깊어."

듣고 있던 김 박사가 말했다. 그는 목에 난 상처 속으로 핀셋을 집어넣고 있었다.

"상처는 총 두 군데. 이쪽에 난 상처가 목숨을 가를 정도로 깊은 상처야."

그는 시신의 목 왼쪽에 난 상처를 가리켰다.

"사망원인은 열어봐야 알겠지만 이게 치명적이었을 거야."

김 박사가 옆에 놓여 있던 줄을 니트릴 장갑을 낀 손으로 들어 올렸다. 그것은 전선으로 김영택의 시신을 발견했을 때 그의 목에 감겨있던 것이었다. 김 박사가 말을 이었다.

"상처가 줄 밑에 있었어. 그러니까 범인은 칼로 찌른 다음 곧장 김영택의 목에 줄을 감은 거야. 목을 조르려던 의도가 있었겠지만 그로 인해 피가 더 많이 분출됐을 거야."

인우는 선 채로 시신의 주변을 둘러보았다. 들어오는 현관에서 오른쪽으로 거실이 있었고 왼쪽으로는 주방이 있었다. 거실과 주방엔 경계가 없이 트여 있는 구조였다. 그는 주방 쪽으로 천천히 걸음을 옮겼다. 그러면서도 바닥을 유심히 보았다. 중요한 흔적을 밟거나 지우지 않으려는 의도도 있었지만, 혈흔이 어디서부터 시작됐는지를 보기 위함이었다. 시신 주변을 제외한 바닥에는 혈흔이 없었다.

인우는 주방 안으로 들어가 싱크대 쪽을 살펴보았다. 싱크대 선반 위에 토스터와 믹서기, 물을 끓이는 용도의 커피포트가 있었다. 잘 보니 커피포트에 선이 빠져 있었다. 인우는 곧장 거실로 돌아가 김 박사가 옆으로 미뤄놓았던 전선을 가지고 돌아와 커피포트에 맞춰보았다. 전선이 꼭 들어맞았다.

왜 커피포트 선이었을까? 그게 가까이 놓여 있었기 때문이다. 그렇다면 범인이 주방에, 김영택이 거실에 있었다는 뜻이었다. 인우는 싱크대의 상부장을 열었다. 안에 커피잔이 놓여 있었는데 그중 두 개의 잔이 인우의 시선을 잡았다. 똑같은 디자인의 나머지 잔들은 손잡이가 모두 오른쪽으로 놓여 있었는데 유독 그 두 개의 잔만 각기 다른 방향으로 손잡이가 놓여 있었다. 인우는 설명이 더 필요하다는 듯 냉장고를 열었다. 반찬은 거의 없고 탄산수가 가득 채워져 있었는데 라벨을 모두 앞으로 향하게 하여 정리해 놓았다. 김영택은 분명 강박이 있었을 터였다. 그렇다면 저 잔 두 개는 김영택이 아닌 다른 사람이 올려놓았다는 뜻이었다.

"여기 지문 조사 좀 해주세요."

인우가 말하자 한 명의 대원이 장비를 가지고 다가왔다.

따라온 서기영이 잔을 보고는 무슨 일이냐는 듯 인우를 보았다.

"김영택은 정리벽이 있어. 그런데 이 잔 두 개만 손잡이가 방향이 다르게 놓여 있어. 김영택의 목을 조른 줄도 커피포트의 전선이었고. 범인은 분명 차나 커피를 타겠다면서 주방으로 들어왔을 거야. 차를 준비하는 척하면서 기회를 엿봤겠지. 김영택을 죽일 기회를."

그렇게 말하며 인우는 하부장을 열었다. 하부장 문짝에 붙어 있는 칼꽂이 하나가 비어 있었다.

"김영택의 목을 찌른 칼 역시 여기 있던 걸 거야."

"그렇다는 건?"

"계획된 범죄가 아니라는 거지."

서기영이 미간을 찌푸리고 아랫입술을 깨물었다. 뭔가 생각을 하는 듯했다. 그는 한참 만에 입을 열었다.

"혹시 현재경이 죽인 거 아닐까요?"

왜 그렇게 생각하냐고 묻는 얼굴로 인우가 그를 보았다.

"재선아파트 앞 편의점 CCTV에서 보셨잖아요. 현재경이 김영택을 만나는 장면. 그러고 나서 김영택이 출근을 안 했어요. 시기가 딱 맞아요. 그러니까 현재경이 자신을 스토킹하는 김영택을 죽이고 재선아파트로 돌아가 자살을 한 건 아닐까요?"

"자살을 할 사람이 이렇게 현장을 엉망으로 만들어 놓을까?"

시신을 불태우고 소화기를 뿌렸다. 경찰을 의식한 듯 내려놓았던 커피잔을 도로 올려놓았다. 그런 짓을 한 사람이 절망에 빠져 자살할 이유는 없다. 무엇보다 재선아파트에는 현재경의 시신을 혼자 운반한 흔적이 남아 있었다. 그런 점을 이야기하자 서기영은 자신의 논리가 잘못된 것을 바로 깨달은 듯했다.

"지문 없습니다."

컵의 지문채취를 하던 감식대원이 두 사람에게 말했다.

"그리고 조금 더 찾아봐야 하겠지만 여기저기에 천으로 닦은 흔적이 있어요. 아마 자기 지문을 닦으려고 한 거겠죠. 자기가 만진 곳은 심사숙고해서 닦았을 테니 기대는 하지 마세요."

"알겠습니다. 그래도 잘 부탁드려요."

고개를 숙여 인사하자 감식대원이 다시 시신 쪽으로 돌아갔다. 인우는 싱크대 위를 주먹으로 두드리며 주변을 둘러보았다. 분명 여기에 범인이 서 있었다. 그 사이 김영택은 거실에 있었을 거였다. 김영택의 집에서 김영택 대신 차를 준비할 수 있는 사람이 누가 있을까?

"그런데요."

서기영이 말을 걸자 인우는 생각에서 벗어났다.

"애초에 현재경 사건과 범인이 동일 인물일까요? 혹시 우연히 벌어진 각각의 사건 아닐까요?"

"왜 그렇게 생각하지?"

"둘 다 불에 태웠다는 점은 같지만 현재경은 목만 졸랐잖아요. 뚜렷한 계획범죄의 정황이 있고요. 그런데 이 범죄는 그렇지 않은 데다 목을 칼로 찌른 다음 졸랐어요."

나쁘지 않은 지적이다. 하지만 인우의 결론은 서기영의 생각과는 달랐다.

"현재경은 여자지. 김영택은 남자고."

"그건……."

그건 당연한 소리 아니냐는 말을 하려던 인우가 눈을 크게 떴다.

"범인은 여자거나, 아니면 김영택보다 힘이 약한, 혹은 자기가 제압하기에는 힘이 부족하다고 판단한 남자일 가능성이 있어. 그리고 또 한 가지 공통점이 있지."

"뭔데요?"

인우는 시신을 물끄러미 응시했다. 아직 김 박사가 시신을 확인하고 있었다. 인우는 거기서 눈을 돌리지 않은 채로 말했다.

"비정한 다정함."

"비정한 다정함이요?"

응, 하고 인우는 고개를 끄덕였다.

"현재경 사건에서, 현재경의 시신에 불을 지른 시간에 대해서 얘기한 적 있었지?"

"아, 불이 번지지 않도록 경비원의 휴게시간이 끝나는 시간에 불을 질렀다는 거요?"

"응. 이 사건 역시 비슷해. 시신은 불에 탔지만 불은 번지지 않았어. 범인은 현장에서 시신이 타는 것만 확인하고 소화기를 이용해 불을 껐어. 다른 사람에게는 피해를 주면 안 된다는 듯이."

"와, 정말……."

기가 막힌다는 듯이 서기영은 고개를 내저었다. 인우의 해석에 감탄한 것도 있었지만 범인의 사고를 따라갈 수 없다는 기막힘도 들어 있었다. 인우가 그의 어깨를 두드리고는 거실로 돌아갔다. 그때 눈에 띄는 것이 있었다. 작은 이인용 소파에 점퍼가 걸쳐져 있었던 것이다. 인우는 니트릴 장갑을 낀 채로 점퍼를 집어 들었다. 뭔가 묵직한 것이 들어있는 듯한 무게감이 느껴져 주머니를 뒤져보니 휴대폰이 나왔다. 본체 옆에 붙어 있는 화면을 누른 뒤 터치를 하자 패턴을 입력하는 화면이 떴다. N이나 Z, 혹은 한글의 ㄱ이나 ㄴ 같은 평범한 패턴을 입력해 봤지만 열리지 않았다. 인우는 서기영을 불러 휴대폰을 넘겼다.

"이거 전산팀에 연락해서 패턴 좀 풀어달라고 해."

"네."

서기영이 증거물품팩에 휴대폰을 집어넣었다. 하지만 인우는 거기서 별다른 것이 나올 거라는 생각이 들지 않았다. 불을 지른 후 시신이 타고, 다른 집에 피해가 없다는 것까지 확인할 정도로 증거를 인멸할 시간이 충분했던 범인이 김영택의 휴대폰을 없애지 않았다는 것은 중요한 의미를 가진다. 자신의 흔적이 김영택의 휴대폰에는 없다는 것을 범인은 명백히 인지하고 있다는 거였다.

인우는 방 쪽으로 들어갔다. 이 집은 방 두 개와 거실 하나 그리고 화장실 하나의 구조였다. 화장실은 감식대원 세 명이 안에서 작업 중이었다. 인우가 다가가자 한 명의 대원이 세면대에서 혈흔반응이 나왔다고 알려주었다. 범인이 김영택을 죽인 후 튄 피를 씻어냈을 것이 분명했다.

화장실에서 나와 작은 방으로 들어갔다. 붙박이장이 설치되어 있었고 방 한편에 헬스 자전거가 놓여 있었다. 나름 운동을 했던 것 같다. 붙박이장을 열어보았다. 정리벽이 있는 사람답게 옷은 색깔과 종류별로 기가 막히게 정리되어 있었다. 다만 대부분이 검은 계열의 옷이었고, 그나마 밝은 것은 흰색 이너웨어 뿐이었다. 붙박이장 아래에 지퍼로 잠글 수 있는 상자가 있어 열어보았더니 여름옷이 정리되어 있었다. 남자치고는 정말 깨끗하게 살았던 것 같다.

"난 이만 가볼게."

목소리가 들린 쪽으로 일어나 돌아보았더니 김 박사가 서 있었다. 그는 처음 왔을 때와는 다르게 낯빛이 좋지 않았다. 화재에 그을린 시취가 그에게도 익숙하진 않은 모양이었다.

"한시라도 빨리 병원으로 시신을 보내줘. 다른 업무 제외하고라도 최대한 빨리 부검해 볼 테니까."

"뭐가 나올까요?"

인우의 물음에 김 박사가 웃으며 그의 어깨를 두드렸다.

"우리가 하는 일에 언제 확실하게 말할 수 있는 일이 있었나?"

인우 역시 공감이 돼 웃음으로 대답을 대신했다.

김 박사를 배웅하고 돌아왔을 때 서기영은 시신을 흰 천으로 덮고 옮길 준비를 하고 있었다. 인우는 곧장 안방으로 들어갔다.

안방도 단출하다 싶을 만큼 깔끔한 인테리어였다. 벽에 침대를 붙여놓았고 옆에는 작은 협탁 하나가 있었다. 침대 아래쪽에는 벽걸이 TV가 놓여있었다. 주로 침대에서 TV를 보았던 것 같다. 침대 옆쪽 벽에 삼 단짜리 서랍장이 있어 열어보았는데 양말과 속옷이 숨이 막힐 정도로 가지런히 정리되어 있었다. 다른 서랍에는 약품통과 잡동사니가 들어 있었지만 전부 오와 열을 맞추고 있었다. 침대의 이불은 사람이 잔 적 없었던 것처럼 정리되어 있었고 베개는 눌린 자국 하나 없이 벽에 기대어 세워놓았다. 여자를 따라다니며 괴롭힌 것과는 달리 깔끔한 사람이었던 것 같다.

 마지막으로 침대 옆 협탁을 열었을 때 인우는 손을 멈칫했다. 곧바로 태블릿PC를 발견했기 때문이었다. 혹시나 싶어 아랫단의 둥근 단추를 누르자 화면에 불이 들어왔다. 기대 없이 손으로 초기화면을 밀어보자 바로 메인화면이 나왔다. 잠금 처리가 되어 있지 않았다.

 깔려 있는 앱들을 확인했지만 이상하다 싶을 만한 것은 없었다. 이것저것 확인하다가 사진첩을 열어보고는 깜짝 놀랐다. 거기에 수천 장의 사진이 있었기 때문이었다. 태블릿PC로 찍었다기보다는 휴대폰에 찍은 사진을 매일 여기에 백업해 둔 것이 분명했다. 사진 하나를 클릭하자 바로 아는 얼굴이 나왔다. 현재경이었다.

사진은 조금 멀리 떨어진 곳에서 찍은 것 같았다. 현재경은 주머니에 손을 넣고 어딘가를 걷고 있었다. 한쪽 손에 서류가방을 들고 있는 것을 보니 업무를 보러 어딘가에 가고 있는 듯했다. 수천 장의 사진이 거의 그런 식이었다. 집으로 돌아가는 현재경이나, 슈퍼에 들어가는 현재경의 모습도 있었다. 어떤 사진은 사무실 밖에서 창으로 비치는 현재경의 모습을 줌인해 찍은 듯한 것도 있었다. 줌인해 찍은 것 치고는 굉장히 선명하게 찍힌 사진이었다. 요즘 휴대폰의 카메라 성능에 감탄할 수밖에 없었다.

"그게 뭐예요?"

서기영이 다가와 물었다. 인우는 태블릿PC를 내밀어 보여주었다.

"피해자의 또 다른 범죄 증거랄까."

인우는 화면을 드래그해 사진을 계속 넘기며 보여주었다.

"어?"

인우의 손이 멈추었다. 서기영도 놀란 얼굴로 더 가까이 보겠다는 듯 인우의 옆에 무릎을 굽히고 앉았다.

사진은 어느 곳의 현관문을 찍은 것이었다. 문에는 둥근 플라스틱 현판에 호수가 적혀 있었다.

302.

"이거 최진하 씨 집 아니에요?"

"맞아."

인우의 얼굴이 눈에 띄게 굳었다.

"그렇다면?"

서기영이 물었다. 인우가 대답했다.

"현재경이 이 집으로 들어간 거야. 그래서 김영택이 이 사진을 찍은 거고. 김영택은 아마 현재경이 나오기를 기다렸을 거야. 그리고 현재경이 나오자 따지기 위해 앞에 나선 거지. 스토커들은 대상을 자신의 여자라고 생각하니까."

"그러고 나서는 시신으로 발견됐다……. 도대체 어떻게 된 걸까요?"

"글쎄. 일단 주변의 CCTV를 찾아봐야겠어."

"현재경은 그럼 왜 최진하의 집에 들어갔던 걸까요? 둘이 어떤 관계였길래."

그렇게 말하던 서기영이 인우를 보았다.

"선배, 현재경 살인사건의 범인으로 최진하를 의심하세요?"

인우는 서기영을 보았다. 날카로운 눈빛이었다.

"의심은 중요하지 않아. 증명이 중요하지."

그러나 자신의 머릿속에 최진하가 가득한 것을 인우는 부인하지 못했다.

12

뉴스가 끝났을 때 전화벨이 울렸다. 희숙은 발신인을 확인하지 않아도 그게 누구일지 알았다. 아들인 진하다. 아들 역시 방금 끝난 뉴스를 봤을 것이다. 희숙 역시 숨을 쉬지도 못하고 그 뉴스를 봤다. 뉴스에서는 재선시의 한 주택에서 시신이 발견되었다고 보도했다. 시신에 방화의 흔적이 있다고 했다. 얼마 전 일어난 J아파트 살인사건과 범인이 동일인인지는 경찰에서 여러 가능성을 열어두고 수사할 계획이라고 했다. 뉴스에서는 '재선시의 한 주택', 'J아파트' 등으로 표현하고 있었지만 희숙은 그게 자신이 벌인 일이라는 것을 알 수 있었다.

휴대폰은 끊어지지 않을 듯 계속 울렸다. 받고 싶지 않았다. 숨도 잘 쉬어지지 않는데 말을 할 수 있을 리가 없었다. 하지만 휴대폰을 향해 손을 뻗었다. 자신이 전화를 받지 않으면 진하가 얼마나 불안해할지를 알았기 때문이다. 받아야 한다. 받아서, 아무 일도 아님을 알려주어야 했다.

[엄마, 뉴스 봤어?]

전화를 받자마자 진하의 목소리가 들려왔다. 잔뜩 낮춘 목소리였다. 분명 병원의 휴게실이나 주차장에서 전화를 거는 것일 테다. 누군가 들을까 봐 어깨를 둥글게 말고 전화기를 붙들고 있는 모습이 상상되었다.

"봤어."

목소리는 떨리지 않고 나왔다. 오히려 차가운 목소리에 가까웠다. 진하에게 늘 하는 그런 말투다.

전화기 너머에서 진하는 날카로운 숨을 들이켰다. 잠깐의 침묵 후 조심스러운 목소리가 전해져왔다.

[엄마야?]

희숙은 답하지 않았다. 답답하다는 듯 진하가 다시 물어왔다.

[엄마가 했냐고?]

희숙은 머리를 쓸어 넘겼다. 턱을 들었다. 진하가 전화를 하니 마음이 오히려 차분해진다. 냉정해짐을 느낄 수 있었다. 평소에 진하에게 보이는 태도가 관성적으로 나왔다. 엄마는 흔들리지 않는다. 그러니 너도 강인해져야 한다. 너는 이 박희숙의 아들이다. 그동안 그런 가르침을 태도로 전해왔던 것이다.

"네가 알 바 아냐."

진하는 흥분했다.

[내가 알 바가 아니라니, 그게 말이 돼? 일이 왜 이렇게 된 거야?]

"상관하지 마. 엄마가 다 알아서 해."

목소리에 힘을 주어 한자 한자 똑바로 내뱉었다. 그러나 진하는 진정할 기미를 보이지 않았다.

[엄마가 사람을 죽인 거야?]

희숙은 눈을 감았다. 그리고 천천히 눈꺼풀을 들어 올렸다. 그러고는 마치 진하가 앞에 있는 것처럼 날카로운 눈을 떴다.

"넌 상관할 일 아니라고 했어. 두 번 말하게 하지 마."

[엄마.]

"지금까지처럼 가만히 있어. 갑자기 어른이라도 된 것처럼 나대지 마. 내 뒤에 어린애처럼 숨어있어. 넌 그러면 된 거야."

진하의 목소리가 더 들려왔지만 전화를 끊었다. 더 통화를 하고 있을 힘이 없었다. 전화를 끊은 것이 신호라도 된 것처럼 손이 벌벌 떨렸다. 속에서 욕지기가 밀려왔다. 다급하게 화장실로 달려 들어갔다. 쓰러지듯 변기를 끌어안고 얼굴을 박은 뒤 구역질을 했다. 노란 위액이 몇 번에 걸쳐 변기 안으로 뱉어졌다. 먹은 게 없으니 올라올 건 없었다. 눈가에 눈물이 맺혔다. 그것이 구역질 때문인지 아닌지 그녀는 분간할 수 없었다. 지쳐서 화장실 벽에 몸을 기댔다.

　진하에게는 아무렇지도 않은 척했지만 사실 그렇지 못했다. 그 일이 있었던 후로 희숙은 아무것도 먹지 못했다. 잠을 자지도 못했다. 사업 규모가 커지면서 잠을 이루지 못하는 날이 잦았다. 그래서 수면제를 처방 받아서 가지고 있었는데 그걸 먹어도 잠은 오지 않았다. 체중계에 올라서지 않아도 몸이 말라감을 느끼고 있었다.

　간신히 세면대를 붙잡고 일어섰다. 수도를 틀고 입안을 헹궜다. 입에서 뱉은 물이 하수도로 빨려 들어갔다. 수도에서 물이 쏟아지는 소리에 잠깐이나마 마음이 편안했다. 수도를 끄고 세면대를 짚은 채로 거울을 보았다. 생경한 느낌이 드는 얼굴이 자신을 바라보고 있었다. 눈 밑은 검었고, 볼은 움푹 들어갔다. 생기라고는 찾아볼 수 없었다. 단순히 아무것도 먹지 못해서, 잠을 자지 못해서 얼굴이 변했기 때문에 드는 느낌은 아니었다. 분명 자신은 이전과는 다른 사람이었다. 그 사건 이후로 자신은 달라져 버렸다. 절대 그 전으로 돌아갈 수 없음을 희숙은 뼈저리게 느꼈다. 그 사실이 절망으로 다가왔다.

처음 진하가 사람을 죽였다고 전화했을 때 어떻게든 일을 해결해야 한다고 생각했다. 진하를 살인자로 만들어서는 안 된다. 진하는 샤인코스메틱을 물려받을 사람이었다. 아니, 그런 생각은 그때 들지도 않았다. 진하를 교도소 같은 곳에 보낼 수 없었다. 살인자의 낙인이 아들에게 찍혀지는 것을 볼 수 없었다. 그때는 그 생각뿐이었다.

재선시로 내려가면서 계획을 짰다. 그 아파트에 CCTV가 없다는 것은 이미 알고 있었다. 진하가 재선시로 내려간 지 얼마 안 됐을 때 진하의 차를 누가 박고 도망쳤다는 연락을 받았다. 진하가 운전하는 차는 자신의 명의였기에 연락해 온 것이었다. 간단한 수리로 되는 일이 아닌 것 같았다. 차를 폐차시키고 새 차를 뽑아주었다. 그때 CCTV가 없다는 이야기를 들었다.

그래도 아파트 앞에는 편의점이 있었다. 거기엔 CCTV가 있을 것이 분명했다. 그걸 이용해야겠다는 생각이 들었다. 어떻게든 아들에게 알리바이를 만들어줘야 했다.

아파트에 도착해 경비원과 대화를 하면서 안을 들여다보았다. 경유 난로가 켜져 있었다. 그럼 당연히 가까운 곳에 여분의 경유가 구비되어 있을 것이었다. 경비원의 휴게시간도 그때 확인했다. 머릿속에서 착착 계획이 세워지고 있었다.

진하의 집으로 들어가 시신을 확인했다.

"당장 친구들을 불러내서 술을 마셔. 그리고 운전을 해서 돌아오다가 어딘가에서 사고를 내. 적당히가 아니야. 최선을 다해 크게 사고를 내야 해. 다른 사람을 끌어들이지는 말고. 다치든 아니든 입원을 하고. 꼭 그렇게 해야 해."

"그, 그럼 저건?"

진하가 떨리는 손가락으로 시신을 가리켰다. 희숙은 자기도 모르게 그쪽으로 시선을 옮겼다. 눈을 허옇게 뜨고 입을 벌린 시신은 보기만 해도 끔찍했다. 눈을 꾹 감으며 숨을 들이켰다. 눈을 떠 아들을 보았다. 흔들리는 눈을 보여주고 싶지 않았다.

"엄마가 해."

진하가 희숙을 보았다.

"알았지?"

진하는 고개를 끄덕이고는 곧장 옷을 갈아입었다. 방안에서 어딘가로 전화를 거는 소리가 들려왔다. 약속을 잡는 것일 터다. 옷을 다 갈아입은 진하가 빠르게 거실로 나왔다. 잠깐 희숙을 보는 진하를 향해 고개를 끄덕여 주었다. 진하는 신발장 앞으로 가 신발을 신었다. 문득 움직임을 멈추고 희숙 쪽을 보았다.

"엄마, 미안해."

희숙은 입 안쪽 살을 깨물었다.

"얼른 가."

아들이 나간 후 희숙은 그 자리에 주저앉았다. 간신히 서 있던 다리에 힘이 빠져 버렸다. 무릎 사이에 팔을 얹고 거기에 얼굴을 묻었다. 아무런 생각이 나지 않았다. 한참을 그러고 있다가 고개를 들었다. 해내야 했다.

희숙은 시신 옆으로 기어갔다. 이를 악물고 떨리는 손을 뻗어 시신의 눈을 감겨주었다. 미안합니다. 그 말이 입 밖으로 나오지 않았다. 어떤 식으로도 용서받을 수 없을 것이다. 용서 받을 수 없는 일을 자신은 지금부터 할 생각이다.

희숙은 시신의 옷을 벗기기 시작했다. 이미 강직이 시작되었는지 상의의 팔이 잘 빠지지 않았다. 힘을 주어 팔을 구부렸다. 우지끈, 두꺼운 무언가가 부러지는 듯한 소리와 함께 평생 잊을 수 없는 느낌이 손에 남았다. 척추를 타고 소름이 내달렸다. 그래도 멈출 수 없었다. 옷을 다 벗긴 후 그걸 입었다. 죽을 때 흐른 소변 때문에 바지는 젖어 있었다. 그걸 입는다는 건 끔찍한 일이었지만 해내야 했다.

새벽 6시가 되었을 때 희숙은 현재경이 되어 있었다. 후드를 뒤집어쓰고 마스크를 꼈다. 현재경이 이 아파트에 올 때 늘 그렇게 했다는 것은 이미 진하에게 들어 알고 있었다. 다른 사람의 눈을 피해 새벽과 밤에만 이 아파트에 찾아왔다는 것도.

희숙은 얼굴을 잔뜩 가리고 밖으로 나갔다. 편의점 CCTV에 얼굴이 찍히지 않도록 유의했다. 이렇게 하면 아들이 병원에 있는 동안 아직 현재경은 살아있던 게 된다. 밤에 돌아와 현재경의 시신을 불태울 생각이었다. 현재경의 몸에는 아들의 흔적이 남아 있을지 모른다.

그렇게 일이 착착 진행되리라 생각했다. 그 남자가 눈앞에 나타나기 전까지는.

"재경 씨?"

처음 본 남자였다. 몸이 마르고 어딘지 모르게 어두운 느낌이 드는 남자였다. 그는 자신을 현재경으로 착각한 것 같았다. 얼굴을 가리고 있었고, 그녀의 옷을 입고 있었으니 당연했다. 하지만 현재경이 아니라는 건 금세 알아챌 거였다.

CCTV가 문제였다.

"잠깐만요."

남자를 팔로 밀며 CCTV 밖으로 벗어났다.

"어?"

남자는 금세 자신이 현재경이 아니라는 것을 알아보았다. 남자의 안색이 급변했다.

"누구시죠?"

순간적으로 대답이 나왔다.

"나 재경이 엄마예요. 그쪽은 누구죠?"

그 사람이 누구인지 아는 것은 희숙에게 중요한 문제였다. 남자는 놀란 듯 입을 벌렸다. 그는 황급히 허리를 숙여 인사했다.

"재경 씨 남자 친굽니다."

"남자…… 친구요?"

순간적으로 인상을 썼는지도 모르겠다. 희숙은 이상하다는 생각이 들었다. 분명 현재경은 진하와 남녀관계가 있었다. 그런데 또 다른 남자 친구라니? 현재경이라는 사람이 행실이 좋지 않았던 걸까? 어쨌든 지금 중요한 것은 그게 아니었다.

이 시간, 현재경의 옷을 입은 다른 사람이 거리를 걸었다는 걸 아는 사람이 있어서는 안 되었다.

"재경이한테 남자 친구가 있다는 얘기는 못 들었는데?"

남자는 살짝 인상을 썼다. 그러고는 아파트 쪽을 흘깃 보았다.

"저기 사는 남자가 남자 친구라고 그러던가요?"

"아니, 뭐 그런 건 아니지만."

"어머님은 왜 저 집에서 나오시는 거예요?"

남자의 눈에 형형한 빛이 스쳤다. 뭔가 분노하는 것 같았다. 진짜 이쪽이 남자 친구인 모양이었다.

"내가 그 얘길 해야 하나? 우리 재경이한테 그쪽 이름도 못 들었는데, 진짜 남자 친구 맞아요?"

남자는 그제야 생각이 났다는 듯 허리를 굽혔다.

"저 김영택이라고 합니다. 재경 씨가 저한테 화가 나서 그렇지, 저 재경 씨 남자 친구 맞습니다."

"그래요?"

대답하며 주변을 둘러보았다. 어느새 새벽의 어스름이 사라져가고 있었다. 이제 곧 사람들이 나올 시간이다. 어서 이 자리를 뜨지 않으면 안 된다.

"자세한 이야기 좀 듣고 싶은데."

말을 던지자 그쪽에서 덥석 물었다.

"저랑 차 한잔하실래요, 어머님?"

남자가 살갑게 말을 걸어왔다. 어느새 형형하던 눈빛은 사라지고 없었다. 희숙이 말했다.

"이 시간에 카페를 열었을 것 같지도 않고, 자네 집이 여기서 먼가?"

"저희 집이요?"

남자가 눈을 크게 떴다.

"왜 안 되나?"

"아, 아닙니다! 저희 집으로 가시죠. 여기서 멀지 않아요."

남자는 재빨리 몸을 길 쪽으로 틀었다. 그리고 그녀를 안내하듯 팔을 벌렸다. 남자의 뒤를 따라 걸었다. 멀지 않다는 말과는 달리 10분도 더 넘게 걸어갔다. 가면서 내내 다른 사람과 마주칠까를 생각하니 몸에 땀이 날 지경이었다. 15분쯤 걸었을까, 어느 슈퍼 앞에서 남자가 걸음을 멈췄다.

"여기 2층이에요."

희숙은 남자가 가리키는 대로 위를 올려다보았다. 잠시 뒤 여기서 자신이 벌여야 할 일을 생각하자 숨이 막히는 기분이었다.

남자를 따라 2층으로 올라갔다. 남자는 비밀번호를 누르고 문을 열었다. 쑥스러운 듯 웃으며 혼자 살아서 누추하다고 말했다. 하지만 남자의 집 내부는 깔끔했다. 진하가 사는 집과는 비교도 안 되게 물건도 많지 않고 깨끗하게 관리되어 있어서 시원한 느낌을 주었다.

"잠깐 앉아 계세요. 차 드릴게요."

남자가 점퍼를 벗어 소파에 걸쳐두었다. 그러고는 자신을 보기에 할 수 없이 점퍼를 벗었다. 남자가 그걸 받아 소중한 물건이라도 되는 것처럼 소파에 올려놓았다. 남자가 주방 쪽으로 걸음을 옮겼다. 희숙이 다급히 그를 불렀다.

"아니, 저기!"

남자가 뒤를 돌아보았다.

"내가 할게요."

남자가 웃었다.

"아뇨, 제가 해드려야죠."

"아니, 내가 할게요. 난 그게 편해서 그래."

남자는 떨떠름한 표정을 지었다. 뭔가 이상하다는 생각이 들었는지도 모른다. 더 깊은 생각을 하기 전에 빨리 주의를 끌어야 했다. 남자에게 다가가 팔짱을 끼고 거실로 끌어당겼다.

"이런 일은 여자가 하는 거야. 얼른 앉아요."

"아니, 뭐……."

남자는 히죽 웃으며 어쩔 수 없다는 듯 끌려왔다. 희숙은 남자를 강제로 거실에 앉히고 주방으로 들어갔다. 조리대 위에 커피포트가 올려져 있었다. 커피포트 선은 콘센트에 꽂혀 있지 않고 깔끔하게 감겨 있었다. 이걸 풀면 어느 정도가 될까? 목을 조일 수 있을까?

희숙은 싱크대 하부장의 문을 열었다. 거기에 칼이 있었다. 숨을 죽이며 그걸 꺼냈다. 그때 남자가 거실에서 일어섰다. 희숙이 싱크대 문을 여는 소리를 듣고 차를 찾고 있다고 생각한 모양이다.

"어머님, 차는······."

희숙이 남자에게 달려들었다. 목에 칼을 찔러넣으려 했지만 목과 어깨 사이를 찌르는 걸로 끝나고 말았다. 남자가 비명을 질렀다. 눈을 휘둥그렇게 뜨고 목덜미를 만졌다. 피가 묻은 손바닥을 보고는 혼란스러워하는 표정을 지었다.

"무슨······."

그가 눈을 부릅떴다.

"당신 뭐야! 재경 씨 어머님 아니지!"

그 순간을 놓치지 않았다. 희숙은 온 힘을 다해 칼을 든 팔을 뻗었다. 이번엔 정확히 남자의 목에 칼이 박혔다. 딱딱한 뭔가에 걸리면서 손이 쭉 미끄러졌다. 손바닥에 타는 듯한 통증이 느껴졌지만 얼마나 다친 건지 확인할 정신도 없었다.

"커억……."

남자가 숨을 들이켜는 소리와 함께 칼을 뺐다. 피가 솟구쳐 나왔다. 자신의 얼굴에도 다량의 피가 튀었다. 뜨끈한 것이 얼굴을 적셨지만 그녀의 심장은 그 어느 때보다 차가웠다.

남자가 주춤주춤 뒤로 물러섰다. 피가 솟구치는 목을 손으로 쥐고 자신이 벗어놓은 점퍼 쪽으로 걸었다. 신고를 하려는 걸지도 몰랐다. 희숙은 곧장 주방으로 뛰어 들어가 커피포트에 있는 전선을 빼 들고 남자에게로 돌아왔다. 이미 남자는 다리가 풀려있었다. 소리를 지르게 해서는 안 된다는 생각에 남자의 목을 졸랐다. 피는 더 쏟아졌지만 희숙은 남자의 목을 조른 손에 힘을 풀지 않았다. 남자와 함께 바닥을 뒹굴었을 때도 희숙은 줄을 놓지 않았다. 정신을 차렸을 때, 어느샌가 남자는 움직이지 않고 있었다.

도망치려 하다가 정신을 차렸다. 이 집에 들어와 만진 곳을 전부 옷으로 문질러 닦았다. 잡힐 수는 없다. 아직 일을 끝마치지 못했다. 아들을 살인자로 만들 수는 없다. 그 순간 그녀에게는 그것이 주문과도 같았다.

점퍼를 들고 도망을 나오려 했다. 하지만 문을 연 순간 포기했다. 밖은 너무 환했다. 안으로 들어갔다. 남자의 시체 옆 벽에 몸을 기대고 주저앉았다. 시체를 보는데 이상하게 아무런 생각이 들지 않았다. 그대로 시간을 보냈다. 그러다가 자신의 손바닥을 보았다. 피가 흐르고 있었다. 여기에도 자신의 피가 남아 있을지 모른다는 생각이 들었다. 그래서 남자의 시신에도 불을 질렀다. 불이 번지면 안 된다는 생각이 들어 소화기를 쐈다. 한 인간이 타는 냄새는 지독했다. 그녀는 방으로 들어가 남자의 옷장에서 트레이닝복 한 벌을 꺼냈다. 자신이 입고 있는 현재경의 옷에는 피가 가득 묻어 있었다. 아무리 점퍼를 입는다 해도 하의를 가릴 수는 없었다. 남자의 옷을 입는 것밖에는 방법이 없었다.

자신이 사람이 아닌 것 같았다. 벌을 받겠지. 그러나 지금은 아니다.

남자의 집 뒤 베란다에는 쓰레기봉투가 놓여있었다. 반쯤 찬 그것에 현재경의 옷을 집어 넣고 단단히 묶었다. 저녁 8시가 되어 그 집에서 나올 때 쓰레기봉투를 가지고 나와 폐기장에 버렸다. 그러고는 다시 재선아파트로 돌아갔다. 도시와 다르게 이곳은 이 시간이면 인적이 없다. 다시 CCTV 앞을 지나 아파트 안으로 들어갔다. 그리고 다음 날 새벽 현재경의 시신을 끌고 지하층으로 내려와 몸에 기름을 붓고 불을 붙였다. 그때 현재경의 몸에 자신의 옷을 입혔다. 맨몸으로 불에 태웠다가는 금방 들통날 것이었다. 집으로 돌아가 누군가 불이 났다고 외치기까지, 그녀는 숨을 죽이고 앉아 있었다.

그날 이후로 악몽이 시작되었다. 눈을 감으면 불에 탄 시신들이 머릿속을 떠다녔다. 손에 남은 죽음의 감각들은 손을 아무리 씻어도 사라지지 않았다. 아무것도 먹을 수 없고, 잠을 잘 수도 없었다. 죽음을 생각한 적도 있었다. 죽어도 마땅했다. 하지만 아직 그녀의 일은 끝나지 않았다. 아들이 완전히 혐의를 벗어난 이후에 그녀는 스스로에게 벌을 내리기로 했다.

그녀는 화장실 벽에 기대어 두 손을 얼굴 위에 올렸다. 뜨거운 눈물이 자신도 모르게 흘러내리기 시작했다. 그 일을 벌인 후 처음으로 나오는 눈물이었다. 죄책감의 눈물일 수도 있었고, 지친 육신 때문인지도 몰랐다. 자기 신세의 한탄스러움 때문일 수도 있었다. 모두 이기적인 것이었다. 아무리 미안해한다고 해도 그건 자신의 짐을 내려놓고 싶은 이기심일 뿐이었다.

어디선가 냄새가 났다. 그건 그날 맡은 불의 냄새였다. 어쩌면 그들이 자신의 옆에 와있는지도 몰랐다.

꺽꺽거리는 소리가 목에서 흘러나왔다. 뱃속에 거대한 불덩이가 끓고 있는 것 같았다. 입을 벌리고 바닥을 기었다. 그러나 그것은 토해지지 않았다. 그녀는 두 손을 바닥에 대고 머리를 박은 채 비명을 지르듯 오열했다.

 같은 시각, 전화를 끊은 최진하는 아랫입술을 깨물고 이리저리 발을 움직였다. 마음이 안정되지 않았다. 뭔가 일이 크게 잘못된 것 같았다. 그는 초조했다. 휴게실에 틀어놓은 TV에서는 여전히 뉴스가 나오고 있었다. 이제는 정치권 뉴스였지만 최진하의 귀에는 들어오지 않았다. 이대로는 도무지 참을 수가 없을 것 같았다. 최진하는 휴대폰을 켜고 단축번호를 눌러 전화를 걸었다.
 [전화하지 말라니까.]
 "가게 전화니까 괜찮잖아. 그보다 뉴스 봤지? 엄마가 사람을 죽인 것 같아."
 목소리를 잔뜩 죽인 채 최진하가 말했다. 누가 휴게실에 들어오지는 않을까 잔뜩 경계한 채였다. 상대에게서 의외의 말이 들려왔다.
 [차라리 잘된 거 아냐?]
 그 말을 들은 순간 초조함이 사라졌다. 그 말이 맞는 것도 같았다. 상대와 조금 더 통화를 하자 최진하는 웃을 수 있었다.

13

아침에 출근하자 곧장 회의가 열렸다. 당연히 김영택 살인 사건 때문이다. 회의에서는 그의 사망이 현재경과 관련된 것이냐 아니냐는 이야기가 주로 거론되었다. 인우는 두 사건이 별개의 것이 아니라고 생각했다. 현재경과 함께 간 김영택이 시신으로 발견된 것, 현장의 상황, 또한 김영택이 그동안 현재경을 스토킹하고 있었던 점들을 그냥 넘길 수는 없었다. 그런 자신의 의견을 이야기하자 모두 동의하는 듯 고개를 끄덕였다.

"CCTV는?"

형사2팀장이 물었다. 현장 주변의 조사는 2팀에서 맡았다.

작은 도시에서 벌어진 일이라 적은 인원 안에서 업무를 분담하여야 했다. 형사2팀의 중견급 형사가 자리에서 일어섰다.

"안타깝게도 김영택 자택 주변에 CCTV는 없었습니다. 그래도 주차장이 거의 없는 동네라서 길가에 주차를 많이 하는 곳입니다. 주변에 사는 사람들을 방문해 블랙박스를 얻을 수 있을지도 모릅니다."

"그럴 수 있겠군. 일단 주변에 현수막을 걸어봐. 사진도 붙이고. 유가족에게 사진 이용 동의는 꼭 받고."

"알겠습니다."

형사2팀의 발표가 끝난 후에 인우가 자리에서 일어섰다. 그는 김영택의 자택에서 발견한 태블릿PC에 있던 사진에 대해서 말했다. 예의 최진하의 집 현관문을 찍은 사진에 대해서였다. 그 사실은 그동안 현재경이 들락거린 집이 최진하의 집임을 말하고 있다고 의견을 덧붙였다. 그 말에 반기를 드는 사람은 없었다.

"그렇다면 현재경을 죽인 것이 최진하라는 거야? 하지만 최진하는 알리바이가 있잖아."

형사1팀장의 질문에 인우가 지체없이 답했다.

"그 알리바이는 20일 새벽, 즉 화재가 발생한 시각의 알리바이입니다."

"그런데?"

"부검에서 화재가 너무 커 시신의 사망 시각을 알 수 없다고 나왔죠."

여기저기서 웅성였다.

"그건 현재경의 사망 시각이 그 시간이 아닐 수 있다는 얘기도 됩니다."

"그렇다면 누가 화재를 일으켰다는 거야?"

"모친이 집에 와있었습니다."

인우는 최진하의 모친인 박희숙이 아들이 교통사고가 났음에도 불구하고 병원에 가보지 않은 사실에 대해 이야기했다. 그것은 박희숙이 시신의 처리를 도왔다는 이야기가 될 수도 있었다.

"이유는?"

"아들이니까요."

이유로는 그것보다 명확한 것이 없다. 인우가 그간 조사한 바에 따르면 박희숙은 18일 저녁 최진하와 통화 후 급히 재선시로 내려왔다. 최진하의 회사 생활이 마음에 안 들어서 그랬다고는 하지만 믿을 근거는 없었다.

"증거는?"

"아직 뒷받침할 만한 증거는 찾지 못했습니다."

배도훈 팀장은 한숨을 내쉬며 팔짱을 꼈다. 증거가 없다는 말은 상상에 불과하다는 이야기밖에 되지 않는다. 아무리 정황이 의심스럽다고 해도 그것만으로는 기소할 수가 없다.

"좀 더 파봐. 지금 상황에서는 최진하가 현재경을 죽일 이유가 없잖아."

"네. 알겠습니다."

회의는 그쯤에서 끝났다. 자리로 돌아오자 서기영이 서류를 한 장 들고 다가왔다. 그는 인우가 자리에 앉자 책상 위에 서류를 놓으면서 말했다.

"말씀하신 최진하의 통화 기록입니다."

"고마워."

인우는 서류로 시선을 가져갔다. 서기영이 물었다.

"최진하 씨를 의심하시는 건가요?"

"아까 회의 때 못 들었어? 우리는 의심하는 것보다 증명하는 사람들이야. 의심은 아무 힘도 없다고."

아 참, 하면서 인우가 고개를 들었다.

"18일 밤에 최진하를 만난 친구들 연락처 받은 것 있지?"

"네. 한번 만나보시게요?"

"줘 봐."

서기영은 주머니에서 작은 수첩 하나를 꺼냈다. 늘 가지고 다니는 수첩이었다. 인우는 자신의 메모지에 그것을 옮겨적은 다음 서기영에게 돌려주었다. 그리고 다시 책상 앞으로 돌아앉는데 서기영이 여전히 옆에 서 있었다.

"할 말 있어?"

"아, 아뇨."

서기영이 몸을 돌려 자신의 자리로 가 앉았다. 인우는 왠지 돌아서던 서기영의 표정이 마음에 걸렸다. 뭔가 주저하는 얼굴이었다. 물어볼까도 싶었지만 일단 조사가 먼저다. 서기영이 의논하고 싶은 일이 있다면 언제고 먼저 말해 주리라고 생각했다.

인우는 서기영이 가져온 최진하의 통화 기록에서 그날 만났다던 친구들의 전화번호를 찾았다. 두 명에게 최진하는 연달아 전화를 걸었다. 통화 기록을 보던 인우의 눈이 날카롭게 빛났다.

그가 주목하는 것은 전화를 건 시간이었다.

12월 18일 7시 20분.

그날 박희숙이 최진하의 집에 도착한 것은 8시경이라고 했었다. 그리고 최진하는 엄마의 잔소리 때문에 화가 나 친구들을 불러 만났다고 했다. 그런데 친구를 부른 시간이 박희숙이 집에 도착한 시간보다 빨랐다. 최진하의 진술에 거짓이 있다.

그 부분을 최진하에게 확인한다면 어떨까? 당연히 다른 변명을 댈 것이다. 그날 만났다던 친구를 만나봐야 할지 최진하를 만나봐야 할지는 좀 더 두고 생각해 보기로 했다.

최진하의 통화 기록을 좀 더 보던 인우의 눈에 어떤 전화번호가 눈에 들어왔다. 수발신이 굉장히 활발히 이뤄진 내역이 있었다. 그런데 18일 저녁 5시 45분을 기점으로 통화 내역이 없었다. 이건 상당히 의심스러운 내역이었다. 인우는 자신의 휴대폰에 해당 전화번호를 찍었다. 요즘은 모르는 일반 전화번호는 받지 않는 사람들이 많다. 그런데 통화버튼을 누르자마자 꺼진 전화라는 기계 음성이 들려왔다. 잠시 생각하던 인우는 서기영을 불렀다. 다가온 그에게 전화번호를 보여주자 그도 확실히 이상하다고 말했다.

"이 번호 소유주 확인할 수 있지?"

"얼마 안 걸립니다."

서기영은 빠르게 자신의 자리로 돌아갔다. 그가 다시 돌아온 것은 채 십 분도 걸리지 않았다. 공식적인 루트로 확인하려면 공문도 보내야 하고 여러 절차가 필요하지만 이런 작은 동네에서는 전화 한 통으로도 가능한 일이다. 평소 안면을 트고 지낸 매장에 전화해 정보를 부탁하면 그만인 일이다. 따지고 들면 불법이지만, 따지고 들 사람은 없다.

"선배님, 이거 소유주요. 최진하 씨인데요?"

아무래도 최진하를 만나봐야 할 것 같았다.

"이제 곧 퇴원할 거예요. 병원에 있으니 더 환자가 되는 것 같아요."

최진하가 침대에 걸터앉으며 말했다. 두 사람이 병원에 도착했을 때 최진하를 우연히 주차장에서 만났다. 그는 병실이 답답해서 나와 있는 중이라고 했다. 함께 병실로 올라왔다. 최진하는 딱히 형사들의 방문을 부담스러워하지 않는 것 같았다. 일부러 여유 있는 척하려는 건지도 모른다.

"이렇게 찾아뵌 것은."

말문을 열며 인우가 가지고 온 서류가방에서 통화 기록을 꺼냈다. 최진하에게 그걸 건넸지만 그는 인우가 무엇 때문에 그걸 보여주는지 알아차리지 못하는 것 같았다. 인우가 다시 돌려받으며 말했다.

"지점장님께서 사고가 났던 날, 어머님을 피해 친구들을 만나 술자리를 가졌다고 하셨습니다. 그런데 확인해 보니 어머님이 도착하셨다는 시간보다 훨씬 전에 친구들과 통화를 하셨더군요."

인우는 최진하가 당황하는 기색을 놓치지 않았다. 크게 놀라거나 하지는 않았지만 낯빛은 홱 변했다. 낭패라는 느낌이 강하게 전해졌다. 그는 눈을 깜박이며 입술을 몇 번 달싹이다가 말했다.

"내가 그렇게 말했나요? 엄마 잔소리를 피해 도망치려고 친구들을 불렀거든요. 그래도 엄마랑 맞닥트리는 건 피하지 못했지만요. 싸우고 나서 친구들을 만난 건 맞습니다. 그게 뭐 문제가 있나요?"

인우는 눈썹을 쓱 밀어 올렸다.

"그러셨군요."

어차피 이렇게 나올 거라고 예상했던 일이다. 인우는 다시 한번 서류를 내밀었다.

"여기 이 번호는 누가 사용하는 전화입니까?"

"뭐죠?"

최진하는 상체를 수그리며 인상을 찡그리고 인우가 가리키는 번호를 보았다. 순간적으로 아랫입술을 깨무는 것을 인우는 놓치지 않고 보았다.

"아, 이 번호요. 잠시만요, 물 좀 마실게요."

그는 아주 천천히 물을 마셨다. 그동안 변명거리를 생각하는 건지도 모른다.

"사실 친구에게 만들어준 휴대폰입니다. 그 친구가 신용불

량자거든요. 그래서 제 명의로 되어 있는 거예요."

"그런데 통화하실 일이 더 없으셨나 봅니다. 사고 나신 날 이후로는 통화 기록이 전혀 없던데요."

최진하가 인상을 썼다. 붉으락푸르락한 얼굴로 눈을 사납게 떴다.

"지금 절 의심하시는 겁니까? 아주 기분이 나쁜데요?"

"그렇게 받아들이셨다면 죄송합니다. 하지만 아주 작은 부분이라도 확인해야 하는 게 저희 일이라서요. 말씀해 주시면 감사하겠습니다. 아니면."

인우는 눈을 날카롭게 치떴다.

"말씀하시지 못할 이유라도 있으십니까?"

최진하는 날 선 반응을 보였다.

"그런 일이 뭐가 있겠어요? 말 못 할 건 아닌데 기분이 나쁘니까 그렇죠."

"그럼 말씀해 주시면 감사하겠습니다."

인우가 살짝 고개를 숙였다.

"아까 말했던 친구 있잖아요, 그날 술 마시러 만났던. 그 친구에게 만들어줬던 휴대폰이에요. 그 친구가 신용불량자거든요. 근데 그날 좀 다투는 일이 있어서 휴대폰을 돌려받았습니다."

"아, 그래서 꺼져 있었던 거군요? 그 휴대폰은 가지고 계시나요?"

최진하가 미간을 찌푸렸다. 그렇다고 대답을 거부하지는 않았다.

"버렸습니다. 워낙 오래된 폰이기도 하고 해서."

인우가 여유로운 태도로 말했다.

"아, 지점장님께서 쓰는 휴대폰은 사고 때 잃어버리셨고, 그 사고 후 바로 입원하셨는데 친구에게 받은 휴대폰은 버리셨다고요? 병원에 들어와서 버리셨다는 건가요?"

"네, 뭐, 그렇죠."

"그렇군요. 이 두 분 중에 누구죠?"

인우는 두 사람의 이름과 전화번호가 적힌 메모를 내밀었다. 최진하는 흘끗 보더니 그중 위에 적힌 이름을 손가락으로 가리켰다. 백제영이라는 이름이었다.

"더 물어볼 게 있나요?"

인우는 미소를 지었다.

"아닙니다. 혹시 더 여쭤볼 것이 있으면 오겠습니다."

"그만 좀 봤으면 좋겠네요. 난 그 일에 상관없는 사람이니까."

인우는 최진하의 말에 대답하지 않았다. 한 번쯤은 더 그를 만날 일이 있을 것 같은 예감이 들었다. 머리를 숙여 인사하고는 병실을 나왔다. 엘리베이터 앞까지 걸어 나오면서 서기영이 물었다.

"좀 의심스러우신 거죠?"

인우는 대답 대신 웃었다. 엘리베이터는 1층에서 올라오는 중이었다.

"그 백제영이라는 사람, 만나보실 건가요?"

"아니."

그의 대답이 의외였는지 서기영이 놀란 얼굴을 했다. 최진하에게 물어본 이상 진술의 진위를 확인하기 위해 만날 거라고 생각했던 모양이다. 인우는 병실 쪽을 한번 흘끗 보고는 말했다.

"어차피 확인해 봤자야. 친구한테 전화해서 입을 맞추면 끝나는 일이지."

그날 오후부터 김영택이 살던 현제동 일대에 전단과 현수막이 붙기 시작했다. 전단과 현수막에는 사망한 김영택의 사진이 붙어 있었다. 사진 공개는 유가족이 동의했다. 유가족은 어떻게든 범인을 잡아달라며 간청을 하고 돌아갔다. 돌아가는 김영택의 노모는 허리가 굽어 있었다. 고생하며 살아온 세

월이 그녀를 짓누르는 것 같았다. 이제는 자식을 앞세운 고통이 그녀를 일어서지 못하게 할 것이었다. 형사팀 모두의 마음이 좋지 않은 날이었다.

그날 몇 통의 제보 전화가 있었다. 하지만 모두 신빙성이 없었다. 그날 자신이 배달받은 택배를 가지고 온 기사가 김영택인 것 같았다거나, 그가 호수공원 주차장에서 차를 세우는 걸 봤다는 제보였다. 김영택은 그날 일을 하지 않았으므로 택배를 배달할 리 없었고, 오토바이 외에는 면허가 없기 때문에 차를 운전할 수 없었다. 슈퍼마켓에서 그를 봤다는 제보가 있어 그날의 CCTV를 모두 확인했지만 김영택의 모습을 찾을 수는 없었다.

그 전화가 걸려 온 것은 저녁 무렵이었다. 전화를 받은 것은 형사2팀의 팀장이었는데 그는 전화를 받은 후 1팀의 배도훈 팀장에게 의논을 하려고 왔다.

"김영택을 봤다는 사람이 나왔어. 전화한 건 미용실에서 일하는 여잔데, 평소에도 미용 재료를 퀵으로 받아서 김영택의 얼굴을 안다는 거야. 그래서 정확히 봤대. 그 사람이 어떤 여자하고 같이 지나가는 걸."

"그 정도면 신빙성이 있는데? 어떤 여자인지는 봤대?"

"근데 그게 좀 이상해."

두 사람의 대화가 그쯤 이어지자 1팀 형사들의 시선이 모두 그쪽으로 쏠렸다. 인우 역시 두 사람의 대화를 집중해서 듣고 있었다.

"여자가 나이에 맞지 않는 옷을 입고 있었대."

"나이에 맞지 않는 옷?"

"나이 든 여자였는데 너무 젊은 사람이 입을 만한 옷을 입었다는 거야. 점퍼인데 후드를 뒤집어썼대."

순간 사무실 안이 무언가에 눌린 것처럼 적막으로 가득 찼다. 그 차림새를 이 사무실 안의 형사 중에서는 모르는 사람이 없었다. 바로 죽은 현재경의 옷차림이었다.

"그래서 그 사람을 한번 찾아가 보기로 했는데 우리 팀원들은 다 부재중이야. 그 지역 탐문 조사 중이거든."

"제가 가보겠습니다."

인우가 자리에서 일어섰다. 배도훈 팀장이 그를 보고는 고개를 끄덕였다. 인우가 팀장의 책상 앞으로 갔다. 형사2팀장이 그에게 메모지를 넘겼다. '미래미용실'이라는 이름과 함께 주소가 적혀 있었다.

미용실은 경찰서에서 차로 20분 정도 거리에 있었다. 도로변에 주차한 인우는 서기영과 함께 차에서 내렸다. 그는 선 채로 주변을 둘러보았다.

"안 들어가세요?"

"아, 가지."

두 사람은 조심스럽게 미용실 문을 열고 들어갔다. 안에는 두 명의 여자가 있었다. 한 명은 50대 정도로 보이는 여자로 손님의 머리를 드라이하고 있었다. 다른 한 여자는 바닥에 떨어진 머리를 쓸고 있었는데 두 사람이 들어서자 허리를 들고 "어서 오세요." 했다. 여자는 20대 중반이 갓 넘었을까 말까한 앳된 얼굴이었다. 찰랑거리는 긴 머리가 인상적이었다.

"재선경찰서에서 나왔습니다. 제보 주신 분이 있다고."

"아, 우리 직원이에요."

사장으로 보이는 50대 여자가 다른 여자를 가리켰다. 그녀는 빗자루를 든 채로 두 사람을 보다가 눈이 마주치자 고개를 숙여 인사했다. 키는 170센티미터 정도로 여자치고는 큰 편에 속했고, 아주 날씬한 체격이었다. 입고 있는 짧은 치마 아래로 드러난 다리가 가느다랬다. 화장을 짙게 하고 있었고 눈이며 입매가 굉장히 뚜렷해서 이국적인 면이 있었다. 굳이 어느 쪽이냐를 따지자면 미인 쪽에 속하리라.

여자는 두 사람을 가게 한편에 있는 소파로 안내했다.

"안윤희라고 해요."

인우와 서기영이 소속과 이름을 밝히자 여자 역시 어색한 태도로 자신의 이름을 밝혔다. 곧바로 본론으로 들어갔다.

"김영택 씨를 보셨다고요?"

"그분이 그런 이름인 건 잘 모르겠고, 어쨌거나 현수막에 붙은 사진 속 그 남자를 본 건 맞아요."

"어떤 여자와 함께 있었다고 하던데."

"네. 맞아요. 나이 든 여자랑 같이 있었는데, 젊은 애들이나 입는 점퍼의 후드를 뒤집어쓰고 있어서 좀 이상하다, 그런 생각을 했어요."

"두 사람 사이는 어때 보였나요? 나란히 걸었다거나, 어색한 사이처럼 떨어져서 걸었다거나."

"나란히 걸었어요. 남자가 아주 극진히 모시는 것 같았어요. 조금만 더 가면 된다면서 되게 굽신거리는 느낌?"

인우는 들고 온 서류 파일에서 사진 다섯 장을 꺼냈다. 나이 든 여자라는 말을 듣고 미리 준비해 온 사진이었다. 여자가 제대로 본 건지 확인하기 위해 다섯 장의 사진 모두 비슷한 나이대로 준비했다. 네 명의 사진은 다른 범죄자들의 사진이었고 가운데 끼워놓은 한 장의 사진은 박희숙의 것이었다. 만약 안윤희가 본 것이 박희숙이었다면 사건은 급물살을 타게 된다. 박희숙이 김영택을 죽인 것뿐만 아니라 19일 저녁 재선아파트에 돌아가는 모습이 CCTV에 찍힌 것도 박희숙이라는 뜻이다. 그것은 박희숙이 현재경의 사망에 큰 관여를 하고 있다는 뜻이나 다름없었다.

"그때 김영택 씨와 함께 걷던 여자, 이 중에 있습니까?"

조금 긴장되는 기분으로 인우가 물었다. 안윤희는 고민하는 듯 팔짱을 끼고는 고개를 갸우뚱했다. 그러던 그녀가 자신 있게 손을 뻗었다.

"이 사람이에요. 옷차림이 이상해서 얼굴을 정확히 봤거든요."

그녀가 가리킨 것은 예상대로 박희숙의 사진이었다.

14

 법영상 분석을 맡길 수 있는 연구소는 영인시에 있었다. 아침부터 차를 달려 도착한 인우와 서기영은 연구소장 황민우를 급히 찾았다. 그는 사무실에 별도로 만들어 놓은 부스 안에서 두 사람을 맞이했다. 인우는 어제 재선아파트의 CCTV 영상을 미리 황민우에게 보내 놓은 상태였다. 원래는 며칠에서 몇 주 이상 걸리는 작업이었지만 사태의 심각성을 피력해 급히 부탁해 놓았다. 자세한 분석 결과서는 추후에 받더라도 당장 알 수 있는 걸 찾아내야 한다는 생각이었다.

 법영상 분석은 영상 속 인물들의 특이점을 통해 동일인인지 여부를 확인하거나 인물의 걸음걸이, 귀의 모양까지 분석해 낼 수 있는 기술로 법정에서 주요 증거로 채택될 수 있는 중요한 자료였다. 밤을 새웠는지 황민우의 책상 위에는 이미 비어버린 커피잔과 편의점 캔커피가 즐비하게 늘어서 있었다.

인우가 들어서자 황민우가 주먹 쥔 손을 내밀었다. 인우가 주먹으로 그 주먹을 가볍게 내리친 뒤 두 사람은 손을 마주 잡고 악수했다. 황민우와는 사건 때문에 만났는데 나이도 같고, 과학수사에 대한 관심사도 비슷해 금세 친구가 되었다. 지역이 각각 재선시와 영인시로 거리가 있어 자주 만나지는 못해도 가끔 만나면 늘 만나던 사이처럼 술 한 잔 없이도 몇 시간이고 이야기를 나눌 수 있는 사이였다.

"넌 필요할 때만 날 찾더라."

황민우가 일부러 불평하며 그를 맞이했다.

"필요하지 않으면 뭐 하러 찾냐."

인우가 그의 어깨를 툭 치며 한마디를 하자 황민우가 소리를 내어 웃었다. 그는 옆으로 밀려나 있던 의자를 당겨 두 사람에게 앉기를 권했다. 황민우는 서기영을 보며 장난스럽게 말했다.

"이 녀석이랑 다니기 힘들죠?"

서기영이 의자에 앉으며 대답했다.

"제가 많이 배웁니다."

인우가 뿌듯하게 그 말을 받았다.

"내 후배들은 그 정도 유도신문에는 안 넘어갈 정도로 훈련이 잘되어 있다, 이 말이야."

세 사람이 기분 좋게 웃었다. 그러나 곧 인우의 얼굴이 진지해졌다. 황민우의 책상 위에 있는 모니터에 그들의 눈에 익숙한 CCTV 영상이 떠 있었기 때문이었다.

"뭐 좀 찾은 거 있어?"

그 말에 황민우가 낮은 한숨을 쉬었다. 그는 자신의 어깨를 꾹꾹 주무르며 목을 이리저리로 움직였다. 자신이 고생한 것을 티 내려는 느낌은 아니었고, 밤샘 근무에 정말로 힘든 것 같아 보였다. 황민우가 의자를 빙글 돌려 마우스를 몇 번 클릭했다. 화면이 2분할로 바뀌며 두 개의 영상이 떴다. 두 개의 영상은 비슷해 보이지만 한쪽은 11일의 영상이었고 다른 한쪽은 19일 새벽 6시의 영상이다.

인우는 박희숙이 재선시에 내려온 12월 18일이 기점이라고 생각한다. 그들의 진술과 달리 박희숙이 내려온 것은 단순히 아들을 채찍질하기 위함이 아니라고 생각했다. 뭔가 이유가 있었다. 그리고 그날이 현재경이 사망한 날이라고 여겼다. 그렇다면 18일 이후 CCTV에 찍힌 것은 현재경이 아니라는 뜻이었다. 18일 이전에 찍힌 현재경과 18일 이후의 모습이 다르다는 것만 밝힌다면 박희숙이 현재경의 죽음에 어느 정도 관련되어 있다는 것을 증명할 수 있다. 물론 박희숙뿐만 아니라 최진하 역시 사건에서 자유로울 수는 없다.

황민우가 두 개의 사진 속 인물을 마우스로 클릭하자 인물 위에 길이를 재는 선이 생겼다.

"얼굴도 보이지 않고, 사람을 특정할 수 있는 특별한 걸음걸이도 보이지 않아. 키도 오차범위 내로 거의 같고 말이야."

인우의 미간이 좁혀졌다. 현재경의 키는 165센티미터 정도로 조사됐다. 반면 박희숙은 160도 되지 않아 보이는 왜소한 체격이었다. 그런데 황민우는 두 영상 속 여자의 키가 비슷하다고 했다. 그렇다면 자신이 잘못 생각한 것일까? 영상 속 여자는 박희숙이 아닌 걸까? 하지만 제보를 한 미용실 직원은 분명 나이 든 여자라고 했다. 인우의 얼굴이 흐려지는 걸 보고 황민우는 의미심장하게 웃었다.

"나도 깜박 속을 뻔했지 뭐야."

인우가 눈을 부릅떴다.

"무슨 소리야?"

"잘 봐."

황민우는 키보드를 두드려 영상을 바꿨다. 영상에는 후드를 뒤집어쓴 여자가 재선아파트로 돌아가는 모습이 보였다. 12월 19일 저녁 9시경의 영상이라고 황민우가 설명했다.

"자, 여기서 밝기를 좀 조정해 줄게."

황민우가 다시 컴퓨터를 조작했다. 화면은 좀 더 밝아지긴 했지만 두 사람의 표정에는 어떤 변화도 없었다. 이 화면에서 무엇을 알아낼 수 있는지 선뜻 알아채지 못했기 때문이었다. 인우가 인상을 쓰며 말했다.

"그냥 순순히 설명 좀 해줄래?"

황민우가 소리 내 웃었다. 그러고는 마우스를 클릭해 화면 속 어느 한 지점을 크게 확대시켰다. 억지로 늘린 탓에 영상이 깨지고 흐릿해지기는 했지만 발 쪽을 줌인시켰다는 것을 알 수 있었다.

"이제 보여?"

두 사람의 몸이 화면 안으로 쏟아져 들어갈 듯 기울어졌다. 그때 인우가 말했다.

"저게 뭐지?"

인우가 가리키는 것을 서기영도 알아보았다. 발바닥에 뭔가 뾰족해 보이는 것이 있었다. 황민우가 말했다.

"구두 굽이야. 정확히는 하이힐."

인우의 눈이 휘둥그레졌다. 그렇다. 힐을 신으면 두 사람의 키가 비슷해진다. 그러나 그것이 박희숙이 계획한 것은 아니리라는 생각이 들었다. 박희숙은 그날 회사에서 급히 내려왔다. 마침 신고 있던 신발이 하이힐이었던 것이다.

"나 잘했지?"

황민우가 손가락으로 자신의 볼을 찌르며 애교 있게 말했다. 밤샘 작업 때문에 푸릇하게 올라온 수염이며 흐트러진 머리 모양에는 어울리지 않았지만 인우는 그의 머리를 마구 쓰다듬어 주었다.

"잘했어."

인우는 곧장 휴대폰을 들고 배도훈 팀장에게 전화를 걸었다. 이쪽 사안을 급히 알리는 그의 목소리가 어딘지 들떠 있었다. 이제는 하나만 확인하면 되는 일이었다. 현재경을 누가 죽였는가. 박희숙은 그날 현재경이 죽은 다음 내려온 걸까, 내려온 다음 현재경을 죽인 걸까. 인우는 전자라고 생각했다. 현재경이 아무리 최진하와 비밀 연인관계였다고 한들 박희숙에게는 현재경을 죽일 이유가 없다. 그동안의 조사에서 박희숙은 현재경에 관해 아는 것이 거의 없다는 것을 확인했기 때문이다.

팀장에게 통화가 연결되자 인우는 이쪽의 사정을 알렸다. 그러던 그가 잠시 멈칫하더니 상대의 말에 침묵을 지켰다. 서기영이 조금 긴장하여 그를 보았다. 잠시 후 전화를 끊은 인우가 서기영에게 말했다.

"지금 박희숙을 연행해 와서 조사하는 중이래. 당장 내려가자."

재선시에 도착해 사무실로 들어갔을 때 배도훈 팀장이 그들을 반겼다. 인우가 가져온 증거가 박희숙을 더욱 압박할 수 있을 거라 생각했기 때문이었다. 팀장은 곧장 인우를 조사실로 데리고 내려갔다. 조사실 안으로 들어가자 창 안쪽으로 조사를 받고 있는 박희숙과 형사2팀의 형사가 보였다. 박희숙은 굳은 얼굴로 입을 다물고 있었고 형사 쪽은 답답하다는 듯이 거칠게 서류를 넘겨 보이며 박희숙을 압박하고 있었다. 한눈에 봐도 조사가 원활하지 않다는 것을 알 수 있었다.

인우가 옆에 선 팀장에게 USB를 건네며 말했다.

"아까 말씀드렸던 대로 박희숙이 재선시에 내려온 18일 오후를 기점으로 그 이전에 찍힌 사람과 동일 인물이 아니라는 사실이 밝혀졌습니다. 이것과 미용실 직원의 증언을 합하면 구속영창 청구는 무리 없이 인용될 겁니다."

그런 뒤에 바로 압수수색영장을 받아 최진하의 집을 수색해 달라고 인우가 부탁했다. 그러면서도 그는 거기에서 증거가 거의 나오지 않을 것을 알고 있었다. 박희숙이 내려온 이후 지금까지 너무 많은 시간이 흘러버렸다. 혈흔이든 뭐든 증거를 인멸할 시간이 너무 많았다. 그래도 조사하지 않을 수는 없었다.

그렇게 말한 뒤 인우는 조사실 문을 노크했다. 그러고는 문을 열자 답답한 듯 찡그리고 있던 형사2팀원의 얼굴이 구원투수를 만난 것처럼 조금 펴졌다. 아마 인우가 오기 전에 그가 들고 올 증거에 대해 이야기를 들었던 모양이었다. 그는 자리에서 일어서서 인우에게 바짝 다가섰다. 그러고는 혀를 내두르듯 머리를 저었다.

"꼼짝도 안 해. 노인네가 강성이야."

속삭인 그는 건투를 빈다며 인우의 어깨를 두드리고는 조사실에서 나갔다. 인우는 문이 닫히는 것을 확인하고는 책상 앞에 앉았다. 그리고 박희숙의 얼굴을 똑바로 보았다. 한순간 인우는 놀라지 않을 수 없었다. 처음 봤을 때와 박희숙의 얼굴이 너무 달라져 있었기 때문이었다. 얼굴은 검었고 볼은 움푹 파였다. 일부러 먹지 않아도 이 정도로 살이 빠질 수는 없을 것 같았다. 그동안 박희숙의 내면에 어떤 풍파가 있었던 건지 인우는 가늠이 되지 않았다.

"물 좀 드릴까요?"

인우의 말에 눈을 내리깔고 있던 박희숙이 그를 보았다. 눈빛에만큼은 센 기운이 느껴졌다. 그것은 어떤 의지로 보였다.

"아무리 똑같은 걸 물어도 내 대답은 같아요. 나는 그 여자를 본 적도 없고 죽인 적도 없어요."

"그럼 최진하 씨는요?"

박희숙의 눈이 사나워졌다. 건드리지 말아야 할 것을 건드렸다는 눈빛이었다.

"우리 아들이 그 여자를 죽일 이유가 대체 뭔데요? 아무 증거도 없으면서 사람을 이렇게 감금해 놓고 조사해도 되는 겁니까?"

"적법한 절차에 의해 조사를 하는 겁니다."

인우는 차분하게 대답했다. 그러고는 오늘 아침 황민우에게서 받아온 사진을 꺼냈다. 구두 굽이 찍혀 있는 영상을 프린트한 것이었다.

"뭔지 알아보시겠어요?"

박희숙은 미간을 좁혔다. 잘 보이지 않는 모양이었다.

"구두 굽이죠. 하이힐."

그렇게 말하고는 고개를 꺾어 아래를 내려다보았다.

"지금 신고 계시는."

순간 박희숙이 발을 자기 쪽으로 당기는 모습을 볼 수 있었다. 마치 그렇게 하면 가릴 수 있다고 생각하는 것처럼.

"사망한 현재경 씨의 키는 165센티미터, 박희숙 씨보다 훨씬 크죠. 그래서 그 신발은 신을 수 없었을 겁니다."

"말도 안 되는 소리. 난 그 사람을 본 적 없다고요."

"현재경 씨의 후드점퍼를 입고 가는 박희숙 씨를 본 사람이 있습니다."

"아까와 똑같은 소리를 하시네요. 그 사람이 잘못 봤겠죠. 전 그런 적 없습니다."

"처음부터 시작하죠."

인우는 자기 쪽으로 노트북을 당겼다. 조사는 이제부터 시작이라는 것을 보여주는 제스처였다.

"12월 18일, 왜 재선시로 내려오셨습니까?"

박희숙은 답답하다는 듯 한숨을 내쉬었다.

"말했잖아요. 아들과 통화를 했어요. 아들이 제대로 일하지 않고 있다는 걸 알았죠. 그래서 혼을 내주려고 내려간 겁니다."

"전화를 건 것은 최진하 씨 쪽입니다."

인우는 통화 기록을 짚어 박희숙에게 보였다.

"최진하 씨가 직접 자신의 업무상 부족함을 보고했다는 뜻인가요?"

이 방에 들어온 이후 처음으로 박희숙이 그의 시선을 피했다. 박희숙은 책상 끝 어딘가로 눈을 돌리며 대답했다.

"그렇죠."

"그런데도 최진하 씨는 박희숙 씨가 내려오기 전에 친구들과 약속을 잡았습니다. 자기가 직접 부족함을 보고했는데 정작 만나는 건 피했다는 건가요?"

"제가 내려오리라고는 생각 못 했는데 내려온다니까 피하려고 했겠죠."

"그렇지만 박희숙 씨가 내려갔을 때 최진하 씨는 집에 있었습니다. 박희숙 씨가 집에 들어간 후 10분 정도 지나서 아파트를 벗어났죠."

"잠깐 말다툼을 했기 때문에……."

"박희숙 씨가 최진하 씨의 집에 도착했을 때 최진하 씨는 혼자였습니까?"

박희숙의 숨이 한순간 멎는 것을, 책상 맞은편에서도 인우는 느낄 수 있었다.

"그게 무슨 뜻이죠?"

"말 그대로입니다. 최진하 씨는 혼자였습니까? 아니면 현재경 씨가……."

"아니라고 했잖아요!"

인우의 말허리를 자르며 박희숙이 소리를 질렀다. 그녀 역시 자신의 신경질적인 목소리에 놀란 것 같았다. 이런 반응은 허를 찔렸다는 뜻밖에 되지 않음을 스스로도 알고 있으리라. 박희숙은 진정하기 위해서인지 크게 호흡하며 흐트러진 머리를 쓸어 넘겼다. 그녀의 얼굴이 어느새 하얗게 질려 있었다.

"최진하 씨는 박희숙 씨가 재선아파트에 온 10분 후 아파트를 나갔습니다. 그리고 미리 부른 친구들과 술자리를 가졌죠. 그러고는 음주 운전을 해서 오다가 사고를 냈습니다. 이전에는 없던 일이었죠."

"그 녀석은 원래 그런 한심한 짓을 자주 저질렀어요."

"글쎄요. 그게 우연이었을까요?"

박희숙이 인우를 노려보았다.

"박희숙 씨에게는 아들인 최진하 씨의 알리바이가 필요했어요. 그래서 고의로 사고를 내고 입원한 동안에 현재경 씨가 살아있다는 걸 보여야 했습니다. 그래서 현재경 씨의 옷을 벗겨 입고 CCTV 앞을 지나갔죠?"

"말도 안 되는 소리."

인우는 주저하지 않았다. 계속 자신의 생각을 밀고 나갔다.

"그런데 의외의 상황에 맞닥트리게 됩니다. 바로 박희숙 씨를 현재경 씨로 착각한 남자를 마주친 거예요. 그 사람이 현재경 씨가 아닌 걸 알자 박희숙 씨는 바로 그 사람을 없애야 한다고 생각했겠죠."

이번에 박희숙은 아무런 대답도 하지 않았다. 인우는 박희숙의 앞에 사진 한 장을 내밀었다. 바로 김영택의 집에서 찾은 사진이었다. 최진하의 집인 302호 명판을 찍은 사진이다.

"그 남자의 이름은 김영택입니다. 그 사람은 현재경 씨의 스토커였어요."

박희숙이 놀란 눈을 했다. 그 순간만큼은 감출 수 없었던 모양이다.

"그날 302호에 들어가는 걸 보고 그 집 사진을 찍었죠. 사진이 찍힌 시간은 18일 낮 11시 20분. 태블릿PC에 사진을 찍은 시간이 남아 있어서 알 수 있었죠. 그러니까 그날 김영택 씨는 최진하 씨의 집에 현재경 씨가 들어가는 걸 보고 사진을 찍은 뒤 기다리고 있었던 거예요. 그리고 집에서 나오는 박희숙 씨와 마주쳤고요. 그게 뭘 말하는 줄 아십니까? 현재경 씨는 최진하 씨의 집에 18일 낮 11시 20분에 들어간 이후 시신으로 발견될 때까지 그 집에서 한 번도 나오지 않았다는 겁니다."

박희숙은 시선을 약간 아래로 떨군 채로 아무런 말도 하지 않았다. 허옇게 갈라진 입술은 절대 열리지 않을 것처럼 보였다.

"김영택 씨를 살해했죠? 그 옷을 입은 사람이 자신이었다는 걸 들켜서는 안 됐으니까?"

"소설을 쓰시네요."

"소설이라고요? 그럼 정말 소설을 한번 써볼까요?"

인우는 앉아 있는 의자에 상체를 기댔다. 그의 여유 있는 태도가 박희숙에게는 큰 압박으로 작용할 것이다.

"제 생각에 현재경 씨를 죽인 것은 아들인 최진하 씨입니다. 최진하 씨는 모친인 박희숙 씨를 많이 어려워하면서도 의존도가 높은 편이죠. 이건 주변인 진술을 통해 낸 결론입니다. 그래서 최진하 씨는 현재경 씨를 죽인 후 박희숙 씨에게 전화를 걸었어요. 최진하 씨의 알리바이를 만들자는 생각은 박희숙 씨가 낸 아이디어죠?"

말 같지도 않은 소리를 들었다는 듯 박희숙은 고개를 내저었다. 다만 인우의 눈을 쳐다보지는 못했다.

"최진하 씨를 내보낸 후 알리바이를 만들기 위해 현재경 씨의 옷을 입고 나갔다가 알아보는 사람을 만나게 됐죠. 어떻게 구슬렸는지는 모르겠지만 그 사람, 김영택 씨의 집에 들어갔고요. 뭐, 현재경 씨의 옷을 입고 있었으니 현재경의 엄마라고 속였을지도 모르겠네요. 그렇게 해서 그 남자를 죽였습니다. 그 손의 상처는 김영택 씨를 죽일 때 생긴 거겠죠. 옷에도 피가 튀었을 텐데."

이인우는 박희숙이 입은 옷을 보았다. 어깨 라인이 조금 내려와 있다. 그녀에게는 큰 옷인 것이다.

"갈아입을 옷이 필요했을 텐데, 그건 김영택 씨의 옷인가요?"

"무슨 소리예요. 이건 내가 사 입은 거예요."

"전에 저에게는 단 한 번도 집 밖으로 나가지 않았다고 하셨는데요."

그녀의 입이 다물렸다. 인우는 계속 말을 이었다.

"소설을 좀 더 써보죠. 그날 밤, 박희숙 씨는 재선아파트로 돌아왔어요. 다들 잠들어 있을 시간에 혼자 현재경 씨의 시신을 끌어내려 시신에 불을 붙였습니다. 현재경 씨의 몸에 남아 있을지도 모르는 최진하 씨의 흔적도 지워야 했지만 현재경 씨에게 박희숙 씨의 옷을 입힐 수밖에 없었으니 태우는 것 말고는 방법이 없었죠."

박희숙은 고개를 저었다. 그러면서도 자신의 입술이 살짝 벌어져 있다는 것은 눈치채지 못하는 것 같았다. 그러나 박희숙은 자신의 의견을 굽히지 않았다.

"아무리 그렇게 말해도 아닌 건 아닌 겁니다. 애초에 우리 진하가 그 여자를 죽일 이유가 뭐예요? 증거도 없이 사람을 매도해도 되는 겁니까?"

인우가 날카로운 눈으로 매섭게 그녀를 노려보았다.

"이유, 증거. 찾아오면 되겠습니까?"

15

 안으로 들어갔을 때 여러 종류의 자동차들이 높이 쌓여 있는 것을 보고 서기영은 놀랐다. 그중에는 낡아 보이는 차도 있었고, 그의 월급으로는 절대 불가능한 고급 외제 차도 있었다. 어떤 것은 종이짝처럼 구겨져 있기도 했지만 어떤 차는 멀쩡해 보여서 왜 이런 폐차장에 와 있는지 알 수 없는 것도 있었다. 인우는 와본 적이 있는 건지, 안으로 들어서자마자 자연스럽게 사무실 쪽으로 발걸음을 옮겼다. 사무실은 폐차장 한편에 세워진 조립식 건물이었다.
 창문 너머로 그들을 보았는지 한 남자가 안에서 나왔다. 먼지가 여기저기 묻은 검은색 점퍼를 입고 있었고 솜바지를 입어 다리가 퉁퉁해 보이는 남자였다. 180센티미터가 조금 넘는 인우의 키보다 훨씬 큰 남자는 어깨도 넓어서 자칫 위압감을 줄 수 있을 것 같았다. 그러나 표정만은 환해서 꽤 호인처럼 보였다. 인우와는 안면이 있는 건지 곧장 악수를 나누며 벙긋 웃었다.

"형님, 오랜만입니다."

"네가 그렇게 부르면 조직 생활하는 거 같댔지."

인우가 장난스럽게 말했다. 서기영은 인우가 이런 식으로 격의 없이 대하는 걸 처음 보았기 때문에 조금 새삼스러운 기분으로 두 사람을 보았다. 남자의 눈이 서기영에게로 향하자 인우가 그를 소개했다.

"이쪽은 내 동료 서 형사."

"안녕하십니까. 전 여기 폐차장을 운영하는 반옥두입니다. 반 사장이라고 불러주십쇼."

"이름 이상하지? 서 형사는 여기 처음 와볼 거야. 그래도 알아두면 나쁘지 않은 인맥이라고."

평소에는 그러지 않던 인우도 여기 와서는 조금 어깨에 힘을 주는 것 같았다. 친구를 자랑스러워하는 것 같다는 생각을 하며 서기영은 반옥두와 악수를 나누었다. 어깨만큼이나 두툼한 손에는 힘이 있었다.

"사건 때문에 아시게 된 사이세요?"

서기영의 물음에 인우가 웃었다.

"아니, 친구."

두 사람이 어떻게 친구가 됐는지 서기영은 궁금했지만 길게 물을 내용은 아닌 것 같았다. 인우는 이곳에 오래 근무한 만큼 오래 살았다. 웬만하면 재선시에 있는 거의 모든 업종에 아는 사람이 있다고 해도 이상한 일이 아니었다. 무엇보다 인우가 왜 이곳에 왔는지 서기영은 그게 더 궁금했다. 인우가 반옥두에게 말했다.

"내가 찾던 차, 있어?"

"다행히. 멀쩡하지는 않지만."

"벌써 압착한 거야?"

"압착할 뻔했지. 그닥 건질 부품 같은 건 없었으니까. 올 때부터 상태가 안 좋았거든. 근데 압착은 안 했어. 다행이지."

폐차장에는 사고 난 차뿐만 아니라 여러 종류의 차가 입고된다. 단순 노후되어 폐차가 진행되는 경우도 있고 압류된 차가 폐차 진행되는 경우도 있었다. 그래서 겉으로 멀쩡해 보이는 차들이 많았던 모양이었다. 반옥두의 말에 의하면 노후된 폐차에서도 건질 수 있는 부품은 건질 수 있는 모양이었다.

"자, 따라와."

반옥두가 팔을 걷어붙이며 앞서 걸어 나갔다. 인우와 서기영도 그 뒤를 따랐다. 서기영은 인우에게 바짝 붙어 걸으며 물었다.

"무슨 차를 찾으시는 거예요?"

인우가 웃었다.

"아직 멀었네. 뭘 물어? 당연히 최진하의 차지."

"블랙박스는 이미 확인했잖아요?"

블랙박스의 파일 역시 자신이 보관하고 있다. 굳이 여기까지 와서 찾을 내용은 아니었기에 서기영은 더욱 어리둥절할 수밖에 없었다.

그 사이 반옥두는 어느 차 앞에서 멈춰 섰다. 한때는 번쩍거리며 도로를 호령하고 다녔을 고급 외제 차는 반파되어 흉물스럽게 서 있었다.

"내가 미리 빼놨지."

인우가 휘파람을 불 듯 입술을 앞으로 내밀었다.

"아예 엔진룸까지 먹어들어갔네."

"차가 거꾸로 꼬라박혔다며. 이 정도면 신이 도운 거야."

인우는 차 앞을 빙 돌아 운전석 쪽으로 갔다. 문을 열려고 했지만 열리지 않았다. 그래도 안은 들여다볼 수 있었다. 전면 유리창과 운전석 쪽 창이 모두 부서져 있기 때문이었다.

"내비게이션은 멀쩡하네. 시동 걸어볼 수 있어?"

시동을 걸어야 내비게이션이 작동된다. 하지만 반옥두는 고개를 가로저었다.

"폭파 시험할 일 있어?"

위험하다는 이야기였다. 인우는 그에게 내비게이션을 분리해달라고 말했다. 매립형 내비게이션이지만 입고된 폐차들에서 쓸만한 부품을 빼내 팔아온 그에게는 간단한 일이라고 반옥두는 말했다.

"10분만 기다리셔."

인우와 서기영은 반옥두가 시키는 대로 사무실 앞 벽면에 있는 나무 벤치에 가서 앉았다. 인우는 반옥두가 하는 작업을 물끄러미 응시하고 있었다. 서기영은 혼자 생각해 보려 했지만 인우의 생각을 잘 읽어낼 수 없어서 물어보는 길을 택했다.

"내비게이션은 왜요? 지금 중요한 건 누가 현재경을 죽였냐인데……. 최진하가 어딜 다녔었는지가 중요한가요?"

"글쎄."

그는 웃으며 서기영 쪽으로 고개를 돌렸다.

"언제는 우리가 분명한 일만 해왔어?"

현재경이 최진하와 남녀관계라는 것이 형사들 대부분의

의견이었다. 하지만 현재경의 집이나 최진하의 집 어디에서도 현재경이 유용한 회사 자금을 사용한 흔적을 찾을 수 없었다. 그 와중에 최진하의 명의로 개통된 휴대폰이 하나 더 있다는 사실을 알게 되었다. 그것은 최진하에게 다른 여자가 있지는 않았나 하는 생각이 들게 했다. 만약 여자가 따로 있었다면 그들은 재선시가 아닌 다른 곳에서 데이트를 했을 것이었다. 두 시간만 시내에서 돌아다녀도 아는 사람 눈에 금방 띄는 이곳에서 데이트를 하지는 않았을 것이다.

서기영은 그런 인우의 설명에도 눈앞이 안개에 가려져 있는 기분이었다. 그가 무엇을 목표로 하는지 잘 알 수 없었다.

"최진하에게 다른 여자가 있다는 걸 밝혀도 그게 현재경을 죽였다는 증거로 연결될 것 같지는 않은데요."

그렇게 말해도 인우의 진지한 표정에는 변화가 없었다.

"우리 일은 모래 빼앗기 게임이나 다름없어. 아무 상관도 없어 보이는 주변 모래를 긁어오다 보면 성도 무너지게 마련인 거야."

서기영이 뭔가 더 질문을 하려고 했을 때 반옥두가 이쪽을 향해 다됐다고 외치는 소리가 들렸다. 인우가 반색을 하며 일어서자 서기영도 일어설 수밖에 없었다.

반옥두에게 다가가자 그의 손에는 검은색 화면이 달린 내비게이션이 들려 있었다. 아래쪽으로 전선들이 복잡하게 늘어져 있었다. 반옥두가 그걸 내밀자 인우가 말했다.

"난 이 안이 궁금한 건데."

"알아, 알아. 성격 급하기는."

반옥두는 내비게이션을 들고 사무실 쪽으로 들어갔다. 두 사람이 따라 들어갔을 때 반옥두는 내비게이션의 선과 작은 기계에 달린 선들을 연결하는 중이었다. 전원을 공급할 수 있는 장치 같았다. 작업을 한 뒤 반옥두가 기계의 전원 버튼을 누르자 내비게이션 화면에 환하게 불이 들어왔다.

"됐지?"

"오케이, 일 봐."

"단물만 빨아먹고 버리는 거야?"

"쓸데없는 소리는."

그렇게 말하는 인우의 눈은 내비게이션에만 향해있었다. 평소 그런 일을 자주 봐왔는지 반옥두는 휘파람을 불며 사무실을 나갔다. 서기영만 그에게 고맙다고 고개를 숙였지만 그는 이미 폐차장의 작업 창고로 가고 있었다. 서기영이 고개를 돌렸을 때 인우는 내비게이션 화면을 손으로 긁으며 검색 기록을 확인하는 중이었다.

즐겨찾기라고 적힌 버튼을 눌렀을 때 인우의 입가에 의미

심장한 미소가 걸렸다.

"이거다."

영인시에 있는 L백화점이었다.

L백화점은 총 18층 규모의 거대한 건물이었다. 주차를 하는 데만도 지하 5층까지 가서야 겨우 한 자리를 차지할 수 있었다. 서기영은 이렇게 복잡한 곳에 와본 것이 거의 처음이라고 할 수 있었다. 평일인데도 이렇게 많은 사람이 와있다는 것이 이상하게 느껴졌다. 이 안에 있는 사람들은 다 무엇을 하며 벌어먹고 사는 사람들일까. 순수한 궁금증이 들었다.

차에서 내려 엘리베이터까지 가는 데만 해도 한참 걸렸다.

"최진하의 카드 내역에 백화점에서 사용한 흔적은 없었어요."

"현금으로 사용했을 거야. 떳떳한 돈이 아니었을 테니까."

"현재경이 유용한 돈이 최진하에게로 전달되었다고 생각하시는 거죠?"

응, 하고 인우는 주저 없이 고개를 끄덕였다.

"현재경이 왜 그랬을까요? 최진하에게 다른 여자가 있다면 둘이 연인관계가 아니라는 거잖아요."

"현재경과 남녀관계였을 수도 있고 협박을 받는 관계였을 수도 있겠지."

그렇게 말하며 인우가 위쪽을 쳐다보았다. 그들이 서 있는 지하 5층에 엘리베이터가 도착한 참이었다. 두 사람은 엘리베이터 안으로 들어갔다. 이미 타고 있는 다른 사람들이 있어서 안에서는 아무런 대화를 나누지 않았다. 대신 인우가 엘리베이터 벽에 붙어 있는 층별 안내도를 보고 7층을 눌렀다. 여성복 코너였다.

엘리베이터가 어느덧 7층에 도착했다. 두 사람은 다른 사람들을 피하며 안에서 내렸다. 이런 곳에 처음 와본 서기영은 엘리베이터에서 내리자마자 조금 놀랄 수밖에 없었다. 다른 세상에 온 것 같은 기분이 들기도 했다. 1층부터 천장까지 뚫려 있고 마치 거리처럼 둥그렇게 층별로 복도를 만들어 놓았다. 층마다 휘황찬란한 매장이 있었는데, 가장 놀라운 것은 가운데에 솟아 있는 크리스마스트리였다. 밑을 내려다보니 크리스마스트리를 배경으로 사진을 찍는 사람들이 바글바글했다. 곧 크리스마스라는 것도 서기영은 이제야 알았다.

"현재경이 처음 한 번은 자기 집에 돈을 보냈어. 그런데 그 뒤에는 그런 흔적이 없었지. 돈을 유용한다는 걸 최진하가 알게 된 거야. 그리고 자기에게 가지고 오게 했지."

"최진하는 몰랐다고 했잖아요."

"진짜로 몰랐을 리 없어. 몰랐다면 바보라고."

"그 돈을 그럼 다른 여자에게 썼다는 거죠?"

"그러다가 현재경이 이제는 못 하겠다고 하는 순간이 온 거야. 어쩌면 모든 걸 밝힌다고 했을 수도 있겠지."

"최진하에게 살인의 동기가 생기네요."

"바로 그거야."

인우는 곧장 제일 앞에 있는 여성복 가게 안으로 들어갔다. 남색의 유니폼을 입은 여자가 가까이 다가왔다. 왼쪽 가슴에는 금빛이 반짝이는 명찰이 붙어 있었다. 매니저라고 적혀 있었다.

"경찰입니다."

서기영이 경찰공무원증을 들어 보였다. 그녀는 조금 놀란 듯 눈을 동그랗게 떴다. 이곳과는 어울리지 않는 손님들이라 여겼을 테지만 경찰이 온 거라고는 생각지 못했을 것이다. 그러나 그녀는 곧장 얼굴에서 당황한 기색을 지우고 두 사람을 안쪽으로 안내했다. 입구에 서서 대화를 하면 다른 손님들에게 방해가 된다고 생각했을 것이다. 여자가 카운터 안쪽으로 들어갔다. 두 사람이 카운터를 가운데 두고 그녀와 마주 섰다. 인우가 주머니에서 사진 한 장을 꺼냈다. 최진하의 사진이었다. 경찰에 등록된 명함판 사진을 미리 출력해 왔다.

"혹시 이 사람 본 적 있으십니까?"

여자는 고개를 꺾고 사진을 들여다보았다.

"글쎄요. 기억하는 얼굴은 아닌데요."

여자는 신중한 성격인 것 같았다. 그도 그럴 것이 그녀가 여기서 보는 사람이 하루에만도 백여 명은 될 것이다. 그들을 성심성의껏 대하기는 하지만 얼굴을 모두 기억할 수는 없을 것이다. 특징이 있거나 특별한 행동을 한 손님이 아니면 기억하기 어려울 것이었다. 인우가 말했다.

"여기 옷들은 전부 고가지요?"

여자가 웃었다.

"저희 매장은 합리적인 가격으로 운영하고 있습니다."

서기영은 자신도 모르게 팔을 뻗어 가장 가까운 데에 걸려 있는 정장의 태그를 확인했다. 그러고는 곧장 손을 뗐다. 자신이 한 달을 벌어도 못살 가격이었다. 그녀가 말하는 합리적인 가격의 기준이 뭔지 알 수 없었다.

인우의 질문이 이어졌다.

"혹시 전액 현금으로 결제한 사람이 있지는 않았습니까?"

그건 최진하를 염두에 두고 하는 질문이었다. 회사에서 유용한 돈을 계좌에 넣지는 않았을 거였다. 그는 당연히 현금을 썼을 것이다. 그런 독특한 사람을 매장에서 기억하지 못할 리 없다. 하지만 매장의 매니저는 고개를 저었다.

"그런 분은 없었는데요."

"혹시 여기서 젊은 여성들이 좋아하는 브랜드가 어디인가요?"

"숙녀복 브랜드가 아니라면 젊은 여성분들은 저희 백화점 매장들을 거의 좋아하실 겁니다."

"알겠습니다."

두 사람은 인사를 하고 나왔다. 어디로 갈지 모르는 채로 두 사람은 복도에 서서 매장들을 눈으로 훑었다. 숙녀복이 뭔지 젊은 사람들이 좋아하는 매장이 뭔지 두 사람으로서는 알 길이 없었다. 인우가 말했다.

"오늘은 여기서 시간 좀 보내야겠다."

그런 식으로 두 사람은 거의 모든 매장을 순차적으로 돌 각오를 다졌다. 안으로 들어갈 때마다 두 사람을 불청객 보듯 하는 시선은 당연히 따라왔다. 형사임을 알리자 밖에서 보여서는 안 되는 물건처럼 직원들은 그들을 가장 구석진 곳으로 안내했다. 처음 만났던 여자와 같은 유니폼들을 입고 있었고 머리모양과 립스틱 색깔까지 다 비슷해 보였다. 간판을 확인하고 들어가지 않는다면 두 사람으로서는 누가 누군지 못 알아볼 것 같았다.

다행히 세 번째 만에 최진하를 알아보는 사람을 만날 수 있었다. 그녀 역시 똑같은 올림머리에 비슷한 화장을 했다. 액세서리는 착용하지 않았다.

"기억해요. 이분. 저희 가게에 오신 분 맞아요."

"어떻게 기억하시죠? 여기 손님이 하루에도 몇십 명은 될 거 아닙니까?"

여자가 친절하게 미소 지었다.

"몇백 명은 오시죠. 그래도 기억해요. 전액 현금으로 결제 하셨거든요. 그런 분은 잘 없어요."

순간적으로 인우와 서기영이 눈빛을 교환했다. 그녀가 최진하를 기억하는 게 확실했다.

"혼자 왔습니까?"

여자가 고개를 저었다.

"아뇨. 여성분하고 같이 왔습니다."

"혹시 얼굴 기억하십니까?"

"글쎄요. 여성분 얼굴까지는……. 근데 젊었던 것 같아요. 남자보다 훨씬 젊어 보여서 좀 이상해 보인다는 생각을……."

그녀는 핫, 하며 입술을 꾹 다물었다. 손님에 대해 잘못 말했다가 이 이야기가 전해진다면 곤란한 일이 생길 거라 생각했을 것이다. 여기서 한 이야기는 절대 비밀이 보장된다고 말하자 여자는 그제야 편안한 얼굴을 했다.

아무래도 다른 사람의 눈에는 평범한 관계로 보이지는 않았던 것 같다.

"옷차림은 어땠나요?"

"글쎄요. 어떻다고 얘기해야 할까. 좀 젊으면서도 섹시하게 입었던 것 같아요. 크롭탑 퍼 제품에 미니스커트였던가."

그렇게 기억하는 것도 다 남자가 현금으로 계산했기 때문이라고 했다.

"여기 말고도 여러 가게에 갔을 거예요. 몇 번 눈에 띄었거든요. 저희 매장은 한 번밖에 안 왔지만."

"어디를 또 갔나요?"

"주로 명품 보석 관이나 구두 매장으로 갔어요."

그러면서 여자는 한 매장의 이름을 알려주었다. 거기에 가면 더 잘 알 거라고 했다.

어렵게 매장을 찾아가 형사임을 밝힌 뒤 최진하의 사진을 보여주자 그녀 역시 금세 알아보았다.

"단골손님이세요. 마지막으로 사 간 건 목걸이였던 것 같아요."

"최근에 온 게 언제인지 알 수 있습니까?"

"글쎄요."

그녀는 고민하더니 아, 하고 고개를 들었다.

"매장 장부를 확인하면 알겠네요. 현금이 많이 들어온 날이 그날일 거예요."

확인을 부탁한 뒤 두 사람은 카운터에서 조금 물러나 기다렸다. 다른 손님들에게 방해가 되면 안 된다는 생각이 들었다. 그 사이 남녀 커플 한 쌍이 안으로 들어왔다. 매니저가 안쪽을 향해 누군가를 불렀다. 똑같은 차림의 다른 직원이 나와 그들을 응대했다. 목걸이를 빼서 보여줄 때 장갑을 끼고 있었다. 인우는 새삼 다른 세상에 와있는 기분이 들었다.

"아, 11일이네요."

두 사람은 매니저에게로 바짝 다가섰다.

"CCTV 확인할 수 있을까요?"

누구와 함께 왔는지 확인해야 했다. 매니저가 대답했다.

"방제실에 가셔야 할 거예요."

방제실은 지하 1층에 있다고 했다. 두 사람은 곧장 방제실로 찾아갔다. 관계자 외 출입 금지 팻말이 있었지만 개의치 않고 문을 열었다. 들어오면 안 된다며 일어서던 남자에게 경찰신분증을 보여주자 멈칫한 채로 서서 두 사람을 보았다.

"11일에 7층 C 보석 매장의 CCTV를 확인하고 싶습니다."

방제실 직원이 해당일의 CCTV를 찾는 데는 오래 걸리지 않았다. 하지만 최진하가 왔던 시간을 정확히 알고 있는 것이 아니었기에 하루의 영상을 전부 확인해야 했다. 직원이 24배속으로 CCTV를 돌렸다. 그렇게 한지 삼십 분 만에 최진하의 모습을 영상에서 찾을 수 있었다.

"잠시만 제가 보겠습니다."

인우의 말에 직원은 마뜩잖은 표정으로 자리에서 물러나 주었다. 인우가 자리에 앉아 CCTV 영상을 플레이했다. 영상은 굉장히 화질이 좋았다. 그가 입고 있는 코트며, 착용하고 있는 안경까지 선명히 볼 수 있었다. 그의 팔짱을 낀 여자는 허리까지 내려오는 긴 머리를 하고 있었다. 얼핏 봐도 현재경과는 다른 사람이었다. 그때 여자가 물건을 구경하려 몸을 돌렸다. CCTV에 그녀의 얼굴이 고스란히 찍혔.

두 사람은 놀라지 않을 수 없었다. 그들이 아는 사람이었다. 바로 김영택을 목격했다고 제보했던 미용실의 직원, 안윤희였다.

16

 인우는 경찰서 옥상에 서 있었다. 아래를 내려다보니 많은 민원인의 차가 들어오고 나가기를 반복하고 있었다. 이따금 자신이 아는 형사들의 차도 보였다. 퇴근하는 사람일 수도 있었고 이제 막 수사를 시작하려는 참일 수도 있다. 형사들에게 출퇴근 시간만큼 의미 없는 건 없다.
 옥상에는 인우 말고 다른 사람은 없었다. 이따금 담배를 피우러 올라오는 사람이 있긴 했지만 그 수도 현저히 줄었다. 담배를 끊는 사람들이 많이 늘어났다. 신입직원 중에는 담배를 피우는 녀석이 거의 없다고 들었다. 팀장 역시도 담배를 끊은 사람 중 하나였다. 건강 때문이기도 하지만 박봉에 비싼 담뱃값까지 들여서야 되겠느냐는 소리를 한 적이 있었다. 인우는 담배를 애초에 피우지 않는 쪽이었다. 건강이나 금전적 이유를 따지기 전에 담배를 피울 이유 자체를 느끼지 못했다. 담배를 피우는 선배들 옆에서 심부름을 한 적도 있지만 인우가 피우지는 않았다. 그런데 이상하게도 지금은 담배를 피우면 어땠을까 하는 생각이 든다. 그만큼 속이 답답했다.

CCTV 속에서 안윤희는 최진하의 팔짱을 끼고 가게에 들어왔다. 그건 누가 봐도 연인의 모습이었다. 그리고 안윤희는 사건을 전후로 최진하에게 연락을 끊었다. 그건 최진하의 휴대폰 기록으로 보아도 확실했다. 그게 의미하는 바는 뚜렷했다. 연락을 끊은 목적이 뭐든 안윤희는 현재경의 사망사건에 대해 알고 있고 최진하가 그 사망과 관련되어 있다는 걸 안다는 뜻이다.

현재경을 누가 죽인 것일까? 아직 명확한 증거는 없다. 하지만 인우의 생각으로 범인은 최진하다. 박희숙에게는 동기가 없었다. 아들인 최진하에 대해 현재경이 폭로하려고 하여 죽였을 가능성도 있지 않겠느냐는 이야기가 회의에서도 나왔지만 최진하가 잘못한 것은 고작해야 회사의 돈을 횡령했다는 거였다. 그 회사는 박희숙의 것이다. 상대를 죽일 정도의 협박이 되지 않는다. 박희숙은 아마도 최진하의 살인을 덮어주기 위해 대신 알리바이를 만들었을 것이다. 죽은 현재경의 옷을 입고 일부러 최진하가 입원해 있는 동안 CCTV에 찍힌 것이다. 여기까지는 문제가 없다. 모든 계산은 순조로웠다. 그런데 안윤희의 존재가 그를 혼란스럽게 했다.

왜 안윤희는 목격자의 탈을 쓰고 김영택을 목격했다는 제보를 했을까? 그 제보 덕에 박희숙이 현재경의 옷을 입고 다녔다는 것을 알 수 있었다. 그 제보는 다시 생각해 보면 최진하의 알리바이를 깨는 일이나 다름이 없었다. 그런 일을 왜 여자 친구인 안윤희가 했을까? 혹시 최진하와의 사이에 불화라도 생긴 걸까? 그렇게 생각하기에는 타이밍이 너무나 절묘하다……

인우는 생각에 잠겼다. 영하의 날씨가 어느새 그의 귀를 빨갛게 물들였지만 그는 미동도 하지 않고 생각을 이어 나갔다. 얼마나 그러고 있었을까. 한참 만에 그는 고개를 들었다. 그리고 계단을 통해 형사실로 내려갔다.

배도훈 팀장은 책상에 앉아 누군가와 통화하고 있었다.

"팀장님."

배도훈 팀장이 잠깐 기다리라는 듯이 한쪽 손바닥을 들어 보였다. 인우는 초조함에 팀장의 책상 앞을 떠나지 못했다. 배도훈은 신경 쓰이는 듯 수화기를 손으로 막고 인우를 보았다.

"급한 일?"

"드릴 말씀이 있습니다."

배도훈은 인우의 안색을 살피더니 다시 전화기를 귀에 가져다 댔다.

"내가 이따 전화할게. 알았다고."

아무래도 개인적인 전화였던 모양이다. 배도훈은 전화를 끊자마자 인우를 보았다. 인우가 안윤희에 대해 보고하자 놀라는 표정을 지었다. 그 역시 안윤희가 제보한 목적을 두고 혼란스러워했다.

"팀 회의를 해야겠어."

배도훈이 한 손을 들고 손가락을 부딪쳐 소리를 냈다. 서기영이 그것을 보고 가까이 다가왔다. 하지만 배도훈이 서기영에게 말하기도 전에 인우가 다급히 말했다.

"그보다, 최진하의 휴대폰을 찾아야 합니다."

"휴대폰?"

굳은 얼굴로 배도훈이 인우를 올려다보았다. 서기영도 무슨 소린가 싶어 인우의 얼굴을 보았다.

"무슨 목적이 있든 간에 둘이 뭔가 계획을 했다면 휴대폰에 기록이 남아 있을 겁니다. 지웠어도 포렌식으로 복구할 수 있을 거고요."

"근데 휴대폰은 사고 당시 없어졌다고 하지 않았어? 일대를 다 수색하자는 말인가?"

"아뇨. 사고 당시 목격자가 발견했을 때 최진하는 의식을 잃은 상태였다고 했습니다. 휴대폰을 없앨 시간이 없었어요. 그렇다면 나중에 안윤희가 휴대폰을 가져갔을 가능성이 있습니다. 안윤희가 다른 생각을 하기 전에 급습해야 합니다."

"없애지 않았을까?"

"최진하의 알리바이를 자신이 나서서 깰 정도의 계획이 있어서 박희숙 건을 제보했다면, 없애지 않았을 가능성이 훨씬 더 큽니다."

배도훈이 턱에 손가락을 대고 생각에 잠겼다. 잠시 후 그는 고개를 들고 인우에게 물었다.

"수색영장이 인용될까?"

"CCTV 증거가 있으니 가능성 있습니다."

"오케이. 그럼 수색영장 넣고."

배도훈은 서기영에게로 고개를 돌렸다.

"박희숙은 어떻게 하고 있지?"

"꿈쩍도 않습니다. 여전히 혐의를 전면 부인해요."

"일단 박희숙에 대해서도 구속영장 청구해. 살인 및 사체 손괴 혐의야."

"알겠습니다."

조금 긴장한 얼굴로 대답한 서기영이 자신의 자리로 돌아가려 몸을 돌렸다. 그런데 그가 누군가를 발견한 듯 '엇'하고 소리를 냈다. 무슨 일인가 싶어 인우가 그 시선을 따라 고개를 돌렸다. 인우의 얼굴이 굳어졌다.

거기에는 자신의 어머니가 서 있었다. 한 손에는 또 커다란 종이봉투를 들고 있었다. 그 안에 뭐가 들었을지는 보지 않아도 알았다.

휴게실에는 몇몇 사람이 앉아 있었다. 직원이 외부 손님을 맞기 위해 쓰기도 하고 민원인이 들어오기도 했다. 다른 사람들이 신경 쓰이기는 하지만 여기 말고는 다른 장소를 찾을 수 없었다. 그렇다고 조사실에서 어머니를 만날 수는 없는 노릇이다.

"무슨 일이세요?"

"이거."

테이블 위에 어머니가 종이봉투를 올려놓았다. 인우는 그걸 힐끗 보았다. 안을 열어보거나 종이봉투를 자기 쪽으로 끌어당기지도 않았다.

"이러지 마시라고 했잖아요."

"왜?"

어머니의 말에 인우는 한순간 할 말을 잃었다. 반문해 오리라고는 생각지도 못했다. 그간 그렇게 냉정하게 돌려보냈어도, 싸 온 도시락을 책상 위에 두고 간 어머니에게 잘 먹었다는 인사 한마디 하지 않을 때도 아무런 말이 없던 어머니였다. 그런데 지금의 어머니는 무언가를 간절히 원하는 듯 인우를 보고 있었다.

"왜 하면 안 되니? 내가 네 엄마인데. 하루에도 몇 번씩 그 기사가 나와. 연쇄살인 사건이니 뭐니……. 난 그런 건 모르지만 네가 얼마나 힘들고 바쁠지는 알고 있어. 당연히 끼니도 제때 못 때우겠지. 그런데 왜 하면 안 되니? 왜 안 되니, 나는?"

"왜 갑자기 이러세요. 제가 언제는 어머니 이러는 거 반겼어요?"

"안 반겨도 좋아. 내가 싸 오는 도시락 네가 잘 먹지 않는다는 것도 알고 있어. 그래도 해주고 싶어. 이렇게라도 가끔 와서 얼굴이라도 보고 싶어. 그것도 안 되니?"

인우는 고개를 돌렸다. 무슨 말이 듣고 싶어서 이러는가. 인우가 어머니에게서 정을 떼기 시작한 것은 고등학교 때부터였다. 집을 나온 이후에는 인우 쪽에서 먼저 전화를 거는 일도 없었다.

처음엔 어머니가 인우의 자취방으로 찾아와 싸운 적도 있었다. 자취방 앞에서 말다툼을 자주 벌였다. 인우는 어머니를 보고 싶지 않다고 했고 어머니는 갑자기 변한 인우를 이해하지도 받아들이지도 못했다. 그렇게 어머니와의 간격을 점점 벌렸다. 그런 시간이 길어지자 어머니는 마치 죄인처럼 변해갔다. 자신이 죄라도 지은 듯이 인우가 없을 때 몰래 도시락을 놓고 간다거나 이런 식으로 문득문득 찾아와 새로 산 속옷을 내밀기도 했다. 한 번도 인우가 반긴 적이 없었고, 어머니는 죄인처럼 어깨를 늘이고 돌아갔다. 그런데 또 어머니가 왜냐고 묻는다. 인우는 이 굴레가 지긋지긋했다. 더 이상 말하고 싶지 않았지만 또다시 말할 수밖에 없다.

"그럼 말해줘요."

어머니의 눈동자가 떨렸다.

"아버지가 왜 죽었는지."

"네 아버지는……."

"자살이라고 하지 말아요!"

인우가 소리를 질렀다. 휴게실에 있던 사람들이 모두 이쪽을 돌아보았다. 인우는 다른 사람들의 시선 따위는 상관없었다. 어머니가 이제 끝을 내줬으면 싶었다. 그것이 어떤 상처를 남기든 진실을 말해줬으면 싶었다. 적어도 자신이 납득할 수 있는 진실을.

"무슨 말을 하는지 모르겠어."

인우는 자리에서 일어섰다.

"그러면 찾아오지 말아요. 더 이상 만나고 싶지 않아요."

더 이상 당신을 의심한다는 말을 반복하고 싶지 않다. 인우는 그 말을 삼켰다. 가슴이 터질 것처럼 뻐근했다. 어머니가 어떤 표정을 짓고 있는지 알고 싶지 않았다. 울고 있는지도 궁금하지 않았다.

뒤에서 부스럭거리는 소리가 났다. 이어서 의자를 끄는 소리도 들렸다. 가려고 일어서는 것이다. 어머니는 또다시 거절했다. 진실을 이야기하기를. 이제 그만두고 싶었다. 어머니를 보고 싶지 않았다. 어머니를 의심하는 자신을 경멸하는 것도 지겨웠다.

인우가 휴게실 출입문 쪽으로 걸음을 뗐다. 그때 휴게실 문이 열리면서 서기영이 뛰어 들어왔다.

"선배님!"

서기영은 이쪽을 쳐다보는 다른 사람들에게 미안하다는 듯 고개를 숙였다. 그러고는 인우의 어깨 너머로 보이는 어머니를 향해 또다시 허리 숙여 인사했다. 인우가 그 시선을 차단하듯 말을 걸었다.

"무슨 일이야?"

"박희숙이 인정했습니다."

"뭐?"

"현재경, 김영택 모두 자신이 살인한 거라고 시인했어요."

머릿속이 거꾸로 뒤집히는 기분이었다. 김영택은 몰라도 현재경까지 죽였다고 한다는 것을 믿을 수가 없었다. 갑자기 왜 이제 와서 인정을 하는가에 대한 의문도 있었다. 어떤 수를 써도 꿋꿋이 버텨오던 박희숙이 아닌가.

"가지."

인우가 말하자 서기영이 빠르게 휴게실을 나갔다. 인우 역시 서기영의 뒤를 따라 휴게실을 나섰다. 자신의 어머니에게는 인사 한 번 하지 않았다. 복도로 나섰을 때 휴게실 문이 다시 열리는 소리가 들렸다.

"그럴 리가 없어."

빠르게 걷던 인우는 걸음을 멈췄다. 뒤를 돌아보았다. 어머니가 인우를 향해 서 있었다. 인우는 순간적으로 놀랐다. 어머니가 저렇게 작은 사람이라는 것을 새삼 느꼈다. 어깨도 좁아져 있었다. 자신이 기억하던 어머니와 많이 다른 모습이었다. 가슴 한편에 차가운 바람이 스쳤다. 어딘지 모르게 아린 기분이 들었다.

"믿지 마라."

또 무슨 소리를 하는 건가. 인우는 대답 없이 어머니를 노려보았다.

"엄마라면 그럴 수 없다. 자식을 살인자의 아들로 만들 수는 없어. 그런데도 자기가 죽였다고 한다면 그 이유는 하나뿐이야."

어머니는 숨을 몰아쉬었다.

"자식을 지켜야 할 때. 자식이 살인자일 때."

그렇게 말하는 눈이 너무나 진지해서 인우는 뭐라 할 말이 없었다. 그러나 곧 그의 입에서 거친 숨결이 흘러나왔다.

"이제는 경찰이라도 되고 싶으세요?"

비난하는 말을 남기고 뒤돌아 걷기 시작했다. 뒤에서 어머니의 시선이 따라붙는다는 걸 알고 있었지만 걸음을 멈추지 않았다. 도망치고 싶었다. 어머니를 비난하는 상황에서.

박희숙과 마주 앉았다. 조사실에 들어오기 전 박희숙이 아무것도 먹고 있지 않다고 들었다. 박희숙의 얼굴은 더 초췌해져 있었다. 그럼에도 지금의 얼굴에는 뭔가 편안함마저 느껴지고 있었다. 그녀는 모든 걸 포기한 사람처럼 몸에 힘을 빼고 앉아 있었다.

"현재경을 죽였다고요?"

"네."

그녀는 주저하지 않고 대답했다.

"왜죠?"

"아들의 발목을 잡았기 때문입니다."

"발목을 잡았다고요?"

그날 박희숙은 아들의 전화를 받았다. 현재경이 아들을 협박한다고 했다. 그동안 아들은 현재경을 몰래 집으로 불러들여 부적절한 관계를 해왔다. 그리고 현재경을 이용해 회삿돈을 유용했다. 하지만 아들에게는 따로 좋아하는 여자가 있었다. 이쯤 하자고 이별을 고했더니 현재경이 돌변했다고 했다. 그동안 자신을 이용한 거며 몸을 더럽힌 걸 밝히겠다고 했다. 아들은 그 일로 박희숙에게 전화를 걸었다. 박희숙이 직접 재선시로 내려가 현재경을 만나보기로 했다.

남들의 눈도 있고 해서 만난 것은 집에서였다. 내려갈 때까지만 해도 아들에게 화가 나 있었다. 어떻게 이런 일을 일으켰는지 분노했다. 그런데 현재경을 만난 순간 그 분노가 그녀에게로 옮아갔다.

현재경은 뻔뻔했다. 아들에 대해 모든 것을 밝히겠다며 협박을 서슴지 않았다. 얼마간 돈을 줄 생각도 있었지만 현재경은 그 정도 돈에는 눈 하나 깜짝하지 않았다. 자신은 이미 최진하에게 버림을 받았다. 상처를 받았다. 그러니 최진하에게도 똑같이 해주겠다. 이 땅에서 살 수 없게 만들어주겠다. 그런 말을 쉬지 않고 뱉어냈다.

그런 일이 있어서는 안 됐다. 이제 회사는 세계로 뻗어나갈 준비를 하고 있었다. 중국과 거액의 계약도 앞두고 있었다. 앞으로는 유명 모델을 기용해 TV 광고도 하고 내수시장을 더 넓혀나갈 생각이었다. 이 중요한 시점에 아들의 추문이 터져서는 안 됐다.

벌떡 일어서는 현재경을 막아야 한다고 생각했다. 정신을 차리고 보니 목을 조르고 있었다. 얼마나 조르고 있었는지는 모르겠다. 현재경의 몸이 인형처럼 바닥으로 주르륵 미끄러졌을 때 그녀가 죽은 것을 알았다.

그런 이야기를 준비해 온 것마냥 박희숙은 차분히 진술했다.

"그럼 왜 최진하 씨를 내보낸 겁니까? 최진하 씨가 죽인 것도 아닌데 알리바이를 만들 이유가 없지 않습니까?"

"이미 약속이 되어 있었습니다. 저는 절대 범인이 되어서는 안 되었습니다. 그래서 예정대로 밖으로 나가라고 했습니다."

"그럼 현재경 씨의 옷을 일부러 입고 다닌 이유는요?"

"아들이 의심을 받을까 봐 그랬습니다. 그러다 그 남자를 만났습니다. 그 남자가 제 얼굴을 봤기에 죽일 수밖에 없었습니다."

그 남자라는 것은 김영택을 말하는 것일 터다.

박희숙은 눈을 책상 쪽으로 내리깔고 있었다. 인우는 박희숙을 빤히 응시했다.

"뭐로 죽였습니까?"

박희숙이 고개를 들었다.

"현재경 씨 말입니다. 뭐로 죽였냐고요?"

"빨랫줄로 목을 조여 죽였습니다. 빨랫줄은 그 여자의 시신을 불태울 때 함께 태웠습니다. 제 유전자나 지문 같은 게 남아 있을까 봐요."

"아드님의 집 베란다에는 빨래건조대가 있었습니다. 그런데 빨랫줄이 따로 있었다고요?"

그 질문에 박희숙의 눈 끝이 미세하게 떨렸다. 인우는 그것을 놓치지 않고 보았다. 박희숙의 눈이 다시 아래쪽으로 내려갔다.

"안 쓰던 빨랫줄이 있었습니다. 아들은 물건을 잘 치우지 않아서 베란다에 아무렇게나 던져 놓았던 겁니다."

급히 현재경을 죽이려는데 굳이 베란다로 나가 빨랫줄을 가지고 와 목을 조른다? 이치에 맞지 않는 일이다. 그렇게 하려면 현재경이 그 모습을 봤을 거였다. 그렇게 당하고 있을 리가 없다. 인우는 박희숙이 빨랫줄을 본 것만은 확실하다고 생각했다. 그걸 봤으니 저렇게 답이 빨리 나오는 것이다. 그런데 그게 어디서 나온 물건인지 모를 뿐이다.

'믿지 마라.'

어머니의 그 목소리가 불현듯 그의 머릿속을 스치고 지나갔다.

17

"선배님, 곧 회의 시작하는데 무슨 일이세요?"

뒤에서 목소리가 들렸다. 옥상에 선 채로 아래를 내려다보던 인우가 고개를 돌렸다. 서기영이 사람 좋아 보이는 웃음을 지으며 그의 뒤에 서 있었다. 웃으면서도 얼굴에는 궁금함이 서려 있다. 아침부터 잡혀있는 회의 직전에 인우가 옥상으로 그를 부르는 일은 흔치 않았기 때문이다.

인우는 마음이 답답할 때마다 옥상에 올라왔다. 가끔은 서기영도 함께 불렀다. 함께 커피를 마시면서 닥친 문제에 대해 논의하기도 했다. 옥상에서 바쁘게 다니는 사람들을 보면 자신들을 짓누르는 문제가 아무것도 아닌 것처럼 느껴질 때도 있었다. 그러나 오늘은 그런 감상적인 이유 때문에 그를 부른 게 아니다.

인우는 완전히 몸을 돌려 그를 향해 똑바로 섰다. 그러고는 그를 향해 손을 내밀었다.

"휴대폰 좀 줄래?"

눈을 동그랗게 뜨고 의아한 얼굴로 서기영이 고개를 갸웃했다. 하지만 그는 주저 없이 주머니에서 휴대폰을 꺼내 인우의 손바닥 위에 올려놓았다. 아직은 별생각이 없는 것 같다. 어쩌면 인우의 휴대폰 배터리가 방전돼 단순히 빌리는 거라고 생각하는지도 모른다. 하지만 잠시 후면 그의 표정은 완전히 달라질 것이다. 인우가 말했다.

"비밀번호 풀고."

이번에도 아무런 의심 없이 서기영이 휴대폰을 쥐어 들고 손가락을 움직였다. 그 모습을 보며 단호한 목소리로 말했다.

"난 지금부터 네 휴대폰 기록을 확인할 거야. 전화 통화 기록, 문자 내역까지. 걸리는 것 없으면 여기 올려놔."

서기영의 어깨가 흠칫 떨렸다. 고개를 천천히 들고 이쪽을 본다. 곤혹스러움이 그의 눈에서 흘러내렸다. 무슨 생각을 하는지 살피려 눈알이 구른다. 그 모습을 인우는 똑바로 직시했다. 그러면서도 마음 한편이 아렸다. 서기영이 떨리는 목소리로 그를 불렀다.

"선배님."

"생각해 봤어."

인우는 주머니에 손을 넣었다.

"난다 긴다 하는 수사관들도 고개를 젓게 만드는 강성의 박희숙. 절대 자신은 현재경을 죽이지 않았다고 버텼지. 무슨 수를 쓰건, 어떤 증거를 내밀건 움직이지 않았어. 그런 박희숙이 왜 갑자기 자기가 죽였다고 진술을 번복했을까?"

"선배님."

"그 여자에게 변한 건 뭐가 있을까?"

"……."

"변한 게 있지. 바로 최진하의 진짜 여자를 확인한 것. 그 사실을 통해 최진하가 뭘 기획했는지 알아내기 직전이라는 것. 그리고 최진하의 휴대폰을 찾아내려 그 여자의 집을 수색해야 한다고 했던 것. 바로 내가 주장하던 그 일들."

서기영은 이제 눈도 마주치지 못하고 있다. 서기영이 처음 이곳에 발령받아 왔을 때를 기억했다. 인우는 말했다. 절대 심문을 하면서 상대의 눈을 피하지 말라고 했다. 범죄자의 표정을 한시도 놓치지 말아야 한다고 주지시켰다. 아무리 범죄가 몸에 밴 녀석일지라도 분명히 흔들리는 순간은 온다고 말했다. 그 행동을 서기영은 지금 자신이 하고 있다는 걸 모르는 것 같았다. 인우가 말을 이었다.

"그런데 그건 아직 수사보고도 하지 않은 일이었어. 팀장님에게 말한 것도 박희숙이 진술을 번복하기 고작 몇 분 전이었지. 그사이 그 사실을 알고 있던 것은 나, 그리고 너."

서기영의 목 부근이 붉었다. 그는 이제 완전히 고개를 숙이고 있었다.

"왜 그랬니?"

서기영이 한순간 고개를 들었다. 그의 눈에 공포와 후회와 자책이 일렁이고 있었다. 주저앉지 않는 것만으로도 큰 힘을 내고 있다는 듯 온몸을 떨고 있었다. 저렇게 죄스러워할 거면서 왜 그런 짓을 벌였는가. 인우는 속이 쓰렸다. 실망한 만큼 그에게도 상처가 됐다. 가장 믿고 의지했던 녀석이 자신의 등 뒤에서 그런 일을 벌였을 거라고는 상상도 하지 못했다.

서기영이 갑자기 바닥에 털썩 주저앉았다. 무릎을 땅에 대고 어깨를 떨었다.

"그래서 그렇게 자꾸 최진하를 의심하냐고 물었구나? 박희숙에게 알려주기 위해서."

"수사 상황만 알려주면 된다고······. 그러면 돈을······."

"어머님 병원비 때문이었어?"

서기영은 고개를 숙인 채로 아무 말도 하지 않았다. 커다란 물방울 하나가 그의 숙인 얼굴 밑으로 툭 떨어져 내렸다.

"그래서? 그게 뭐?"

인우의 말에 서기영이 고개를 들었다. 인우는 그를 노려보았다.

"그런 상황이라서 어떤 짓을 해도 상관없어? 아니, 절대 그렇지 않아. 저기를 봐."

인우가 팔을 뻗었다. 그가 가리키는 곳에는 경찰서 밖 도로가 있었다. 아침을 맞아 출근하는 사람들과 그들이 운전하는 차들로 도로는 혼잡했다. 거기에는 많은 국민이 있다. 뒷돈을 받은 정치인들, 자신의 이익을 위해 기사를 쓰는 언론인들, 그리고 그들이 상상할 수도 없는 곳에서 많은 사람들이 검은돈에 뒤흔들린다. 그 와중에도 경찰은 그러지 말아야 한다. 국민이 믿을 수 있는 최소한의 선이 자신들이라고 인우는 생각해 왔다. 경찰마저 돈에 흔들린다면 국민은 누구를 믿어야 한다는 말인가.

"일에서 빠져. 그리고 네 처분은 네가 직접 해."

"선배님."

"어머님, 잘 모셔라."

고개를 털썩 떨구는 서기영을 두고 인우는 곧장 회의실로 내려갔다. 발표를 하고 있던 배도훈 팀장의 목소리가 끊어졌다. 형사1팀과 2팀원들이 모두 모여있었다. 아마도 박희숙의 자백으로 바뀐 사건 상황에 대한 브리핑일 것이다. 배도훈이 눈치를 보며 빠르게 다가왔다.

"왜 이제야 왔어? 서기영은 어디로 갔고?"

"나중에 설명드리겠습니다."

팀장이 한숨을 쉬었다.

"알았어. 자리로 가. 사건 종결 보고 중이야."

"안 됩니다."

"뭐?"

배도훈이 인상을 썼다. 인우의 목소리가 컸던 모양인지 팀원들 사이에서도 웅성거리는 소리가 컸다. 인우는 그들을 향해 목소리를 높였다.

"사건은 아직 다 밝혀지지 않았습니다. 박희숙의 자백에는 거짓이 있습니다. 아들을 감싸려는 겁니다."

배도훈 팀장이 그의 팔을 잡고 말리려 했다.

"갑자기 그게 무슨 소리야?"

인우가 배도훈을 보며 말했다.

"말씀드렸던 대로 안윤희의 자택을 수색해야 합니다. 영장을 청구해 주세요."

배도훈은 펄쩍 뛰었다.

"말이 되는 소리를 해. 범인이 자백했어. 그런 상황에서 증거도 없이 그런 영장이 인용될 줄 알아?"

"그럼 제가 하겠습니다."

"뭐?"

"제가 모든 걸 책임지겠습니다. 팀장님은 종결 보고를 잠시 미뤄주기만 하세요."

"야, 이 자식아."

"그것만 해주세요."

인우는 배도훈의 눈을 똑바로 보고 힘 있게 고개를 끄덕였다. 그는 여전히 당황스러움을 감추지 못한 채 있었다. 그런 배도훈을 두고 인우는 돌아섰다. 회의실을 벗어난 인우의 발걸음이 점차 빨라졌다. 이제 그는 거의 달리고 있었다.

본관을 벗어나 주차장으로 달렸다. 차 문을 열고 올라타 시동을 걸었다. 그러고는 주머니에서 수첩을 꺼내 전화번호 하나를 찾았다. 휴대폰에 그 전화번호를 찍는 그의 손길이 성말랐다. 그는 통화버튼을 누르고 휴대폰을 귀에 가져다 댔다. 몇 번의 신호가 반복될 때마다 마음이 조여드는 느낌이었다.

[여보세요?]

드디어 상대가 전화를 받았다. 자고 있었는지 목소리에서 뭔가 몽롱한 기색이 느껴졌다.

"지난번에 찾아뵀던 형사입니다."

[아······. 그런데 왜요?]

인우가 전화를 건 상대는 최진하가 입원했을 당시의 간병인이었다. 반드시 확인해야 할 점이 있었다.

"최진하 씨가 입원했을 때 손님이 찾아온 적 있었죠?"

[손님이요? 아, 딱 한 번 있었어요.]

"어떤 사람인지 기억하시나요?"

[키가 훤칠하게 크고 되게 예쁜 사람이었어요. 머리가 길고 화장도 짙었고. 남자보다 훨씬 어려 보였어요. 조카인가 그런 생각이 들 정도로요.]

안윤희가 확실하다.

"혹시 그 사람에게 최진하 씨가 휴대폰 같은 걸 주거나 하지는 않았나요?"

[글쎄요. 그런 건 잘 모르겠어요. 저보고 좀 쉬다 오라고 해서요.]

분명 그사이 휴대폰을 넘겼을 거였다. 그때가 아니면 최진하가 휴대폰을 숨길 수 있는 시간이 없다. 감사하다며 전화를 끊고 바로 기어를 바꿨다. 인우의 차가 굉음을 내며 출발해 경찰서를 빠져나갔다. 도로는 아직도 출근하는 차량들로 막

혀있었다. 비상경고등을 차 위에 올리고 사이렌을 켠 뒤 이리저리 핸들을 꺾어 차들을 가로질렀다. 차들이 한편으로 비켜주어 갓길로 달릴 수 있었다.

휴대폰이 울렸다. 발신인은 배도훈 팀장이었다. 그는 잠시 그 화면을 보다가 정면으로 시선을 돌렸다. 한참을 울리던 휴대폰이 조용해졌다. 다시 전화가 왔지만 역시나 받지 않았다. 그 이후로 전화는 울리지 않았다. 인우가 처음으로 하는 일탈이었다. 기다려 주기를 바라는 마음으로 인우는 입술을 앙다물었다.

미용실 앞에서 브레이크를 밟았다. 바퀴가 마찰되며 찢어지는 듯한 소리가 났다. 길을 걸어가던 여자가 흠칫하며 놀라는 것이 보였지만 사과할 틈도 없었다. 차에서 내린 인우는 재빨리 미용실로 들어갔다. 지난번에 봤던 주인 여자가 소파에 앉아 TV를 보고 있었다. 아직 손님은 없는 것 같았다. 급히 주변을 둘러보았지만 안윤희는 보이지 않았다. 주인 여자가 소파에서 일어섰다.

"지난번에 온 형사님……."

"여기 직원 어디 갔습니까?"

"우리 윤희요? 걔 왜요?"

"어디 갔습니까?"

주인 여자는 영문을 모르겠다는 듯 인우를 보았다. 하지만 언제까지고 대답을 미루며 궁금증을 풀 상황은 아니라고 생각한 모양이었다.

"오늘 휴가 냈는데……."

"집이 어딥니까?"

"집이요?"

"빨리 말씀하세요!"

그의 기세에 주인 여자는 완전히 짓눌린 것 같았다. 기어들어가는 목소리로 대답했다.

"주소는 모르고, 위치만 아는데……. 한 블록 위에 아름다운빌라고."

"몇 호에요?"

"102호요."

감사하다는 말도 하지 못하고 인우는 가게를 뛰쳐나왔다. 차를 타려는데 주인 여자가 따라 나왔다. 아무래도 무슨 일이 나긴 났다 싶어 궁금해서 그러는 것 같았다. 차에 올라타려던 인우가 다시 주인 여자의 앞으로 갔다. 그 기세에 주인 여자는 흠칫하며 한 발 뒤로 물러났다.

"안윤희 씨 남자 친구 있죠?"

"남자요?"

"본 적 없습니까?"

주인 여자는 목을 손으로 비비며 대답했다.

"본 적은 없지만 태우러 온 건 봤어요. 되게 비싼 외제 차던데."

그건 아마 최진하였을 거다. 이런 작은 동네에서는 데이트할 수 없었을 테니까. 잘못하면 아는 사람들을 만나고, 그것이 정보가 되어 어머니 박희숙에게 전달될 수 있다는 것은 최진하도 알았을 거였다. 그래서 최진하는 여자를 태우고 주로 외곽이나 영인시 같은 번화가로 데이트를 나갔을 것이다.

가게 외부 선팅에 표시된 문구가 보였다.

매주 월요일 쉽니다.

주말에는 장사를 한다는 뜻이다. 당연히 안윤희도 근무했을 것이다. 샤인코스메틱의 관리부장이 주말에 최진하가 골프를 치자고 자주 불러냈다고 한탄했던 것이 생각났다. 안윤희의 근무일이니 주말에 할 일이 없었을 것이다.

처음 김영택의 살인사건 목격자로 안윤희를 만났을 때 눈치를 채야 했다. 그때도 조금 이상하다고는 생각했었다. 미용실의 위치상 김영택의 동선과는 맞지 않았기 때문이었다. 그때 안윤희가 사는 곳을 한번 물어봤다면 사정이 조금 달라졌을지 모른다.

차에 급히 올라탔다. 그는 액셀러레이터를 세게 밟았다. 다음 블록까지는 2분도 채 걸리지 않았다. 아름다운빌라라는 이름은 금방 찾을 수 있었다. 건물 외벽에 음각 형태의 명패가 붙어 있었기 때문이었다. 102호는 계단 반 층 위에 있었다. 여섯 개의 계단을 뛰어 올라가 102호 앞에 섰다. 초인종은 없었다. 주저 없이 문을 주먹으로 두드렸다.

"누구세요?"

안에서 목소리가 들려왔다. 지난번에 본 안윤희의 목소리가 확실했다.

"경찰입니다."

안에서 기척이 잠깐 멈췄다. 인우가 말했다.

"문 여세요."

덜컥거리는 소리가 들렸다. 안에서 잠금쇠를 여는 것 같았다. 드디어 문이 열렸다. 여자는 편한 트레이닝복을 입고 있었다. 그녀는 한쪽 손으로 문손잡이를 잡은 채로 문을 열고 인우를 올려다보았다. 인우가 말했다.

"최진하 씨 아시죠?"

여자가 눈을 홉떴다. 대답은 금방 돌아오지 않았다. 어쩌면 부정할지도 모른다고 생각했다. 하지만 이 집 안을 뒤지면 얼마든지 그 증거는 나올 것이라 생각했다. 여자의 휴대폰, 여자가 가지고 있는 사진들, 어쩌면 있을지도 모르는 최진하의 물품 같은 것들 말이다.

"알아요."

여자는 잡고 있던 손잡이를 놓고 팔짱을 꼈다. 그러고는 어깨를 쭉 폈다. 당당한 태도였다. 그래서 뭘 어쩔 거냐는 물음 같기도 했다. 어쩌면 인우가 올 거라고 이미 예상하고 있었는지도 몰랐다. 그녀의 얼굴에 당혹의 기색은 조금도 보이지 않았다.

"지난번엔 왜 거짓말을 했죠?"

여자가 웃었다.

"제가 무슨 거짓말을 했죠? 저에게 진하 씨를 알고 있느냐고 물었나요?"

여자의 말 그대로다. 그녀는 그저 박희숙을 봤다고 진술했을 뿐이다.

"그럼 지금 제대로 묻죠. 현재경 씨의 사망사건에 관해 알고 계시죠?"

"알고는 있죠."

"현재경 씨의 사망사건과 관련해 중요한 증거를 찾고 있습니다. 집 안을 수색하겠습니다."

여자는 잠깐 무언가를 생각하고는 말했다.

"영장 있나요?"

"영장이 있어야만 수색할 수 있게 해주실 이유가 있나요?"

여자는 피식 웃었다. 그러고는 몸을 한쪽으로 비켜 세웠다.

"얼마든지 수색해 보세요."

인우는 집 안으로 들어갔다. 그의 마음에 검은 그림자가 드리워졌다. 너무나 당당한 여자의 태도에 의구심이 들었다. 안을 수색할 수 있게 해준다는 건 아무것도 없다는 것 아닐까? 헛일이 되지는 않을까? 자신은 아무것도 밝혀낼 수 없는 것 아닐까?

하지만 그 모든 질문을 인우는 머리를 한번 흔드는 것으로 날려버렸다. 지금까지 한 번도 확신을 갖고 일한 적은 없었다. 수없는 질문들과 싸워가며 진실을 찾아왔다. 이번에도 그런 것뿐이다. 여자의 태도는 눈속임을 위한 것인지도 모른다.

신발을 벗고 거실 위로 올라선 그는 일단 거실에 있는 서랍장을 모두 열어 안을 확인했다. 안윤희는 인우를 따라 들어와 그가 하는 양을 지켜보고 있을 뿐 말리거나 뭔가를 감추려 하지 않았다. 서랍장에는 건전지나 상비약, 가전제품의 설명서 같은 것들이 정리되어 들어 있었고, 그녀의 양말이 정리된 서랍도 있었다. 양말의 아래까지 손을 넣어 숨겨놓은 것이 없는지 확인했다.

안방으로 들어갔다. 붙박이장과 침대 옆 테이블이 있었다. 붙박이장을 열자 엄청난 양의 옷이 걸려 있는 게 보였다. 옷에 달린 주머니 하나하나에 손을 넣어보았다. 아무것도 없었다. 그런 순간이 계속 이어지며 그는 마음이 조급해짐을 느꼈다. 그가 침대 옆 테이블 쪽으로 몸을 움직였을 때였다. 방문 옆에 기대어 팔짱을 낀 채 느긋하게 서 있던 그녀가 웃음을 지으며 몸을 일으켰다. 그러고는 천천히 안으로 들어왔다. 인우는 안윤희가 무슨 일을 하려는지 감도 잡히지 않았다.

안으로 들어온 안윤희는 침대 옆에 무릎을 굽히고 앉았다. 그러고는 침대 아래쪽 공간에 손을 넣었다. 잠시 후 테이프가 뜯기는 소리가 들렸다. 안윤희가 고개를 들고 인우를 보았다. 빨갛게 칠한 입술이 호를 그리며 올라갔다.

"이걸 찾으시죠?"

그녀의 손에 휴대폰이 들려 있었다. 분명 최진하의 것일 터였다.

18

 마주 앉은 박희숙은 여전했다. 단단한 얼굴로 눈을 내리깔고 그 어떤 것에도 흔들리지 않겠다는 마음을 피력하고 있었다. 인우는 그 얼굴을 보다가 옆에 두었던 다이어리 위에서 휴대폰이 담긴 봉투를 집어 들었다. 증거 채집용 봉투를 씌우고서도 휴대폰 조작은 가능했다. 그는 손가락을 몇 번 움직여 한 화면을 불러내어 그녀의 앞으로 내밀었다. 박희숙은 아래쪽을 보다가 힐끗 휴대폰을 보았다. 하지만 상체를 숙여 그 화면을 자세히 보려고 들지는 않았다.
 "보세요."
 박희숙은 인우를 응시하고는 천천히 상체를 숙였다. 그러고는 화면 안으로 시선을 박았다. 그 시선은 한동안 움직이지 않았다. 불현듯 그녀가 고개를 들었다. 커다랗게 뜬 눈 위에서 눈꺼풀이 바르르 떨렸다. 박희숙은 자신이 본 것을 믿지 못하는 듯한 얼굴이었다. 그녀의 심정이 손에 와닿은 것처럼 어떤 마음인지 인우도 알 것 같았다. 인우 역시 이 문자를 보는 순간 같은 마음이었으니까.

[당신에게 복수하고 싶은 마음 같은 건 없어요. 그러나 당신에게 절대 잊히고 싶지 않아서 이런 선택을 해요. 내 마지막을 봐줘요. 그리고 날 잊지 말아요.]

"자살이에요."

그건 현재경이 최진하에게 보낸 문자메시지였다. 안윤희의 집에서 압수해 온 휴대폰에서 비로소 그녀가 최진하에게 보낸 마지막 문자메시지 내용을 볼 수 있었다.

화재로 불에 그을리기 전 이미 현재경은 사망했다고 국과수 부검 결과에서 나왔다. 함께 나온 결과에서 그녀의 설골 골절이 있었다. 그걸로 현재경의 주요 사망원인이 목 졸림에 의한 질식사라고 판단했다. 그러나 같은 소견이 나올 수 있는 경우가 하나 더 있다. 목맴에 의한 질식사. 바로 자살이다.

"그 문자를 받은 시간이 오전 11시 45분. 그때는 재선아파트 103동에 딱 한 명뿐이었어요. 피해자와 아무 관련도 없는 어느 직원의 아내 분이었죠. 그분의 증언 중에 그 시각쯤 쾅, 소리를 들었다는 내용이 있었어요. 목을 맬 때 받침대를 이용했다가 걷어찰 때 생기는 소리였을 걸로 보입니다. 의자 같은 거였겠죠. 이후에 그건 최진하 씨가 치웠을 거고요."

그러니 최진하든 누구든, 그녀의 죽음에 관여할 수 없었다. 결론은 자살밖에 없었다. 그런 이야기를 하자 박희숙의 몸이 푹 가라앉았다. 온몸을 지탱하고 있던 뭔가가 끊어진 사람 같았다. 그녀는 후, 하고 깊은숨을 뱉었다. 그러고는 두 손으로 얼굴을 가렸다.

"죽이지 않았어. 진하가…… 진하가 아니었어."

인우는 하, 하고 어이없는 숨을 터트렸다. 예상 밖의 반응이었다. 최진하가 왜 그런 짓을 하겠느냐고 나올 줄 알았다. 흥분해서 목소리를 높일 걸로 예상했다. 어떤 말로도 진정시키기 힘들 거라고 생각했다. 그런데 아니었다. 다행스럽다는 듯 한숨을 내쉰다. 자신의 아들이 살인자가 아니라서. 지금 박희숙에게 그것보다 중요한 사실은 없는 것처럼 보였다.

인우는 인상을 찡그렸다.

"지금 그걸 다행이라고 말하는 거예요? 그것 때문에 당신은 사람을 죽였어요. 사람이 죽었다고요!"

인우의 외침에 박희숙은 손에서 얼굴을 뗐다. 다시 강성한 그 얼굴로 돌아왔다. 그녀는 정면을 노려보며 단호하게 말했다.

"그 일에 대한 처벌은 모두 받겠습니다. 어떤 벌이라도 좋아요. 이미 벌을 받고 있지만."

그렇게 말하는 그녀의 목덜미 뼈가 두드러졌다. 아직도 아무것도 먹지 못한다고 구치소 담당자가 말했다. 밤에는 잠을 이루지 못한다고 했다. 잠이 겨우 들어도 악몽에 시달리거나 헛것을 본다고 했다. 그녀의 말대로 사람을 죽인 벌을 그녀는 그런 식으로 받고 있는지도 몰랐다.

"최진하 씨가 왜 그런 짓을 벌였는지는 궁금하지 않습니까?"

박희숙은 고개를 틀어 책상의 어느 한 부분을 보았다. 그녀 역시 뭔가 짚이는 데가 있는지도 몰랐다.

"최진하 씨는 현재경 씨를 이용해 회삿돈을 가로챘어요. 문자를 보아 남녀관계도 있었던 걸로 보입니다. 하지만 최진하 씨에게는 진짜 여자가 따로 있었죠. 그걸 알았는지, 아니면 회삿돈을 유용하는 데 대한 힘겨움이었는지는 모르지만 그녀는 자살하기로 했어요. 문자를 받은 최진하 씨는 그녀가 자살했다는 걸 알았겠죠. 그리고 당신에게 전화했어요. 물론 자신이 죽였다는 거짓말로."

박희숙은 아무런 대답을 하지 않았다.

"그 연락을 받은 당신은 아들이 현재경 씨를 죽였다고만 믿고 어떻게든 알리바이를 만들어 숨겨주려고 했죠. 아들을 내보내고 현재경 씨의 옷을 벗겨 입은 후 밖으로 나갔죠?"

"……인정합니다."

"그러다 김영택 씨를 우연히 만났습니다. 당신이 죽인 사람 말입니다. 그 사람이 알리바이를 깰까 봐 두려워 죽인 거죠?"

김영택에 대한 이야기가 나오자 박희숙의 얼굴이 새파랗게 질렸다. 그때의 감각이 그녀의 몸에 되살아난 모양이었다. 피해자는 죽지만 살인자의 몸은 기억하는 법이다. 그래서 많은 살인자들이 자살을 하거나 박희숙처럼 말라 죽어간다.

그녀는 떨리는 목소리로 그렇다고 대답했다.

"그리고 다시 집으로 돌아와 밤이 되자 현재경 씨의 시신을 불에 태웠습니다."

박희숙은 힘없이 고개를 끄덕였다.

"아들을 자수시킬 생각은 못 했습니까?"

대답은 돌아오지 않았다. 자식을 살인자로 만들 부모는 없다고 말하던 어머니의 목소리가 떠올라 인우는 잠시 눈을 감았다. 잠시 뒤 그는 매섭게 눈을 떴다.

"당신이 아들을 감싸줄 생각만 하는 동안 최진하는 무슨 생각을 했는지 압니까? 당신 아들은 당신이 재선시로 내려오는 동안 교도소에 수감된 사람의 재산을 어떻게 물려받을 수 있는지 검색했어요."

박희숙이 얼굴을 퍼뜩 들었다. 크게 뜬 눈이 떨렸다.

그것이 최진하가 이 일을 벌인 이유였다. 휴대폰 포렌식으로 그 사실을 알아냈을 때 인우는 기가 막혔다. 회사의 전권을 쥐고 있는 어머니를 교도소로 보내고 자신이 차지하겠다는 생각을 했다. 분명 어머니는 자신의 잘못을 감싸주고 시신을 유기하든 처리하든 할 거라는 확신을 가지고 있었다. 그의 생각대로 박희숙은 움직였다. 아니, 그의 생각을 넘는 차원의 행동을 했다. 사람을 죽인 것이다. 잘됐다고 생각했는지도 모른다. 일이 잘못되면 언제라도 자신은 아무 잘못도 없다는 걸, 현재경은 자살이었다는 걸 보여줄 수 있는 증거를 안윤희에게 남겨놓았다. 어머니는 구속돼도 자신은 잘못되지 않는다. 안윤희는 조사가 생각만큼 빠르게 이루어지지 않자 목격자의 역할을 자진했다.

"당신은 아들을 잘못 키웠어요."

박희숙의 눈에 눈물이 차올랐다. 그녀의 고개가 아래로 툭 떨어졌다. 어깨가 떨리기 시작했다. 신음 같은 소리가 그녀의 목에서 흘러나왔다. 점차 그 소리는 커졌다. 후회가 그녀를 잠식했다. 아들에 대한 회한이 그녀를 짓눌렀다. 자신의 처지가, 더는 없을지도 모르는 미래가 그녀를 헤집었다.

  그녀의 오열이 조사실을 뒤덮었다.

19

 최진하는 주차를 한 후 차에서 내렸다. 경찰서 건물을 바라보는데 온몸이 긴장되는 것을 느꼈다. 아무 일도 없을 거라는 안윤희의 말을 들었지만 진정되지 않았다. 이번 일을 겪으면서 형사들을 대면한 적은 있지만 경찰서에 직접 온 것은 처음이다. 더군다나 지금은 모든 일이 밝혀졌다. 형사를 만나는데 거부감이 들었다.
 하지만 걱정할 것 없다. 현재경은 자살이고, 그걸 증명할 증거품도 안윤희가 경찰에 전달했다고 했다. 자신은 아무 죄도 없다.
 안윤희와는 우연히 간 미용실에서 만났다. 안윤희를 보자마자 한눈에 반했다. 저녁에 퇴근하는 그녀를 기다렸다가 말을 걸었다. 안윤희는 자신을 경계하지 않았다. 자신의 외제차를 보고 눈을 빛낸다는 걸 최진하 역시 모르지 않았다. 하지만 만남을 거듭하면서 답답함을 느꼈다. 돈도 마음대로 쓰지 못하는 자신이 한심하게 느껴졌다. 안윤희는 백화점을 좋아했고, 보석을 선물할 때마다 그의 목을 끌어안았다. 호텔의 뷔페나 오마카세를 좋아했다. 관계도 5성급 호텔에서가 아니면 거절했다. 그런 걸 해줄 때마다 자신이 멋진 남자가 되는 것 같았다. 어깨에 힘이 들어갔다. 엄마에게 못난 놈 취급을 받을 때마다 쪼그라든 자신감이 풍선에 바람을 넣는 것처럼 부풀어 오르는 것을 느꼈다. 그런데 돈이 부족했다. 카드를 몇 개씩이나 만들어 돌렸지만 금방 한도가 초과됐다.

그때쯤 현재경이 회삿돈을 유용하고 있다는 걸 알았다. 나름 경영 공부를 했던 것이 도움이 되었다. 큰 금액은 아니었다. 하지만 방법이 교묘했다. 자신이 아니었다면 알지 못했을 거라는 생각도 들었다. 그날 저녁을 먹으며 그 일을 안윤희에게 이야기했다. 그러자 그녀가 생각지도 못한 제안을 했다.

"그 돈을 당신에게 가져오게 하면 어때?"

"뭐?"

"당신은 어머니 때문에 고작 월급만 갖고 살잖아. 그것만으로는 부족하지 않아? 그걸 당신에게 가지고 오도록 만들면 우린 더 여유롭게 만날 수 있잖아. 어차피 나중엔 다 당신 돈이 될 건데 뭐 어때? 조금 일찍 당겨오는 것뿐이야."

일리 있는 이야기라는 생각이 들었다. 하지만 현재경이 자신의 말을 들을지 확신이 없었다. 그런 이야기를 하자 안윤희는 표정 하나 변하지 않고 말했다.

"그 여자랑 자."

자신의 귀를 의심했다.

"여자는 자기를 품는 남자에게 전부 다 해주는 법이야."

안윤희는 현재경에 대한 이야기를 자신에게 다 해보라고 말했다. 아는 대로 이야기해 주었다. 재선지점에 내려올 때 직원들의 개인적인 이야기에 대해서 들은 이야기가 몇 가지 있었다. 현재경은 재선시에 혼자 살았다. 버는 돈을 대부분 가족에게 부쳐준다고 들었다. 어머니가 병을 앓고 있다는 것이었다. 그래서 그런지 현재경은 회사에서도 묵묵한 타입이었다. 옆에 있는 서혜원 씨가 말을 걸지 않으면 하루 종일 입도 안 열 거라는 부장의 농담을 들은 적도 있었다. 안윤희와 이야기한 후에 자세히 지켜보니 친구도 별로 없을 것 같았다.

현재경의 마음을 얻는 방법을 이야기해 준 것은 안윤희였다. 외톨이 같은 여자라면 일이 오히려 쉬울 거라고 말했다.

안윤희의 조언에 따라 현재경을 집으로 불렀다. 이곳은 저녁 8시가 되면 인적이 드물다. 밖에 나와봐야 할 것이 없기 때문이다. 현재경은 그의 전화에 당혹스러워했다. 하지만 그녀가 돈을 유용하며 만들어 낸 전표 이야기를 하자 목소리가 달라졌다. 다른 사람이 보면 안 되니, 얼굴을 가리고 오라는 말도 잘 들었다.

경찰에 신고하겠다는 말을 들을 수도 있다고 생각했는지도 모른다. 하지만 그런 걱정 때문에 얼굴이 파리해진 현재경의 앞에 최진하는 따뜻한 밥상을 내밀었다. 물론 전부 사 와서 데운 것이기는 했지만 놀라는 현재경의 얼굴을 볼 수 있었다.

"그런 얼굴 하지 말고 앉아요."

현재경은 주춤거리며 테이블에 앉았다.

"같이 식사합시다."

그렇게 밥을 먹다가 현재경의 손을 잡았다. 그는 현재경의 외로움을 파고들었다. 그녀가 돈을 유용하는 것도 가족을 위해 벌이는 일이라는 걸 안다고 하자 현재경은 눈물을 떨어트렸다. 자신이 모든 허물을 감싸안아 주겠다고 했다. 그녀를 위하는 것은 자신밖에 없다고 했다. 나한테 기대요. 그 멘트 역시 안윤희가 정해준 것이었다.

그날 밤 현재경은 바로 그의 품에 안겼다. 최진하가 그녀의 안으로 들어갈 때 현재경은 많이 고통스러워했다. 그럼에도 그의 허리를 부여잡고 놓지 않았다. 처음으로 자신이 기댈 수 있는 남자를 놓치지 않겠다는 듯이. 잠시 후 그녀가 처음이라는 것을 알았다. 나이가 스물여섯 살이 되었는데도 첫 경험이라는 게 놀라웠다. 목석같은 그녀를 안는 건 그리 재미있지는 않았다.

그녀에게 자신과의 관계를 비밀로 해달라고 했다. 가끔 사무실에 불러 몰래 손을 잡아주면 현재경은 얼굴이 빨개지면서도 좋아했다. 가끔 만나 관계도 했다. 그즈음부터 돈이 필요하다는 말을 건넸다. 처음엔 곤란해하면서도 최진하가 너무 힘들다고 하소연을 몇 번쯤 해대자 바로 넘어왔다. 결국 현재경은 최진하에게 돈을 가져다주는 다리가 되었다.

문제는 그러기 시작한 지 다섯 달쯤 되었을 때였다. 본사 측에서 회계상의 문제를 알아채기 시작했다. 현재경에게 의심의 추가 기울어졌을 때 그녀가 의논을 해왔다. 최진하는 바로 정색했다.

"내가 곤란해질 거라는 생각은 못 해? 네 선에서 끝내줘."

그때 절망하는 현재경의 표정을 기억한다. 그러던 중 일이 꼬였다. 현재경이 안윤희와의 관계를 알아챈 것이다. 하필 내사를 받을 때였다. 따지는 그녀에게 최진하는 말했다.

"난 너밖에 없다고 말한 적은 없어. 너도 좋아서 했잖아?"

이제는 버려야 할 카드라고 생각했다. 그래도 그녀가 자살까지 할 줄은 몰랐다. 그 문자를 받았을 때 최진하는 회사 근무시간 중이었음에도 안윤희와 함께 있었다. 쉬는 날이었던 안윤희의 집에서 그녀와 정사를 벌인 뒤였다.

"뭐야? 이 여자, 자살이라도 하겠다는 거야?"

곧장 112에 신고하려는 걸 안윤희가 말렸다.

"같이 공금횡령으로 걸려들어 갈 거야?"

그 말에 최진하는 신고할 수 없었다. 잠시 생각하던 안윤희가 좋은 생각이 났다는 듯 눈을 반짝였다. 지금껏 많은 가방과 옷과 구두를 사줬지만 그런 표정은 처음 봤다. 네글리제만 입은 그녀는 침대 위에서 양손을 최진하의 뺨에 얹었다. 자신을 똑바로 보도록 했다.

"당신, 회사 갖고 싶지? 엄마가 걸리적거린다고 했잖아?"

그러고는 그 계획을 말했다. 엄마가 자신을 보호하기 위해 시신을 유기하거나 손괴한다면 그 죄를 받고 복역할 거라고 했다. 그사이 최진하가 회사를 차지하면 된다. 최진하에게 죄가 옮겨올 것을 대비해 현재경의 문자만 갖고 있으면 모든 게 잘될 거라고 했다.

그럴싸한 계획이라고 생각했다. 자신의 엄마는 옛날부터 그랬다. 엄한 사람이었다. 그가 학교 성적이 좋지 않을 때도, 뭔가를 해내지 못할 때도 항상 엄한 얼굴로 그를 채찍질했다. 하지만 자신에게 나쁜 꼬리표가 달리는 것은 보아넘기지 못했다.

그가 중학교 때의 일이었다. 사람들이 흔히 말하는 '나쁜 친구들'을 사귀었다. 아니, 사실은 자신이 그 나쁜 친구였다. 아이들과 몰려다니며 술과 담배를 했다. 용돈이 넉넉했지만 다른 아이들의 돈을 빼앗는 일도 자주 있었다. 그냥 재밌거리였다. 밤거리를 쏘다니며 술에 취해 흐느적거릴 때 엄마는 회사 일로 바빴었다.

그런 그들을 혼낸 어른이 있었다. 하지만 감동 같은 걸 받지는 않았다. 오히려 몰려들어 그 남자를 흠씬 패주었다. 넘어진 남자를 낄낄 웃으며 발로 짓밟았다. 남자가 정신을 잃었다. 밤길에 그대로 두고 도망갔다.

경찰이 찾아온 것은 다음 날 아침이었다. 엄마는 출근 준비로 정신이 없었다. 머리에 헤어롤을 만 채로 문을 열어준 엄마는 자신이 한 짓을 듣고는 기함했다. 그날 밤의 남자는 갈비뼈 다섯 대가 부러지고 안면이 함몰되는 중상을 입었다고 했다. 경찰서에서 법원으로 송치되는데 얼마 걸리지 않았다. 아이들 사이에서 소년원에 갈 거라는 이야기가 돌았다. 그런데 이상한 일이었다. 10호 처분을 받은 다른 아이들과 달리 자신은 집으로 돌아왔다. 엄마가 힘을 썼다는 걸 통화하는 걸로 알았다.

이번에도 엄마는 그랬다. 아들이 살인자가 되는 걸 보아 넘기지 않았다. 그래도 엄마가 사람까지 죽였다는 걸 알았을 때는 너무 놀랐다. 안윤희가 차라리 잘되지 않았느냐고 했을 때, 안심했다. 그러고 보니 그녀의 말이 맞았다. 시신 유기나 손괴 따위로는 성에 차지 않는다. 사람을 죽였으니 20년 이상은 감옥에서 나오지 못할 것이었다. 감옥에서 나온다 해도 회사를 운영하지는 못한다. 살인자가 만든 화장품을 살 사람은 아무도 없다. 결국 회사를 운영할 수 있는 것은 자신뿐이었다.

형사과 안으로 들어가자 익숙한 얼굴이 눈에 띄었다. 눈이 마주치자 그가 일어섰다. 예전에도 찾아왔던 형사였다.

"이인우 형사입니다."

가볍게 소개하고 그는 곧장 조사를 시작했다. 최진하는 접이식 철제의자에 비스듬히 앉아 그가 말하는 사건 개요를 들었다. 한참 만에 질문이 날아왔다.

"현재경 씨가 자살이라는 걸 알면서도 어머니인 박희숙 씨께 전화해 사람을 죽였다고 말했죠?"

최진하는 느긋하게 고개를 꺾었다.

"아니요."

인우가 책상을 손으로 내리쳤다.

"박희숙 씨가 이미 증언했습니다. 솔직히 말하세요."

"죽였다고 안 했습니다. 죽었다고 했지."

이미 여기 오기 전에 회사에 연결된 변호사에게 알아봤다. 만약 자신이 시신 유기를 부탁했다면 그건 사체 유기 등에 관한 교사죄가 될 거라고 했다. 하지만 자신은 그러지 않았다. 죽였다고 하자 엄마가 알아서 시신을 처리했다. 거짓말을 하지 않았다는 것만 주장해 나가면 자신은 모든 죄에서 빠져나갈 수 있다.

"전 엄마가 시키는 대로 했습니다. 그것뿐이에요. 엄마가 그런 짓을 저지를지는 정말 몰랐다고요. 사고 때문에 병원에 있느라 엄마가 무슨 짓을 저지를지도 몰랐고요."

그는 상체를 앞으로 기울여 인우를 향해 얼굴을 가까이 댔다.

"엄마에게 물어보세요."

최진하는 자신 있었다. 엄마는 자신에게 흠집이 나는 것을 견디지 못한다.

20

　조사실에서 나오자 기다리고 있던 배도훈 팀장이 빠르게 다가섰다.
　"어떻게 됐어?"
　인우의 보고로 팀장은 대강의 내용을 알고 있었다. 이제 박희숙은 자백했고 남은 건 아들인 최진하의 죄를 물을 수 있느냐 없느냐였다. 인우는 고개를 저었다. 아무리 기소를 한다고 해도 재판에서는 증거 불충분으로 무죄가 될 것이 뻔했다. 최진하의 말대로 박희숙은 진술을 바꿀 것이다. 아들이 현재경을 '죽였다'가 아닌 '죽었다'라고 말했다고 말이다. 아무리 어긋난 모정이라고 손가락질해도 그녀의 기조는 변하지 않을 것이었다.

배도훈 팀장이 낮은 한숨을 내쉬며 고개를 저었다.

"대체 머리가 어떻게 된 인간들이야."

그때 맞은편 조사실의 문이 열렸다. 안에서 나온 것은 양복을 멋들어지게 차려입은 젊은 남자였다. 머리는 정성 들여 빗은 듯 깔끔하게 넘겼고, 한 손에는 한눈에 보기에도 값비싼 명품 서류가방을 들고 있었다. 가방을 든 손의 손목에서 고급 시계가 반짝거렸다.

남자는 배도훈을 보고는 고개를 숙였다. 배도훈이 살짝 묵례하자 그는 곧장 형사실 밖으로 나갔다. 그가 나가는 것을 확인한 인우가 물었다.

"누구예요?"

"박희숙 전담 변호사. 잠깐 만나야 한다고 해서 조사실을 비워줬지."

"앞으로 있을 재판을 벌써 대비하는 건가요?"

"아니."

배도훈이 히죽 웃었다.

"회사를 전문경영인에게 넘긴대. 그리고 박희숙의 거의 모든 재산은 사회에 환원하고. 아들이 쓸 작은 방 한 칸 구할 정도의 돈만 남긴다는군."

허, 하고 인우가 숨을 내뱉었다. 그것이 어머니로서 줄 수 있는 아들에 대한 마지막 벌인지도 몰랐다. 아마도 최진하에게는 천벌로 느껴질 것이 틀림없었다.

"잘됐네요."

돌아서는 인우를 팀장이 잡았다.

"그런데 서기영은 왜 갑자기 감사관실에 간 거야?"

인우가 그를 보았다. 배도훈이 고개를 갸웃하며 말했다.

"경찰청에서 들어오라고 전화가 왔어."

착잡한 기분이 들었다. 자신의 입으로 이야기하고 싶지 않았다. 그 정도는 봐줄 수 없었느냐고 누군가 비난한대도 고개를 숙이지 않을 자신이 있었다. 그러나 자신이 너무나 아끼던 형사 하나가 어쩌면 이 일을 놓을지도 모른다는 생각을 하면 마음이 무너지는 것을 어찌할 수 없었다. 그러나 해야만 하는 일이었다. 아긴다고 허물까지 덮어주면 잘못된 길로 쉽게 들어서는 사람이 되고야 만다. 박희숙과 그의 아들 최진하처럼.

잠깐 생각하다가 인우가 대답했다.

"직접 들어보세요."

돌아서는 인우를 배도훈은 알 수 없다는 눈으로 응시했다. 인우가 사무실을 가로질러 출입문 쪽으로 향했다. 자기 자리로 돌아갈 거라고 생각했던 인우가 밖으로 나가려 하자 배도훈이 소리쳤다.

"어디 가는데?"

인우가 발길을 멈췄다. 그는 팀장을 한번 보고는 대답 없이 고개를 숙였다. 굳은 얼굴이었다. 그는 그대로 사무실을 나갔다.

배도훈은 이상하다는 듯 뒷머리를 만졌다.

"왜 저렇게 비장한 표정이지."

차에 올라탄 인우는 시동을 걸려다 말고 잠시 생각에 잠겼다. 그는 휴대폰을 열어 어딘가로 전화를 걸었다. 상대가 받지 않을 수도 있다고 생각했는데 신호가 몇 번 간 끝에 목소리가 들려왔다.

[선배님.]

반가움보다는 두려움이 짙은 목소리였다.

"밥은?"

[…….]

"감사실에서 나오는 징계대로 받고 돌아와."

[선배님.]

"다른 생각하지 말고."

인우는 곧장 전화를 끊었다. 무거운 마음을 잠시 억누르고 그는 허리를 폈다. 시동을 켜고 액셀러레이터를 밟았다. 이제는 자신이 마지막 매듭을 풀어야 할 때였다.

어머니가 어디에 사는지는 알고 있었다. 어머니는 자신이 집을 나온 뒤에도 이사를 하지 않았다. 마치 누군가를 계속 기다리는 듯 세 사람이 살던 집에 혼자 남아 살았다. 이 집을 나온 후 인우는 한 번도 찾아오지 않았다. 어머니가 어디에 사는지는 알았지만 어떻게 사는지는 몰랐다. 이 집에서 살기 위해 어떤 일을 하는지, 얼마나 버는지 같은 것들은 하나도 몰랐다. 물어보지도 않았고 알려고 들지도 않았다.

인우는 문이 잠긴 집 앞에서 계속 기다렸다. 저녁이 되면서 기온이 내려가자 눈발이 흩날리기 시작했다. 손이 빨갛게 얼고 발끝이 시렸지만 돌아갈 생각은 전혀 들지 않았다. 오늘이 아니면 또 다른 기회는 없을 것만 같았다.

골목 저 끝에서 한 사람이 보였다. 걸음걸이, 숙인 고개, 어스름에 부서지는 하얀 숨. 어머니라는 것을 어렵지 않게 알 수 있었다.

가까이 다가오던 어머니가 집 앞에 누군가 서 있다는 걸 깨달았는지 고개를 들었다. 그리고 직후 걸음을 멈췄다.

"인우야."

떨리는 목소리였다. 인우는 어머니 쪽으로 몸을 틀었다. 그리고 허리를 숙여 인사했다. 자신의 어머니에게 하는 인사로 적절하지 않은지도 모른다는 생각이 들었다.

집 안으로 들어가자 어머니는 부산해졌다. 혼자 사니까 보일러를 끄고 다녀서 추울 거다, 방석을 갖다주마, 밥은 먹었느냐, 대체 언제부터 기다린 거냐, 질문을 쏟아냈다. 그 사이 인우는 주변을 둘러보았다. 자신이 집에서 나갈 때와 변한 것이 거의 없었다. 변한 것은 하나였다. 냄새. 사람 사는 냄새로 가득했던 집은 이제 휑할 뿐이었다. 인우는 식탁 끄트머리를 만졌다. 아버지와 함께 세 식구가 가서 고른 것이었다. 아무리 세 사람이 쓸 거지만 큰 게 좋다고 우긴 것은 아버지였다. 인우가 크면서 친구들도 데리고 올 것이니 적어도 6인용은 되어야 한다고 했다. 그때의 아버지는 이곳에 어머니 혼자 남을 거라고는 생각지도 못했을 것이다. 인우는 식탁 의자에 앉았다.

"앉아보세요."

어머니는 두 손을 마주 쥐고는 어찌할 바를 몰라 했다. 이렇게 찾아온 아들이 어색한 건지도 몰랐다. 아버지가 살아나 찾아온다고 해도 이보다는 덜 당황할 것 같았다.

"앉아보세요, 어머니."

한참을 머뭇거리던 어머니가 조심스레 자리에 앉았다. 시선을 차마 어디다 둘지 몰라 고개를 숙인 채 눈을 연신 깜박였다. 그런 사람들을 인우는 많이 보았다. 대부분 죄를 지은 사람이었다. 그렇다면 어머니는 대체 무슨 죄를 지어 저러실까.

"이제는 들어야겠어요."

어머니의 숨이 일순 멎었다.

"아버지는 왜 돌아가셨어요?"

덜컹, 하는 커다란 소리와 함께 의자가 뒤로 넘어갔다. 어머니가 벌떡 일어나 있었다. 그녀는 도망이라도 갈 셈인 듯 몸을 반대로 틀었다. 인우가 일어나 그녀의 손목을 잡았다.

"말씀하세요! 아버지가 왜 죽었는지! 누가 죽였는지!"

고함은 악에 받쳐 나왔다. 고등학교 2학년의 그날부터 14년 동안 차마 입에 담지 못한 소리였다. 나는 당신을 의심하고 있다. 이미 집을 나왔을 때, 그 질문을 한 것이나 다름없었지만 한 번도 입에 올린 적은 없었다. 어머니는 눈을 크게 뜬 채로 얼굴이 새파랗게 질려있었다.

"자살이라고 하지 마세요. 아버지는 자살할 분이 아니었던 거, 어머니가 가장 잘 아시잖아요. 우린 아무 문제도 없었어요. 자살할 만큼의 곤란한 상황 같은 것도 없었어요. 대체 뭐예요, 제가 뭘 모르는 거냐고요!"

어머니는 인우에게 잡힌 손을 빼내려 애썼다.

"이거 놔. 이것 좀……."

"어머니!"

인우가 소리를 질렀다. 어머니의 손끝이 무섭도록 차가웠다. 어머니는 이제 거의 떨고 있었다. 그래도 인우는 물러서지 않았다.

"왜 말을 못 하세요! 왜요? 저를 살인자의 아들로 만들 수 없어서요?"

그렇게 말한 순간 어떤 한 장면이 떠올랐다. 박희숙 사건 때 어머니가 경찰서로 찾아왔던 순간이었다.

'믿지 마라.'

그 목소리가 귓전을 때렸다. 이제 숨을 쉬지 못하는 것은 인우 자신이었다. 불안한 기운이 가슴속을 스멀거렸다.

'엄마라면 그럴 수 없다. 자식을 살인자의 아들로 만들 수는 없어. 그런데도 자기가 죽였다고 한다면 그 이유는 하나뿐이야.'

그리고 어머니는 이렇게 말했다.

'자식을 지켜야 할 때. 자식이 살인자일 때.'

어머니에게로 향한 인우의 눈이 휘둥그레졌다. 핏발이 섰다. 관자놀이에 힘줄이 툭 불거졌다. 그는 뭔가에 홀린 듯 중얼거렸다.

"자식이 살인자일 때."

"인우야!"

어머니의 고함은 비명과도 같았다.

"내가…… 내가 왜요? 내가 왜 아버지를 죽여요? 그게 무슨 말도 안 되는……."

"아니야, 인우야! 아니야!"

"내가 일어났을 땐, 두 분 다 자고 있었다고요. 아버지는 살아있었어요. 나는 그냥 다슬기를 잡으려고……. 많이 잡아서 놀라게 해주려고……."

"인우야!"

생각을 막으려는 것처럼 어머니가 외쳤지만 인우의 머릿속은 이미 빠른 속도로 달려 나가고 있었다.

"근데 일어나 보니까 너무 추워서……."

움직임을 멈출 것 같지 않던 인우의 입술이 멎었다. 그의 눈이 찢어질 듯 더욱 커다래졌다. 어머니는 양손으로 자신의 입을 막았다. 인우가 천천히 고개를 들어 어머니를 보았다. 입술이 파르르 떨려왔다.

"난로를 켰어……."

인우가 털썩 주저앉았다. 어머니는 울고 있었지만 그 소리가 머릿속에 들어오지 않았다. 이명이 들렸다.

난로가 무엇이었는지는 정확히 기억나지 않았다. 하지만 그때는 캠핑용품이 그렇게 발달하지 않을 때였다. 산속에 전기 같은 건 없었을 것이다. 가스였을 것이다. 확실했다. 자기 전에 틀어놨다가 잠들기 전에 끈 걸 보면.

일산화탄소 중독사.

캠핑이 성행하면서 겨울철에 접어들자 요즘 많이 일어나는 사건이었다. 재선경찰서에서도 몇 번이나 홍보물을 돌리고 현수막을 걸었다. 그런데도 그 생각을 한 번도 하지 못했다. 자신이 아버지를 죽인 거라고는 생각하지 못했다.

인우는 반쯤 넋이 나간 상태로 중얼거렸다.

"내가 돌아가시게 한 거군요, 아버지를."

맞은편에서 어머니가 털썩 주저앉았다. 모든 것을 포기한 듯 어머니는 천천히 그날의 이야기를 했다.

몹시 어지러웠다. 속이 울렁거리는 것 같기도 했다. 그런데 눈이 잘 떠지지 않았다. 말도 나오지 않았다. 뭔가가 잘못됐다고 생각했다. 어머니는 온 힘을 다해 상체를 일으켰다. 인우가 보이지 않았다. 어디로 간 건지 감도 잡히지 않았다. 옆에 누운 남편을 흔들었다. 남편의 몸은 그녀가 하는 대로 흔들렸다.

"여보."

힘을 다해 남편을 부르며 손을 얼굴에 가져갔다. 얼굴은 따뜻했지만 숨을 쉬지 않았다. 고개를 들어 보니 난로가 켜져 있었다. 즉시 어떻게 된 일인지 상황을 판단할 수 있었다. 순간 눈앞이 가물거렸다. 여기서 일단 나가야 한다는 생각에 몸을 움직였다. 일어날 수는 없었다. 팔로 땅을 짚어 겨우 기어 나왔다. 그 바람에 텐트 앞에 있던 돌부리에 팔이 찢겼다. 그 상흔을 두고 형사는 남편과 몸싸움을 벌인 거라고 오해했다.

밖으로 나와 벌러덩 드러누운 채로 호흡을 했다. 얼마간 시간이 흐르자 정신이 돌아오기 시작했다. 울음도 그녀의 입술 사이로 흘러나왔다. 남편이 죽은 것을 도무지 믿을 수가 없었다. 정신을 차린 것은 그로부터 조금 더 시간이 지난 후였다. 이대로 있을 수는 없었다. 인우가 한 일은 분명 실수였다. 법적인 처벌 같은 건 없을 터였다. 하지만 인우의 마음은 어떻게 될까. 자신이 어찌할 수도 없을 정도로 무너질 것이다. 인우는 아버지를 너무 좋아했다. 아버지 같은 아버지가 되겠다고 노래를 부르던 아이였다. 그런 아버지를 자신이 죽인 걸 안다면……

거기까지 생각하자 그럴 수는 없다고 판단했다. 가방에는 남편이 가지고 다니던 비상용 로프가 있었다. 남편의 발을 잡고 텐트에서 끌어냈다. 남편의 죽은 얼굴이 눈에 들어올 때마다 잇새로 오열이 터졌다. 어떤 힘이 나서 남편을 끌고 산 위쪽까지 올라갔는지 모르겠다. 뭔가에 홀려 있었다고밖에는 말할 수 없었다.

커다란 나무 하나가 있었다. 거기에 남편을 기대두고 목에 로프를 둘렀다. 그러고는 로프 한쪽을 높은 가지에 걸쳤다. 이를 악물고 당기자 남편의 시신이 나무에 매달리기 시작했다. 로프를 나무에 묶었을 때 하늘이 훤해져 오기 시작했다. 거의 굴러 내려오다시피 텐트까지 왔을 때 경찰들이 찾아왔다. 강에 빠진 인우를 구했다는 것이었다.

"네가 날 의심해도 괜찮았어. 차라리 다행이라고 생각했어."

어머니는 진이 빠져서 말했다. 이제는 모든 것을 포기한 듯했다. 인우는 버럭 소리를 질렀다.

"왜 얘기하지 않았어요, 왜! 내가 그동안 얼마나 괴로웠는데! 어머니가 아버지를 살해한 거라고 생각하면서 얼마나 괴로워했는데! 이러면 내가 고마워할 줄 알았어요? 나를 감싸줬다고 감사라도 할 줄 알았냐고요!"

그는 소리를 내지르며 테이블 위에 있던 물건들을 팔로 밀어 버렸다. 수저통과 플라스틱 수납 상자가 거친 소리를 내며 바닥을 굴렀다. 그는 가슴을 씨근덕거렸다.

알고 있다. 지금 자신이 이렇게 분노하는 것은 어머니 때문이 아니다. 이제야 진실을 안 자신 때문이었다. 그동안 어머니를 의심하기만 했던 자신 때문에. 그 누구도 아닌.

인우는 그대로 현관문으로 나갔다. 도망치는 거라는 걸 스스로도 알고 있었다. 어떤 얼굴로 거기에 있어야 할지 몰랐다.

"인우야!"

어머니가 달려 나왔다. 인우가 차에 오르려고 할 때 어머니가 대문 문턱에 걸려 넘어졌다. 인우는 빠르게 어머니에게 달려갔다.

"어머니!"

"인우야."

어머니가 그의 목을 힘껏 끌어안았다. 다시는 놓치 않을 작정이었다. 먼 시간을 돌아왔어도 진실에서 벗어날 수는 없었다. 자신이 어떤 오해를 받는다 할지라도 알게 하고 싶지 않았던 진실이 밝혀지고 말았다. 그러니 이제 그녀가 할 수 있는 일은 명확했다. 아들이 흔들리지 않게 하는 것. 아프지 않게 보듬는 것. 그것밖에는 없었다.

"인우야. 아파하지 마라. 실수였어. 어쩔 수 없는 일이었어.

아파하지 마. 널 괴롭히지 마. 벌주지 마."

"어머니."

인우의 얼굴이 눈물로 흠뻑 젖었다. 그것 말고는 뭘 해야 할지 인우 스스로도 알지 못했다.

아버지의 봉안함 앞에 가지고 온 꽃을 내려놓았다. 봉안함 앞에는 아버지의 사진이 있었다. 어린 인우를 꼭 끌어안은 모습이었다. 인우는 장난스럽게 두 손가락으로 브이를 그리고 있었다. 사진을 찍은 것은 어머니였을 것이다.

"아버지, 죄송합니다."

인우는 바닥에 무릎을 대고 절을 했다. 두 번 반의 절을 해야 했지만 바닥에 엎드린 채로 일어날 줄을 몰랐다. 그의 등이 떨렸다. 울음은 추위처럼 그를 떠나지 않았다. 드디어 매듭을 풀었다. 그러나 너무나 오랫동안 묶여있던 매듭은 풀었어도 그 자국이 남았다. 그 자국은 마치 상흔과도 같았다. 절대 지워질 수 없다는 것을 인우는 잘 알았다. 평생을 두고 속죄해도 사라지지 않을 자국이었다.

"인우야."

시간이 얼마나 지났는지 어느 순간 등에 어머니의 손이 내려앉았다. 인우는 고개를 들었다. 그의 등을 어머니가 감싸안았다. 인우도 어머니를 끌어안았다. 지금껏 자신을 지켜오느라 작아져 버린 몸을 힘껏 안았다. 이곳에 오면서 생각했다. 만약 어머니가 그런 일을 벌이지 않았다면, 어린 마음은 한없이 다치고 닫혔을 것이다. 아버지를 죽였다는 사실이 온몸을 파고들어 지금과는 다른 모습이 되었을 것이다. 그 마음을 지키겠다는 어머니의 생각에만큼은 감사하지 않을 수 없었다.

봉안당을 나섰다. 인우도 모르는 사이 그는 어머니의 손을 잡고 있었다. 계단을 내려서는데 어머니가 문득 걸음을 멈췄다.

"하늘 참 파랗다."

그 말대로 머리 위에 파란 하늘이 펼쳐져 있었다. 아직 12월이지만 견뎌내면 봄이 온다는 생각을 인우는 잠깐 했다.

매듭의 끝

초판 1쇄 펴낸날 2025년 5월 28일
초판 5쇄 펴낸날 2025년 9월 10일

지은이	정해연
펴낸이	김영정
펴낸곳	(주)**현대문학**
등록번호	제22-3044호
주소	06532 서울시 서초구 신반포로 321(잠원동, 미래엔)
전화	02-2017-0280
팩스	02-516-5433
홈페이지	www.hdmh.co.kr

© 정해연, 2025

ISBN   979-11-6790-306-8 03810

* 이 책의 전부 또는 일부 내용을 재사용하려면
  반드시 사전에 저작권자와 (주)현대문학의 동의를 받아야 합니다.
* 책값은 뒤표지에 있습니다.
* 파본은 구입처에서 교환해드립니다.